小说月报

原创长篇小说丛书

箫与刀

董立勃 著

百花文艺出版社
BAIHUA LITERATURE AND ART PUBLISHING HOUSE

图书在版编目（CIP）数据

箫与刀 / 董立勃著．—天津：百花文艺出版社，2011.5

（小说月报原创长篇小说丛书）

ISBN 978-7-5306-5943-4

Ⅰ．①箫… Ⅱ．①董… Ⅲ．①长篇小说—中国—当代 Ⅳ．①I247.5

中国版本图书馆 CIP 数据核字（2011）第 089454 号

百花文艺出版社出版发行

地址:天津市和平区西康路 35 号

邮编:300051

e－mail:bhpubl@ public.tpt.tj.cn

http://www.bhpubl.com.cn

发行部电话:(022)23332651　邮购部电话:(022)23332478

全国新华书店经销

河北省三河市宏达印刷有限公司印刷

*

开本 880×1230 毫米　1/32　印张 7.625　插页 4　字数 177 千字

2011 年 5 月第 1 版　2011 年 5 月第 1 次印刷

印数:1－5000 册　　定价:17.00 元

上卷　山谷

第一章

那一年,一个叫毛泽东的男人站到了北京的天安门上,一个叫蒋介石的男人跑到了大海里的台湾岛上，而另一个叫孟正堂的男人却在西部荒野上打了他一生中的最后一仗。

和他一块儿打这一仗的还有一百个男人。他们喊他不喊孟正堂,喊他孟队长。他们骑在马上,一齐看着孟正堂。这是一个野战军的骑兵队。孟正堂是骑兵队队长。

当他们听到他的口令后,先是会从腰间抽出了马刀,接着还是在听到了他的口令后,会举起马刀。

一百把马刀,都是些很了不起的马刀,每一把马刀在多年不停地征战中,至少已经砍下了一百个人头。

当然,孟正堂的马刀,比任何一把马刀砍掉的人头都要多。不是他的马刀比别人的锋利,而是他在每一次发起攻击时,都会冲在最前面。所以,那么多骑兵,他才会是队长。

按说,人头是不可以随便砍掉的。但有些人的人头却是一定要砍掉的。因为这些人是我们的敌人。我们不砍掉他们的人头,他们就会砍掉我们的人头。我们不砍掉他们的人头,我们就不能取得胜利。

我们一定要把前边一群敌人的头砍掉。这是命令。因为,这群敌人是马步芳的兵，当年红军的西路军走过这里时，遭到过他们屠杀，好多年轻的女红军，他们不光是要杀她们，还要先剥光她们衣服，让她们经受一种比死还难受的折磨后，再杀她们。知道犯下的罪有多大，知道就算投降了，也不会有好结果。所以，许多国民党的部队看大势已去，就赶紧起义了，只有他们当中一些骑在马上的匪徒还在拼死顽抗。

孟正堂说，同志们，一个不剩，把他们全都消灭掉。

孟正堂的马像一支箭一样飞了出去。紧随着，一百匹马也像箭一样飞了出去。带着一阵大风骤起的啸叫，射向了躲藏在山谷间的一群敌人。

一百把马刀在正午的太阳下一齐舞动，比太阳光还要刺目。

最后一个敌人倒下了。这个敌人，是一群敌人的指挥官。看出这一点很容易，因为他戴着肩章。就算没有肩章也能看出来，因为他一直比别的敌人更凶狠。

把这个敌人刺倒的马刀，是孟正堂的马刀。

马刀没有马上抽出来，一只大手握着马刀的把柄，使劲转拧了一下，让血从马刀的血槽间喷出来。手和胳膊全成了红的。接着才把马刀慢慢抽出来，血顺着刀尖往下滴。滴到混有沙子的土里，立刻渗了下去，只留下一点点印痕。好像这块土地，太干渴了，渴得连血都要喝了。

他把马刀举起来，举到眼前看了看，看到上面的血在冒着热气。他想把上面的血擦掉，又把刀向下插去。不是插到敌人身上，是插到土里面。一下子把整个刀身全插到了土里。再拔出来时，一点血迹也没有了，干燥的沙土把血擦了去，刀身亮晃晃的，像镜子一样，照出了他一脸黑黑的胡子。他好像有一个多月没有刮胡子了。

他低下头，看了一眼倒下的敌人。这个敌人，看上去很年轻，好像比他小一点。他的脸上没有胡子，那白净的样子，怎么看都不像个杀人的人，如果是在另一个地方看见他，孟正堂准会把他当个教书先生。

杀声没有了，一点都没有了。荒野静得好像也被马刀刺死了一样。

孟正堂把擦干净的马刀放进了刀鞘，同时，朝着四周看了看。他看到了还有许多人站在那里，当然这些人全是他的同志。他还看到了许多人躺在地上，不用多看，他知道，这些永远也不能站起来的人，全是敌人。

正要像以往一样，打算向站着的人下达打扫战场的命令。他听到了指导员王生康的大声喊叫。

孟队长，这里还有好几个。

王生康站在一块石头上，指着一片树丛后面，朝着孟正堂报告着。

孟正堂听明白了，王生康在告诉他，还有几个敌人藏在了树丛后面。只是孟正堂有点不明白，看见了敌人，有什么可报告的，直接消灭掉就是了。

看到王生康站在那里不动，好像在等他过去。他有些不耐烦了。也大声说，你的马刀、你的枪呢？还等什么，上去把他们干掉啊。

王生康听到了他的话，可他还是没有动。还是说，孟队长，不行啊，你还是过去看看再说吧。

没有过这种情况，以往不管是什么时候，不管孟正堂说什么，王生康从来都不说二话的。什么不行啊。他一个人不行，他身边还有群兄弟呢，没有什么敌人是他们对付不了的。怎么会不行呢？

孟正堂把插进刀鞘的马刀又拔了出来，跳上马冲了过去。他要亲自让王生康看看这个时候该怎么做。

想好了，他要让他的马直接飞过树丛，他要让手中的马刀再次染上鲜血。

他的马是一匹能飞起来的汗血马，它只是轻轻一跃，就跃过了树丛。他的马刀也是用最好的锰钢锻造的，从来没有卷过刃。

可是他的马刀举起来再落下时，只带起了一股风和几片草叶，却没有染上一滴鲜血。

不是他的刀法出了毛病，偏离了目标。无数次的砍杀，马刀已经成了肢体的一部分。只要他愿意，他的马刀可以和他的目光同时刺到某一样东西。

也不是没有看到目标，马儿一跃过树丛，他就看到了五个人。五个人坐在草地上，靠得很紧。也就是说五个人的脑袋挨得很近。也就是说，如果他的马刀砍过去，不说把五个脑袋同时砍下来，至少也可以砍下三个来。

刀法没出毛病，又看到了目标。却让马刀落了空。不过，马刀落了空，心里却明白了王生康为啥要喊他过来，为啥没听他的命令。

孟正堂勒住马，回过头，再看那五个人。

看到这样五个人，别说是孟正堂了，换了谁，看到这样五个人，也没法一下子就挥刀砍下去的。

五个人，没有一个穿军装，也没有一个拿刀拿枪。孟正堂杀人，他的士兵也杀人，可手上没有一寸铁的人，他们没有杀过。

当然，手无寸铁不一定不是坏人，不是敌人。敌人一看不行了，就会把军装脱掉，把刀枪扔掉，表示投降。早就接到命令，这群敌人一个活的都不留。也就是说，光凭这些，孟正堂没有理由让马刀落空。

那么,一定还有个原因。

是的,没有错,是还有个原因。这个原因就是这五个人,是不是敌人不能确定,但可以确定的是这五个人不是五个男人,而是五个女人。

还是五个很年轻的女人。

五个女人,坐成了一个半圆。

确实年轻,头发黑黑的透着亮。脸上的皮肤,不那么白,可很光滑,看不到皱纹。衣服不是绸缎的,是粗布的,却很合身,托出的腰身,有弯曲有起伏。

不但年轻,还长得不难看。不但不难看,仔细看还会觉得有些好看。比较起来,坐在中间的那个女人,比另外四个女人还要好看些。

这个女人的头发绾成了一个髻。女人的耳边还有一个环。女人的身上穿着带襻的大襟衣衫,脚上套着的鞋子,还绣了花。

这个女人坐在那里,坐得很直。但眼睛却闭着,好像睡着了。表情也和睡着了一样,好像一点儿也不知道发生在四周的事。又好像她什么都知道了,不用看,就知道已经发生了什么,还会发生什么。

另外四个女人,样子长得不太一样,可脸上的表情,差不多全是一个样子。说明她们心里边想法也差不多。就像她们每个人的身边都放了一个花布包袱一样。

花布包袱打结处,横穿过一根圆圆的比大拇指粗一点儿的竹管。让人一时搞不明白它是干什么用的。

旁边有人喊,杀了她们,敌人的女人也是敌人。

一些人举起了刀,朝女人们围了过来。

还有人在喊，把她们杀了，为西路军的姐妹报仇。

更多的人朝着女人逼过去。不过，他们边喊叫着，边看着孟正堂。不管他们喊得多厉害，只要孟正堂不说话，他们手中的刀是不会落下去的。他们全是一切行动听指挥的好兵。

孟正堂摆了一下手，让举起的刀先收了回去。不是想好了，不杀她们了。而是没有想好，是不是要杀她们。再说了，他手里有刀，要杀，用不着别人的刀。可他不会随便杀人。他和他的队伍之所以能老打胜仗，就是因为不乱杀人。

再说了，打了那么多的仗，杀了那么多的人，还从来没有杀过女人。打仗是男人的事，不管是好人还是坏人，都很少会让女人去打仗的。

不是说只要是女人就不能杀。只要是敌人，不管是男人还是女人，只要是敌人，都可以杀。也就是说，现在需要搞明白的是，这五个女人，是不是敌人。搞明白了，真是敌人，再杀她们，也一样来得及。

目光落到了穿过包袱结扣的竹管。他听说过这样的事情，古代的武士会把剑藏在竹管里，在没有被注意时突然拔出，捅进对手的身体。他想，如果这个竹管里藏着什么武器，那么就得让她们死。

他走近了一些，没有走得太近。用马刀可以碰到那个竹管。碰了一下，问，这个竹管是干什么的？

没有问哪一个，不管谁回答都行，只要知道竹管是干什么的就行。

中间那个女子还闭着眼，可嘴唇动了一下。她说，那是箫。

孟正堂说，箫是什么？

还是中间那个女人说，箫是一种乐器。

孟正堂说，这么说，是用来演奏的？

那个女人说,是的。

孟正堂说,那你就演奏吧。

那个女人轻轻一抽,从包袱结扣里抽出了竹管。这个动作,让孟正堂往后退了一步,他可没有那么笨,一个身份不明的人说的话,不管任何时候,都不能随便相信。

那个女人仍然闭着眼,但那竹管的一端却贴在了她的唇边。十个手指也分别按在了竹管不同位置的洞孔上。

竹管真的发出了声音。

明明是眼前竹管发出的声音,听起来却像是从很远的地方传过来的。大家刚一听到这个声音,都不由得把头转向荒野的远处,寻找声音的出处。等到明白了确实是从竹管里流出来的以后,目光就全都落在了那个叫做箫的竹管上了。

随着竹管上的十个手指的起起落落,发出的声音也在变化着,一会儿快一会儿慢,一会儿大一会儿小,一会儿轻一会儿重。只是这声音不管怎么变化,听起来都是那么的平和安宁。

一群长久听着枪炮声厮杀声哭号声的人,突然听到了这样一种声音,好像突然走进了一个梦里,忘记了自己是站在一片硝烟里。

没错,女人说得没错,它真的只是一个乐器,不是武器。

五个女人,没有武器,只有乐器,并且真的能用它吹出好听的声音,孟正堂找不到杀她们的理由了。

女人一下子不吹了,让竹管的一端离开了她的嘴唇。

孟正堂说,你叫什么名字?

女人说,我叫冯可雪。

叫冯可雪的女人睁开了眼睛。

一个人睁开了眼睛,就像一个睡着的人醒了,就像一个死了的人活了。

第二章

冯可雪睁开了眼睛，另外四个女人也跟着睁开了眼睛。

她们看着孟正堂，看着孟正堂手里的马刀。马刀刚擦去了血迹，明晃晃的。

她们很害怕。好像很冷，身体有点儿抖，往一起挤了挤。准确说，往冯可雪身边靠了靠，好像这样会暖和一点儿似的。

比较起来，冯可雪好像没有那么害怕。

冯可雪伸出了胳膊，伸向两边搂住了她们的肩膀。

知道了冯可雪的名字，还不知道另外四个女子的名字。

挨个问她们叫什么。她们瞪着眼，看着孟正堂，不说话。

冯可雪在一边替她们说。

一个胖一点，脸是圆的，冯可雪说她叫果子。

一个瘦一点，瓜子脸，冯可雪说她叫枝子。

一个不胖不瘦，鹅蛋脸，冯可雪说她叫木子。

还有一个，个子要矮一点，眼睛很大，冯可雪说她叫草子。

问过了名字，孟正堂想再问问她们怎么会来到了这里。

可不等孟正堂开口，冯可雪开了口。冯可雪说，你还等什么？

孟正堂说，不等什么。

冯可雪说，那你怎么还不动手？

孟正堂说，动手干什么呀？

冯可雪说，杀我们呀。

孟正堂说，谁说要杀你们了？

冯可雪说，他们说的。

孟正堂说，他们是谁？

冯可雪指着不远处的几具尸体说，就是他们。

孟正堂说,他们怎么说的?

冯可雪说,他们说,你们先杀他们,后杀我们。

孟正堂说,我们不会乱杀人。

冯可雪说,真的不杀我们了?

孟正堂说,至少现在不会杀你们了。

听到孟正堂说不杀她们了,冯可雪的脸上有了一点儿笑容。另外四个女子,好像也不那么冷了。

冯可雪说,不杀我们,是不是因为我们是女人。

孟正堂说,是的。

听到孟正堂这么说,冯可雪笑了一下后,又不笑了。

冯可雪说,我知道你们要干什么了。

孟正堂说,你知道我们要干什么?

冯可雪说,和我们睡觉。

孟正堂说,谁说的?

冯可雪说,他们说的。

孟正堂说,他们是畜生,说的不是人话。

冯可雪说,我有一个请求。

孟正堂说,什么请求,说吧。

冯可雪说,你们要睡我们也行,不过,你们一个一个上,不要一块上。

孟正堂说,什么意思?

冯可雪说,不想被马刀砍死,更不想被活活折磨死。

孟正堂说,真把我们当土匪了?

冯可雪说,他们说,你们比土匪还坏。

孟正堂说,他们的话,你们也信?

冯可雪说,他们是国军。

孟正堂说,我们是解放军。

冯可雪说,你们都是兵呀。

孟正堂说,他们是国民党的兵,我们是共产党的兵,也叫子弟兵,祸害老百姓的事,我们从不干。

冯可雪说,这么说,你们不杀我们?

孟正堂说,当然不杀。

冯可雪说,不杀我们,还不强迫我们陪你们睡觉?

孟正堂说,谁要这么干,我就杀了他。

冯可雪说,你说的是真的?

孟正堂突然不想再和冯可雪说什么了,也不想再问她们什么了。堂堂一个军人和女人说这些话,他觉得一点儿意思都没有了。

孟正堂喊了一声,王生康问有什么事。孟正堂说,去牵五匹马来。

战场上到处是马,敌人被打死了,战马还活着。

一会儿,士兵们牵来了五匹马。

孟正堂问,你们会不会骑马?

冯可雪说,原来不会,现在会了。

孟正堂说,这里有五匹马,你们一人一匹。

冯可雪说,为什么要给我们马?

孟正堂说,让你们骑呀。

冯可雪说,骑马干吗?

孟正堂说,骑上马,你们就可以走了。

冯可雪说,往什么地方走?

孟正堂说,你们想往什么地方走,就往什么地方走。

冯可雪说,你是说,把我们放了?

孟正堂说,是的,你们自由了。

孟正堂让士兵把马的缰绳递到她们手上。接缰绳时，她们有些迟疑。看得出，还是不太相信是真要放她们走。

五个女人骑到了马上，从上马的动作看，她们真的会骑马。骑到马上，还没有马上走。都看着孟正堂，好像在等孟正堂下命令。

孟正堂说，走呀。

冯可雪说，那我们真走了呀。

孟正堂说，你们又不是我的兵，用不着问我。

五匹马一齐往前走了。开始走得很慢，好像在等什么。好像在等一声大喝，让她们站住。走了一会儿，没听到后边有什么动静，马走得快了，又走了一会儿，马小跑了起来。

马和马上的人，随着马蹄声变得越来越小了，到后来，完全就看不见了。

孟正堂喊了一声，让士兵们打扫战场。

打扫战场的事，他从来不干。他坐到了一块石头上，拿出了一支烟抽了起来，刚经过的一场厮杀，让他真的有些累了。

王生康走过来，说，孟队长，就这么放她们走了？

孟正堂说，怎么，你还真想把她们杀了。

王生康说，不是要杀她们。

孟正堂说，那干什么，你不是动了坏想法吧……

王生康说，怎么会呢。

孟正堂说，那留下她们有什么用？她们又不能打仗。

王生康说，我是说，她们到底是什么人，还没有搞清楚。

孟正堂说，你看到的，她们是女人。

王生康说，敌人也有女的。

孟正堂说，她们没穿军装。

王生康说，衣服是可以换的。

孟正堂说，她们没有武器。

王生康说，谁知道包袱里藏着什么。

孟正堂说，她们只有一根竹箫。

王生康说，可她们是和敌人在一起的。

孟正堂说，可能是被敌人抓来的。

王生康说，她们不像是百姓家的女人。

孟正堂说，你怎么知道的？

王生康说，她们的手很细很嫩，应该没有干过粗活。还有……

孟正堂说，还有什么？

王生康说，她们会吹箫。种地的女人只会干农活。

孟正堂说，你这家伙，怎么不早说，刚才是该再问清楚些，要真是敌人，就这么把她们放了，我可是犯错误了。

王生康说，要不派几个人去追，她们才跑出去一会儿，快一点，可以追上。

孟正堂说，算了，为几个女人，犯不着。再说了，就算她们真的是敌人，也跑不到什么地方去，全国都已经解放了，到处都是咱们的人，如果真是敌人，早晚会被抓到的。要是再能遇上她们，一定要好好问问她们。

王生康说，我想不会再遇到她们了。

新疆大得不得了，为了消灭这股敌人，孟正堂他们在戈壁滩上跑了好些天，追到天山里，又翻雪山过大坂，一直跑到了这片藏在峡谷里的开阔地上，才把最后的这群马步芳的残匪追上。

打仗这个事，是个要命的事，一打起仗什么都顾不上了，眼睛里除了敌情敌人，别的什么都看不见了。打完仗了，才注意了刚打过仗的地方是个什么样的地方。

四周是山，山的样子高高低低不一样。在很高的几个山峰上，有白白的雪。山的半腰上，朝北的一面，长了许多的树，主要是松树和桦树。再往下的山坡，变得很缓，有的地方差不多是平坦的。上面生长着青草。草长得很密很深，风过来时，草就会像水一样翻起了波浪。一直延伸到山坡的最下面的水边。一条河在山谷里流着，随着山势的变化，河水的样子也不同。宽的地方有几十米宽，水不深，大块的一些石头都淹不住，水冲过来，溅起的浪花很高，声响也很大。这样的地方，要过去不难，卷起裤腿蹚水和骑马都能过去，还有些地方，看起来窄，看不到浪，也听不到声音，只有一个漩涡连着一个漩涡，这种水流往往很深，不能随便下去。下去就可能把命丢掉。

孟正堂走过那么多地方，这么好的地方，还是头一回看到。打扫完战场，王生康问他是不是往前走一走，找个地方宿营。孟正堂说，还找什么地方，这个地方多好啊，今天晚上不走了，就在这里扎营，去多打些野味，让兄弟们好好吃一顿。

王生康说，刚才打扫战场时，还缴获了几桶白酒。

孟正堂说，打开了，让兄弟们喝。

王生康去安排了，孟正堂还在远远近近地看着，看了一阵子，没有看够，还想再多看一会儿。

太阳正好落到了山顶上，像一颗很大的血珠子，尖尖的山峰，慢慢地刺了进去，把血珠子刺破了。里边的血流了出来，先是把雪山染红了，接着又把森林染红了，最后把大片的青草也染红了。

看着看着，孟正堂的目光停在了一个地方不动了。显然在一片风景里有什么东西吸引了他的目光。可能是太远，有点看不清楚。他举起了望远镜。

王生康走了过来，他说，孟队长，已经全都安排好了，过一会儿就可以开饭了。你的帐篷也搭好了,你是不是进去歇一会儿?

孟正堂好像没有听到王生康的话，他问了一句和帐篷吃饭一点儿关系都没有的话。他说,你是不是说那五个女人,咱们再也不会遇到她们了。

王生康愣了一下说,我也就是随口一说,我想她们既然跑得那么快,肯定会跑到很远的地方了。算了,不说她们了,就算咱们没见过她们得了。

孟正堂说,你这个人向来看事比我全面,比我看得准,可有时候,你可能也会看走眼。我这会儿要说,我们肯定会见到她们,并且会马上见到她们,你会怎么想。

王生康说,这怎么可能呢?孟队长可真会开玩笑。

孟正堂说,我这个人就这点不好,不太会开玩笑。你朝那边看。

孟正堂放下了望远镜,朝着西边指了一下,让王生康看。

西边远处的一片草浪里,有五个亮点在时隐时现地闪动着。猛一看,有些虚,看一会儿,就不虚了。再看一会儿,就能看出是五匹马。五匹马在走,走着走着,就会看到五匹马的马背上还骑着五个人。

不用等看清楚五个人的样子,就能看出五个人是女人。

又过了一会儿,就能看出五个女人,真的就是刚才骑马离开的五个女人。

王生康说,这是怎么回事?

孟正堂说,这得问她们。

王生康说,不会是丢了什么吧?

孟正堂说,没准。

王生康说,正好可以问个明白了。

孟正堂说，你来问。

王生康说，还是你来问吧，你是队长。

孟正堂说，你知道问什么，你问吧。

两个人还没有定好谁来问，五个女人已经来到了他们的面前。她们的马本来是走着的，看到了升起的炊烟，看到了他们，她们就让马跑了起来。

跑到了他们跟前，让马停了下来。

马停了下来，她们从马上跳了下来。

孟正堂说，你们怎么回来了？

冯可雪说，我们走了一阵，才发现我们没有地方可去。

孟正堂说，你们可以回家去。

冯可雪说，我们没有家。

孟正堂说，你们的家呢？

冯可雪说，让火烧了，让水淹了，让炮弹炸了。

孟正堂说，就算没有了家，你们还会有亲人活着呀。

冯可雪说，一打仗，跑散了，谁也不知道谁在什么地方。

孟正堂说，那你们也可以有许多可以去的地方，比如城市和村庄。

冯可雪说，它们都在山外面。

孟正堂说，你们可以走出去。

冯可雪说，我们没走过，不知道路，走不出去。

孟正堂说，想让我们帮你们？

冯可雪说，是的。

孟正堂说，怎么知道我们会帮你们？

冯可雪说，你们一定会帮的。

孟正堂说，你怎么知道？

冯可雪说，因为你们不但给了我们马，还放我们走。

孟正堂说，只要不是敌人，我们都会这么做。

冯可雪说，可有些人不会这么做。

孟正堂说，说吧，回来找我们，有什么事？

冯可雪说，我们饿了。

孟正堂让王生康去炊事班给五个女人安排饭。王生康说是不是先问清楚了。孟正堂说等她们吃饱了再问。

不大一会儿，饭菜送了过来。野芹菜炒野山羊肉和烤出来的饼子。每个人都吃了三个饼子和一碗菜。吃的时候一直低着头，吃完了才抬起头。抬起头后，冯可雪说，想问什么，你们问吧。

尽管我们还不知道冯可雪会说出什么样的事，但可以断定，其中的一些事一定是我们从来没有听说过的。

第三章

吃过饭，孟正堂不问了，让王生康问。

王生康说，先说说你们是干什么的吧？

家没有了，房子没有了，亲人死的死，跑的跑。一个人要活下去，就得有地方住，有饭吃，有衣穿。到处跑，找住的，找吃的，找穿的。看到了一个很大的房子，里边有很多女人。刚走到门口，就有人招呼你进去。进去以后，马上让吃了一顿热饭，换掉了破衣服，当然，还给了一张床。可是天下，哪有这样的好事，这样的便宜事。没过几天，就让我们去干活。对了，有烟吗？给我一支烟。不要莫合烟，莫合烟太冲，不好抽，要纸烟。平常不想抽烟，一到有什么事，要说话时，就想抽烟。这是什么烟？哈德门，不错，好牌子，我喜欢抽。好，我接着说，让我们干的活，不是很难的活。可以说，连学都不用去学，是女人天生就会干的活，只要愿意干，就能干。可这个活，没有女人愿意随便干。这是个什么活，不用多说，你们也知道了。不干也行，不干就走人，就没吃的了，没住的了，没穿的了。还要还上债才能走，已经吃的，住的，穿的。算了一下，好多块银圆呢。还不上，就得去干。说了干十次，就可以抵债了。没办法，就去干了。头一次，哭得像泪人，好像活不了一样。什么事都一样，头一回难，有了头一回，接下来就没有那么难了。第二次就不哭了。到了第三次，脸上就有了笑。十次过去了，再不说走的话了。也有死活都不行的，有一个姐妹就上吊了，还有一个姐妹跑了，跑到半路被抓了回来，打了个半死，脸上划个口子，破了相。再想干，都干不成了。最后，卖给了一个老头。一般这个活，只要干上了，就不会走了，也不会再去干别的活了。不但不走了，还想把活干好，让男人们喜欢。喜欢了，男人就会多给银圆。老板为了银圆，请了先生来，教我们识字，信不信，我们几个，全能看报纸。还请了个乐师，教我们吹箫。箫和别的乐器不一样，吹出的声音，拿到手上的样子，都适合女人。我们都学会了。上次你们光听我吹了，没听她们吹。她们吹得比我还好。每一次，男人让我们吹上一段，就会多给些银圆。说到这，我们是干什么的，你们明白了吧。

冯可雪说的时候，样子很平静，像在讲一件和自己关系不大的事。

王生康也听得很认真。不但在听，还拿出了本子边听边记。不是冯可雪说的话有多么重要，非要记下来才行。养成习惯了，不管开什么会，都会拿本子记。再好的脑子，不如一个烂账本。有些事，记在本子上，还是很有用的。

孟正堂也在听，他没有拿本子，只是拿着一支烟。不过，听着听着，他有些坐不住了。中间站起了三次。一支烟抽了一半，就扔到了地上，踩到了脚下。

王生康又问，再说说，你们又怎么会出现在这个地方？

在那个大房子里干活，是干不了一辈子的。早晚会离开的，可就算是离开，也从没想过要跑到这荒凉的山谷来。打算是干一些年，存一些银圆，就离开大房子。出去自己买一个房子，再开个什么店，最好是能找个男人，穷富不管，年纪不管，只要心眼儿好，只要老实就行。全想好了，银圆也存了不少了。可是这个年头，太乱了。老是打仗。干什么，都别想过安生日子。有一天，来了一群人，是土匪。土匪不是头一次来，每一次来，老板拿些银圆就打发掉了。可这次来的土匪，老板给了银圆，还把我们的银圆也抢走了。银圆抢走了还不行，还要抢人。看我们几个年轻，长得还行，就把我们抢走了。我们的命不好，可这些土匪的命更不好。把我们往山上带，说是带到山上，当他们的压寨夫人。刚进山，没走多远，就遇到了国军。这些国军，也很厉害的。也像你们一样，举起马刀冲了过来。国军人多，刀枪也好。不到半天，就把这些土匪全杀了，把我们给救了。我们说，土匪还抢了我们的银圆，他们说，是我们的就还给我们。虽然，没有一下子还完。可他们说了，会全还给我们的。那个长得像书生的军官，真的是个很好的人，说话十分和气。知道我们会吹箫，就让我们吹给他听。每吹过一次，他就把银圆还给我们一部分。当然，有时候，听过吹箫后，他还想干点别的。就会从我们中挑一个人去，陪着他睡觉。要是这样，他就会多给些银圆。我们就每天跟着他们在山里走。每天都会有饭吃，还可以不断地把银圆拿回来。我们确实挺高兴的。觉得这样一直跟着他们走下去也挺好的。没有想到，遇到了你们，你们又把他们给杀了。我们不明白，他们又不是土匪，你们为什么要杀他们。你说，你们不杀他们，他们就会杀你们。你们有什么仇，要这样杀来杀去的。算了，这是你们男人的事，我们搞不懂。

你们在后边追他们,他们知道。也给我们说,说了你们好多坏话。说你们不是人,是魔鬼。现在看来,你们不是魔鬼,你们也是男人。好像还是挺不错的男人。好了,再给我一支烟。还有什么要问的,你们再问吧。

王生康合上了本子,对孟正堂说,孟队长,我没有什么问的了,你看还有什么要问的?

孟正堂摆了摆手。意思是我也没有什么问的了。

冯可雪说,如果两位队长没有问的了,不知两位队长能不能听我们五个姐妹吹一段竹箫,表示我们的一点儿谢意。

孟正堂说,我们没干什么,没什么可谢的。

冯可雪说,正因为你们没干什么,还放我们走,还给我们饭吃。

不等孟正堂再说什么,冯可雪和另外四个女子,就一起抽出了竹箫。

上一次是冯可雪一个人吹,这一次是五个人一块吹。她们跪成一排,一齐把竹箫从包袱里抽出来,一齐含到了嘴唇间,一齐把手指按到了管孔上。

如果说,箫声像流水,那么一个人吹像是小溪的流水,而五个人吹,就像是小河的流水。清清的水从远处流过来,流过了身体,一阵凉意渗进皮肤,透到了心里,好像一片干裂的土地,得到了浇灌。

这声音没法形容,听得两个男人不由得闭上了眼睛。

吹完了一支曲子。

五个女人一齐放下了竹箫。

没有了声音,静下来好一阵子,两个男人才睁开了眼睛。他们没有鼓掌,也没有说什么夸奖的话,可从表情上看,箫声让他们有些和平常不一样了。

吹竹箫,是跪在地上吹的。

吹完了,还跪在地上。

王生康说,好了,你们可以起来了。

听到王生康这么说,她们好像没有听到一样,还是不起来,好像一个仪式还没有结束似的。

孟正堂想,她们不会没有理由就这么做的,孟正堂说,还有什么事,说吧。

冯可雪说,我们等着队长的奖赏。

孟正堂说,什么奖赏?

冯可雪说,银圆。

孟正堂说,我们当兵,不发银圆。

冯可雪说,我们不要你们的银圆。

孟正堂听不懂冯可雪的话了,看着冯可雪,等她把话说下去,说明白是怎么回事。

冯可雪说,不知道队长还记不记得我刚才说过的话?

孟正堂说,你指的是哪一句?

冯可雪说,我们在大房子挣的银圆,被土匪抢了去,后来又落到了国军手里。国军只还给了我们一点儿,还有好多没有还给我们。

孟正堂说,对,你说了,那个书生军官每次听你们吹竹箫,每次听完以后,就会还给你们一点儿。

冯可雪说,是的。

孟正堂说,可银圆在他手上,你该向他要呀。

冯可雪说,可他死了,没法要了。

孟正堂说,我明白了,你是说,他死了,银圆没有死,银圆还在。

冯可雪说,是的。

孟正堂说,并且这个银圆是在我们手上。

冯可雪说,它装在一个小皮箱里,已经成了你们的战利品。

这个女人,实在不笨。她说的每句话,似乎都很在理。如果那些银圆,真的有,那它们一定会在,并且这时就在很近的一个地方。

孟正堂就让王生康去找那个小皮箱。

果然,不大一会儿,王生康回来了,手里真的提着一只小皮箱。

小皮箱放在了帐篷中间。

所有人全看着小皮箱。

小皮箱打开了。

一堆银圆亮晃晃的。

比银圆更亮的,是五个女人的眼睛。不过,她们并没有马上扑上去,因为这些银圆,是不是全都能回到自己手上,她们还不知道。

所以她们看过了银圆,又去看孟正堂。

孟正堂也盯着那些银圆看,好像他也被吸引住了。冯可雪注意到了这一点,冯可雪说,孟队长,不全给我们也行。

孟正堂说,点点吧,有多少。

蹲下来,冯可雪把银圆数了一遍。

孟正堂说,差多少?

冯可雪说,一个不差。

孟正堂说,你们可以走了。

冯可雪站起来,还有另外四个女人,转身朝外走。边走边回头看那个皮箱。

孟正堂说,别忘了,把你们的东西提上。

说着,指着那个小皮箱。

冯可雪站住了，看看小皮箱，又看看孟正堂，没有马上去提。

孟正堂说，是不是不想要了？

冯可雪一听，伸手把小皮箱提了起来。

冯可雪说，我们走了？

孟正堂说，走吧。

拿了小皮箱，再往外走时，五个女人有点慌张，有点像逃跑。让两个男人看着想笑。

帐篷里，女人没有了，只有男人了。

王生康说，全都给她们了？

孟正堂说，你想留一点儿？

王生康说，司务长说，买粮草的银圆不多了。

孟正堂说，再困难，这个银圆，也不能用。

王生康说，我明白了。

正说着话，帐篷门又开了。进来一个人，孟正堂和王生康一看，愣住了。没有想到会是个女人，更没有想到会是冯可雪。

王生康说，银圆不是都给你们了吗，还有什么事？

冯可雪说，我想和孟队长单独说个事。

帐篷里只有冯可雪和孟正堂了。

孟正堂说，有什么事，说吧。

冯可雪要说话，却不说，朝孟正堂跟前走。

帐篷很小，走了两步，就走到了孟正堂跟前。

孟正堂觉得怪，又不是听不见，还要走到跟前说。

走得那么近，近得都能听得见对方的喘气声，还不说。

孟正堂说，有什么事，快说呀。

冯可雪说，我想好好谢谢你。

冯可雪说话时，呼出的气吹到了孟正堂脸上，有点热，还有一股怪怪的味。

孟正堂说，好了，要是这句话，就不用说了。

冯可雪说，是不用说了，我也不想说了，我只想让队长知道，我们不是知恩不报的人。

孟正堂说，怎么报？

冯可雪说，女人，没有别的啥，要是队长不嫌弃，就把这身子拿去，好好地高兴一下。

你说什么，说什么？不知是真的没听懂，还是听懂了，不敢相信，以为是听错了。冯可雪的话还没说完，孟正堂就边大声问着，边站了起来。

以为孟正堂真没听明白，冯可雪又靠近了些，近得可以说是身子挨身子了。又说了一遍，把这身子拿去，好好高兴一下。

不但这么说，还边说边解开了衣服扣子，让奶子露了出来。冯可雪的奶子又白又大，像雪峰。

孟正堂这次是听明白了，就算没听明白，也看明白了。只是明白了以后，没有按冯可雪说的，把她的身子拿去。相反，却是一下子把冯可雪推开了。

用的劲有些大，把冯可雪推倒在了地上。

倒在了地上，冯可雪没吃惊，还带着笑，衣襟更敞开了些。

冯可雪知道，好多男人都这样，一到了这个时候，就会变得粗暴。

不过，脸上的笑，没有停留一会儿，就变了。

没法不变，以为孟正堂把她推倒了，会跟着扑上来。没想到他不但没有扑上来，还后退一步，把靠在帐篷边上的马刀拿了起来。

拿起来了还不算，还高高地举了起来。看那样子，好像马上就会劈下来，劈向冯可雪敞开的胸。要说场面，冯可雪什么样的没见过，就像男人一样，什么样的，冯可雪没见过。可这个样的场面，这个样的男人，冯可雪真的是头一次遇到。

赶紧系上衣服扣子，站好了。

看马刀还是不肯放下。冯可雪说，不愿意就算了，也不会强迫你，用不着拿马刀呀。

冯可雪这么说了，那马刀还是不肯放下，还是一样举着，孟正堂让冯可雪赶紧出去。看来，冯可雪不出去，马刀是不会放下的。

冯可雪只好往外走，边走边想，这个男人可真怪，好像我会要他的命，多大一个事，用得着动刀吗？

帐篷外，四个女人坐在草坡上，等冯可雪出来。

看冯可雪走过来，四个人觉得怪，不管干什么，不能这么快呀。

问她咋回事？

算了，别提了，人家差一点儿拿马刀把我劈了。

四个女人一听，更奇怪了。因为，这样的男人，她们从来没有见过，也从来没有听说过。

太阳已经看不见了，可还有几抹红挂在天边，像是还留恋着什么，不肯完全消失。山谷间，有雾和烟飘来荡去，雾是白的，烟是蓝的，好像融化在了一起，可细细去看，还是能看出各有各的形状，不愿往一起混。烟雾下面，流着的河水两边，活动着一些士兵的身影。看上去，好像一幅画一样。

好像被这幅画吸引了，她们一直坐在草坡上看着。吃也吃饱了，失去的银圆也讨要了回来。她们再留在这里，好像确实是没有理由了。再说了，原来也是说好的，只要能把银圆讨回来，就一定马上离开。

想着要把那些银圆讨回来,不会那么容易。至少也会像国军那样,让她们吹竹箫,让她们陪着作乐。因为看起来,这些男人好像更粗野一些。

可结果却并不是这样。

结果五个女人就有了两种意见。

一种意见,还是要走,要快走。万一这些男人后悔了,把她们抓回来,不但那些银圆还会被抢走,身体还不知要受多少折磨。有这种意见的是草子、枝子和木子。

另一种意见,自己走可能会迷路。还可能遇上野兽和土匪。真是那样的话,可能连命都会丢掉。命丢了,银圆还有什么用。不如跟着这群男人走。他们肯定不会把她们怎么样,如果想怎么样,也不会等到现在了。有这种意见的是冯可雪,还有果子。

三个人说走,两个人说不走。按说就该走。可五个人里,冯可雪稍大一点,真要拿主意,还得听冯可雪的。冯可雪说不走,就不能走。冯可雪说,天马上就要黑了,就算要走,这会儿也没法走了。要不,先在这住下,走不走,明天再说。

好像知道她们拿不定主意,要替她们拿主意似的,王生康从帐篷里走出来。走到了五个人跟前,王生康说,孟队长说了,让你们马上离开。冯可雪说,天马上就要黑了,没法走了。王生康说,那明天早上你们一定要离开。冯可雪说,如果我们不走呢?王生康说,那就把你们的银圆全都没收了。

没想到王生康会说出这么句话,五个女人愣住了。

第四章

这个晚上,孟正堂没睡好。

老是在打仗，从一个地方，到另一个地方，不停地奔跑，也叫行军，也叫奔袭，也叫转移。好不容易有个睡觉的机会，不管在什么时间，倒下就会睡着。

本来，一场仗打完了，全身放松下来，不会想别的，只会想睡觉。也以为，一倒下就会睡着的。没想到，躺下来，放平了身体，闭上了眼睛，却怎么也睡不着了。

睡不着，一般来说，是受到了干扰。是某一件事，把心搞乱了。孟正堂说到底，也是个人。不管他对自己有什么要求，一样会受到干扰，一样会心乱。

说到这里，不用多说，你一定会知道是什么让孟正堂睡不好了。

眼闭上了，一样能看到一个东西。那个东西，又大，又白，又圆，还有股好闻的味。

那个东西，很怪。进到了眼皮里，还不行，还要到处跑。跑到身体某些地方，停下来。某些地方，碰到了它，只是轻轻碰一下，马上就变成了另外一个样子。

那个样子，很不像样。弄得孟正堂很难受。

难受得睡不着，他就骂自己。骂自己没出息。

不知过了多久才睡着了，睡着后，做了个梦。没做完，只做了一半，就醒了。醒了，觉得一个地方是湿的，手一摸，果然是湿的。

知道是怎么回事，又好久没睡着。

早上，一道光照进帐篷，照到脸上，孟正堂醒了，一伸手，抓住了马刀。习惯了，睡觉时，马刀放在枕边。有情况，一下子就可以抓到。说来只是个习惯。有一次，在树林里宿营，遭到日军偷袭，一睁眼，看到一个鬼子，正举起刺刀朝他刺来，他一翻身，顺手抓住了马刀，用马刀挡住了刺刀。并顺势反击，因为刀法好，鬼子只刺破了他的胳膊，他却把马刀扎进了鬼子的心脏。好习惯，很有用。正是靠了这个习惯，他才没有死。

一般来说，早上醒来，抓住马刀，并不是只抓住。抓住以后，还会走出房子，做出一套劈杀砍刺的动作。算是活动筋骨，提提精神，同时，也可以加强一下杀敌的本事。

这个早上，好像与以往的早上没什么不同。孟正堂提着马刀，走出了帐篷。空气好得不行，湿湿的，凉凉的，灌进了胸腔。没有睡好的倦意，一下子被赶走了。

孟正堂举起了马刀，正要操练，却一下子停住了，举起的马刀放了下来。

他看到王生康站在不远处的草坡上，如果只是看到王生康，当然不会把举起的马刀放下了。问题是看到王生康的同时，看到了那五个女人。

他大喊了一声，王生康。

一听孟队长喊，王生康跑了过来。

他问王生康怎么回事，那五个女人怎么没有走。

王生康说，怎么说都不行，要跟我们一块走。

孟正堂说，为什么？

王生康说，怕迷路，怕被狼吃了，怕遇上土匪。

孟正堂说，女人就是胆小。

王生康说，要不，硬把她们赶走。

孟正堂说，有这么对待老百姓的吗？

王生康说，没有。

孟正堂说，不硬赶，好好说，让她们走。

王生康说，她们不走怎么办？

孟正堂说，不是说了吗？没收银圆，看她们走不走。

孟队长，请让我们跟你们一块儿走吧。

身后突然响起女人的声音，把孟正堂吓了一跳。回头一看，看到了冯可雪和另外四个女人。

早上的女人，也像沾了露水的青草，看上去比别的时候要好看一些。

面对着五个女人，孟正堂的目光尽量不落到冯可雪身上。

孟正堂说，我们是军队，不能带女人。

冯可雪说，我们不会惹麻烦的。

孟正堂说，我们要行军打仗。

冯可雪说，我们不会拖累你们的。

孟正堂说，这个事真的不好办。

冯可雪拿出了那个小皮箱说，这些银圆，交给你们，如果惹麻烦了，一个银圆我们都不要了。

孟正堂说，看来，你们是下了决心，要跟我们走了。

冯可雪说，是的。

孟正堂说，如果我坚决不让你们跟呢？

没想到听孟正堂这么说，五个女人扑通一声，全跪了下来。一齐说，孟队长，求求你，可怜一下我们这些苦命的女人吧，就把我们带上吧。

孟正堂愣了一下，赶紧说，快站起来，行，带你们走。

说完，不等五个女人再说什么，转过身，走到一块平地上，举起了马刀，一招一式有章有法地练起了劈杀。

孟正堂挥动马刀的样子，看上去威风极了。

看着看着，冯可雪抽出了竹箫。

看到冯可雪抽出了竹箫，四个姐妹也拿出了竹箫。她们明白冯可雪的意思，感谢一个人有各种方式。

竹箫不是刀，不能舞，可竹箫是乐器，可以发出声音。五支竹箫一齐发出声音，听起来，就很好听。

好听的声音，是上下翻飞的，是高低起伏的，是快慢变化的。

人不能走到孟正堂跟前，声音却可以飞到他身边。还可以飞进他的耳朵，飞进他的心里。

起先，马刀还像不肯跟随竹箫的节奏变化，可竹箫的声音像水珠一样不断溅到马刀的刀锋上，一会儿，马刀就坚持不住了，不由得合着竹箫的声音舞动着，谁都看得出，马刀像是获得了一种鼓舞和力量，顿时变得勇猛奔放起来。

四处活动的士兵，先是听到了竹箫的声音，后又看到了马刀的飞舞。

没有人招呼，却像是听到了口令一样，全朝着一个地方走了过去，直到把这个地方围了起来。

最后一个音符，从竹箫中飞出，被马刀的刀尖挑起，弹向天上的一片朝霞。同时，带来一片士兵们的掌声。

掌声很大，听得出，每个人用力拍了。不是被激动了，不会这么拍。只是不知道，这掌声，有多少是给那把马刀的，又有多少是给那五支竹箫的。

骑兵队出发了。

和往常一样，全集合好了。向孟正堂报告。孟正堂说，出发。队伍才开始行动。和往常不一样，队伍的后边，有五个女人。她们也骑着马，可她们穿着花衣服，围着花头巾。在青色的山谷中，她们就像是一团移动的花朵。

说好了，行军时，可以跟着走。但不能跟得太近，至少要离开五十米。

可走着走着，一回头，看到五个女人跟队伍走到一块儿了。离最后一个人只几米。

走在队伍中间的孟正堂说，怎么回事？

王生康说,我去看看。

王生康过去一问,冯可雪说,刚才过一座山,拐了一个弯。一下子看不到你们了,我们急了,怕你们把我们甩了,就赶紧追。这一追,这一追就追得近了。

王生康说,你们要说话算数。要不,孟队长会生气的。

冯可雪说,我们一定听话。

冯可雪让另外四个姐妹停下,等前边队伍走出了一段,才说走。

走了一阵,遇到一片林子。林子很密,树枝和树叶连在一起,像一堵堵活动的墙。果子说,尿有点憋了。

果子一说,另四个女人都觉得肚子有些发胀。

冯可雪说,那就方便一下再走。

下了马,各找了一堵墙,解开腰带,让自己完全松快了。

等再上到马背上,要往前走了,却看不到队伍了。

想让马跑快点追上去。可林子太密,挡着的墙太多,别说跑了,马走出来,都困难得不行。

结果,越追,离队伍越远了。

正好有几只狼在林子里游荡,找食吃,看到了她们。一开始,狼看到她们,打算要跑的。可是看到她们没有刀,也没有枪,就停了下来。

看到几只狼站在路中间,直直地盯着她们。她们发了会儿呆,想不出别的办法,只能是大声地喊叫起来。

喊声只是把狼吓了一跳,可没有把狼吓走。

队伍走出了林子,又走出了好远。孟正堂回头没有看到五个女人,问王生康怎么回事?王生康说,女人事多,是不是去方便了?

正说着,听到传来叫声,太远,听不太清。用不着听清,在这个地方，这个时候，只要听得出是人的叫声，不会是别的人。

这次孟正堂亲自去了，还带了一个班。不知道遇到的是狼，还以为是遇上了土匪。

狼看到带刀带枪的人来了，转身就跑得没有影子了。

再往前走。孟正堂跟王生康说，这样不行，一会儿前，一会儿后的，再遇到个什么事，耽误时间。

王生康说，要不，咱们走咱们的，不管她们了。

孟正堂说，咱们不能说话不算数。

王生康说，好像没有别的办法了。

孟正堂说，这样吧，派两个人，跟她们一块儿走。

王生康说，这个办法行，既可以保护她们，也可以管着她们，可以少去一些麻烦，可派谁去呢？

孟正堂说，问问谁愿意去。

问谁愿意去，这是个习惯，有了事，有了任务，派谁去之前，先问一下大家，和民主无关，主要是看谁最想去，一般来说，最想去的，很积极主动，任务就会完成得好一些。多半是不管啥任务，只要提出来，都会有人抢着去。

商量完了，正好一个班士兵走过来。孟正堂、王生康让他们停下来，说有个任务，谁愿意去。

有些怪，一听是这个任务，士兵们互相看看，却没有一个抢着说，让我去。就好像这不是个任务，而是个便宜，抢着要去，是要占便宜，会让大家看不起。

你们都不愿意去？孟正堂问了一句。这一问，一个人站了出来，他叫刘二狗。刘二狗说，你们不去，我去。一听刘二狗说要去，大家全笑起来。刘二狗犯过错误，犯过男女错误。一次打仗受了伤，伤的地方，在肚子下边。护士给他换药，手碰到了那个地方，那个地方一下子跳了起来。事情要是只到这，没啥事。可他不行，说人家惹了他了，让人家负责，就抓住了人家的手，让人家把他那个跳起来的东西压下去。护士叫起来，声音太大，好多人听见了。本来他写了申请书，要入党。因为这个事，不让他入党了，还让他在大会上做了检查。

按说，不管啥任务，谁要求去，就会让谁去。可一看是刘二狗要求去。孟正堂像没听到一样。孟正堂说，你们都不去，我就点名了。

孟正堂点了毛大栓和肖海的名。点他们两个，不是他们两个比别人能打仗，有本事。只是看起来，他们两个不会干刘二狗那样的事。

毛大栓五十多岁了，是个老兵，这么大年纪，什么都见过，女人方面也一样。一般情况下，抵抗能力强，不会犯错误。再说了，五个女人都二十岁左右，在他面前，全可以做他的女儿。肖海正相反，很年轻。二十岁还不到。年纪太轻，还没有经历过什么，可以说，不懂什么事。胆子很小，女人方面的错误，就是让他去犯，怕是都不知道怎么去犯。

我们的士兵，就是这一点好，不管是什么任务，只要点了名，让去干，不管想去不想去，能干不能干，都是不会说一个不字的。

定下了让毛大栓和肖海去，刘二狗凑过来，说，你们谁要不想去，我替你们去。两个人看了刘二狗一眼，没有理他。刘二狗觉得没趣，自己对自己说，傻人有傻福。

没让刘二狗去，刘二狗也不生气。这两天，心情还不错。要说原因，还真和女人有关。和五个女人没接近过，没说过话，可以说互相不认识。只是从远远的地方看到过影子。就是这样看过几次，刘二狗的心情就和以往大不一样了。

一个东西，能看到影子了，要想走近，就不会很难了。

第五章

走到一个地方，说不走了，晚上就住在这里了。这个地方看上去，和以前住过的地方没有什么不同。都属于一道山谷，山的样子，水的样子，还有树和草的样子，都会差不多的。

走在路上，规定要离开五十米，住下后也有规定，没说要离开多少米，可说了不能住在同一片草地上。

士兵们住在河边的草地上。走路不乱走，要排成队。住下后也不能乱住。一个排一个班，在什么位置，都是安排好的。同样，谁挨着谁也是定好的。这么做，只有一个目的，突然发生了什么情况，应对起来不会乱。

五个女人住的地方，没有明确，只是往一个方向一指，让她们自己去找。王生康给指的。

朝王生康指的方向，走了一会儿，走到了一个坡上，坡上有几棵松树，松树下是一片草滩，看上去还算平。冯可雪问，那个地方怎么样？大家一看，说，行。就牵了马走过去。

把马放开，让马去吃草。马懂事，骑上几天，就认识你了。不用拴起来，也不会跑远。要用它了，喊一声，就过来了。

野草不高，但很密。压倒了，软软的一片，躺上去一点儿也不硌身子。

天还没黑，还不到睡觉的时候，躺一下，又坐了起来。冯可雪掏出一支烟，点着了，抽了一口。果子看见了，伸手拿过去，接着抽了一口。果子抽了一口后，又给了木子。就这样一人一口，一直传到了枝子和草子手上。草子抽了一口后，又回到了冯可雪手上。她们抽烟，并不厉害，想抽了，一次可连着抽几根。不想抽了，几天也可以不抽一根。

坐在坡上往下看,可以看到士兵们在忙。一些士兵在河边给马饮水,一些士兵在磨刀和擦枪,还有些士兵走来走去,不知在干什么。一样的衣服,颜色一样的,样式一样的,穿法也是一样的。离得有些远,看不清脸,看上去,看不出区别,好像是一个人,一下子变出了许多人,在那里活动着。

活动的士兵中间,有一个帐篷。那是队部,有一根天线从顶部伸出来。看不到里边的人和东西。不过,不用看,也会知道里边有一个叫孟正堂的男人和一部电台。这会儿,孟正堂正让报务员给上级发报,报告队伍行进到了什么位置和发生的情况,并准备接收新的命令。

报告位置在天山山谷。情况是什么都没有。不一会儿,也接到新命令。命令是新的,可内容和昨天的一样,继续朝前走。

五个女人都在往坡下看,别人怎么看,冯可雪不知道。冯可雪只知道,她的目光在那顶帐篷上多停留了一会儿。

果子说,坡下的这群男人,要是这时换成那帮国军,你们说会怎么样?

木子说,早把我们请进那个帐篷里了。

枝子说,早把烧好的奶茶,煮好的羊肉,还有葡萄酒端到了面前。

草子说,还给我们发叮当响的银圆。

冯可雪说,可不是白给的,要吹竹箫,还要干别的事情。

果子说,那也比让别人不理不睬好。

木子说,他们好像一点儿也不需要我们。

枝子说,好像还很讨厌我们。

草子说,好像我们很丑。

冯可雪说,他们和别的男人就是不太一样。

果子说,我就不信男人会不一样。

枝子说,不是不一样,是没有机会。

木子说,我们可以给他们机会。

草子说,人家对咱们好,咱们也得对人家好。

冯可雪说,这些男人是有些可怜。

果子说,他们是不是从来没有碰过女人。

枝子说,就算是碰过了,也会是很久以前的事了。

木子说,他们看上去是多么强壮啊。

草子说,不知他们有多难受。

果子说,可孟队长为什么要用马刀把雪姐赶出了帐篷?

枝子说,见了雪姐还不动心的男人,不是精神有了毛病,就是身体有了毛病。

草子说,那天晚上他肯定没有睡好。

木子说,他现在一定后悔得不行。

冯可雪说,我看孟队长根本就不是你们说的那种人。

果子说,孟队长那么好,不管他需要什么,只要我们有,就该给他。

木子说,让雪姐再去。

冯可雪说,我已经去过了。

枝子说,那次不算。

草子说,雪姐再去,一定能成。

冯可雪说,谁想去,谁去,我可不去了。

像是在开玩笑,又不全是开玩笑。

嘴上说不去,心还是动了一下。

不是说喜欢上了,只是不甘心。一件事,真心去做,没有做成,好像自己很没有本事似的,就有点伤自尊。

不是说要征服谁,只是想证明一下。他是不是真的有毛病?如果没有毛病,那又是因为什么?

真的很想再试试。

不过，这样想了后，又突然发现自己很可笑。不是说，她不想去了，不敢去了。而是，她可能压根儿就没有这个机会。

她要干的一件事，不是随时随地都可以进行的，那是有条件，至少也得在某个时间某个地点，除了她和他，不会再有第三个人。

她怎么可能会有机会单独和孟正堂在一起？

别说单独在一起了，就是想看见他，都不容易。就说这会儿，往坡下看，一下子能看到那么多人，但却看不见孟正堂。

孟正堂是队长，队长是很忙的，要见一次当然不容易。

男女间的事，看起来是两个人的事，但很多时候，事情的进程，还是由男人来决定的。也就是说，不管冯可雪怎么想，怎么做，结果却还是要看孟正堂的态度。

看不见孟正堂，却能看见孟正堂派来的人。

一个炊事员送来了饭菜。

饭菜看上去很好吃，吃起来也很好吃。

真的饿了，一盆子菜十个大馒头，一会儿就吃掉了。

吃饱了。

不想再坐在草坡上，想到草坡下走走。草坡下，那么多的人，多是些精壮的汉子。可以听到他们大声在说话，大声在笑。听不出在说什么，也不知道他们在笑什么，但可以感觉出他们很开心。

一群男人在一起，一个女人都没有，有什么可开心的，她们不明白，她们想过去看看。

离得并不远，要去容易。她们站了起来，要往山坡下去。冯可雪却说不能去。

不是冯可雪不想去,冯可雪也想去。可冯可雪保证了,没有经过同意,绝不乱走。王生康再三对她提出要求。

不乱走的意思,主要是指不要到士兵中去乱走。她们往山上走,往树林里走,或者别的什么地方走,只要她们不怕,他们不管。

问题是别的地方没有人,去了又有什么意思。

其实,她们不下去也行。如果这会儿,能有几个士兵看到了她们,走过来看看她们,和她们说说话,聊聊天,她们也会很高兴的。

她们想,过一会儿,肯定会有一个或几个男人,朝她们走过来。

等了一会儿,又等了一会儿,眼看天色由红变黄,直到变灰,还是不见一个人走过来。

有点等不及了,果子说,他们一定是没有看到我们。

冯可雪说,有个办法可以让他们看到我们。

大家一齐问,什么办法?

冯可雪把箫拿了出来。

很多时候,人去不了的地方,声音可以去到。

五支竹箫一齐吹了起来。

箫的声音并不大,也不响亮。可以说有些低沉,有些柔弱,可它有种穿透力,尤其是在宁静的山谷间,它的声音会被传得很远很远。

吹的一支曲子,是支民歌,准确说是支儿歌。可它已经流传不知多少年,几乎没有人不知道、不会唱。

“小白菜呀叶儿黄呀,两三岁呀死了娘,跟着爹爹还好过呀,就怕爹爹娶后娘,爹爹娶了个后娘呀,生了个弟弟比我强呀,弟弟吃面我喝汤呀,端起碗来想起娘啊……”

箫声传到坡下，坡下的人全听见了，连在帐篷里的孟正堂也听见了。

正在大声说话的人不说话了，正在大声笑着的人也不笑了。好些会唱这首民歌的人，跟着箫声，低低地哼了起来。

孟正堂正俯在一张军用地图上，和王生康一块商量着明天的行军路线，听到传过来的箫声，他站直了身子，放下手中的铅笔，听了起来。

别说是孩子的歌，我们曾经也是孩子，别说我们已经长大，再大也是娘的孩子。娘是女人，没有娘，就没有我们。也就是说，没有女人，就没有我们。女人是那么了不起，可又总是那么苦命，那么可怜。

听到这支曲子，让我们没法不想到很多。

孟正堂对王生康说，真的是很好听。告诉她们，让她们每天吹一支，吹给我们的士兵听。

王生康说，丰富连队的文化生活，是很必要的。

箫声渐渐停了下来后，从坡下传来叫好声和掌声。

他们听到了。

他们知道我们在什么地方了。

他们一定会走过来的。

他们真的来了，来到了我们身边，咱们该怎么办呀？

五个女人一下子兴奋了起来。

当然，说说话，怎么说都行，要开个玩笑，怎么开都行。可如果他们不是只说说话，开开玩笑，他们还想干点别的事情，咱们该怎么应付呢？

应付什么呀。他们要干什么，就让他们干。他们是孩子，男人永远都是孩子，女人的孩子。这些年，他们一直东征西战，打打杀杀，不知受了多少罪。说咱们可怜，其实他们更可怜。再说了，既然是孩子，就可能会调皮，会不懂事，会很任性。不管做什么，怎么做，都不要太在乎。

商量好了。他们如果来了，不管他们要干什么，都顺着他们，不说半个不字。还有，不能说不字，给什么东西，都不能要，包括银圆。

当然不能要银圆，一个银圆都不能要。好女人和男人不管干什么，都不会要东西，要银圆。

只要是女人，不管落到什么地步，都想做个好女人，至少不再让别人骂，不要再让别人看不起。

冯可雪她们也一样。

躺在草地上，看着星星一点点地多起来，直到挤满了整个夜空。月亮也从山谷间走到了山顶上。可坡下的男人，却没有一个走到坡上面来。

尽管她们还不能完全知道这是怎么一回事，可她们总算是有一点同意冯可雪的说法了。这群男人是有点不一样。至少和以往她们遇到的男人有点不一样。

不过，到了第二天早上，收拾好了行李，把要带的东西放到马背上，等候出发的命令时，有三个男人走到了坡上面。

走在中间的，已经打过多次交道，都认识，是王生康。走在他两边的，一个年纪大，一个年纪小，都不认识。

看着三个人走过来，五个女人每个人都低声说了一句话。

果子说，机会来了。

木子说，可惜只有三个。

草子说，那就看谁有本事了。

枝子说，我一个都没有看上。

冯可雪说，听着，谁都不能惹出麻烦。

三个人走到了冯可雪她们跟前，站住了。

王生康说，派这两个同志，负责你们的安全。

冯可雪说，光是安全吗？

王生康说，有别的什么困难，也可以告诉他们。

枝子说，他们一个这么老，一个这么小，能保护我们吗？

不等王生康说什么，草子走了出来，站到了毛大栓跟前，说怎么不可以，这位大叔，一看就心肠好。

看草子走出来，木子也跟着走过来，站到了肖海身边，说，还有这个小弟，多年轻，肯定很勇敢的，有他在，什么都不用怕。

说着，木子挤了一下眼，几个女人都笑了。

王生康对冯可雪说，你们的竹箫吹得很好，队长很喜欢听。他说，行军休息时间，你们可以吹给士兵听。

王生康说完，转身走了。

看到王生康走了，果子喊起来，王队长。

王生康站下了，转过身问，什么事？

果子走过去，说，王队长，你的衣服扣子快掉了。

王生康低头一看，中间一个扣子真的只有一根细线连着了，再不缝，马上就会掉了。

果子说，我这有针线，让我帮你缝一下。

王生康说，不用了，我也有针线，可以自己缝，没有别的事了吧。果子一时说不出别的事，只能看着王生康转身走了。不过，她并不扫兴，至少她没有看王生康有讨厌她的意思。

等王生康走了，才发现他忘了个事，没有介绍两个人姓什么叫什么。冯可雪没直接问，让草子和木子问。草子说，大叔，你叫什么。毛大栓说，我叫毛大栓。木子问肖海，你叫什么？肖海说，我叫肖海。果子说，毛大叔，以后你听我的，别听她们的。毛大栓说，我只听队长的。木子说，小海弟，有什么事，跟我说，别跟她们说，她们没正经，乱开玩笑。肖海说，我跟谁也不说，只跟队长说。

冯可雪说，谢谢你们两位来帮助我们。

毛大栓说，不用谢，这是任务。

肖海也说，行军时，我们一块儿走。

说完，两个人走到一边，等出发的命令。

看了一眼毛大栓和肖海，又看了看草子和木子。冯可雪说，你们真打算要弄点事？草子和木子说，还不是想给咱们争个面子。冯可雪说，这两个人，是老实人，你们就别瞎费工夫了。草子说，男人老实不老实，是看不出来的。木子也说，可不是，男人的坏，是天生的，什么老实呀，都是装出来的。冯可雪说，可别硬逼着人家干什么呀。草子和木子说，你就放心吧，不会惹麻烦的。

果子在一边说，看来，我是没戏了，那个指导员有点牛，连个衣服扣子这么个机会都不给。

听果子这么说，大家笑了起来。枝子说，我看呀，你们都没戏。

冯可雪说，听你的口气，只有你才行。

枝子说，行不行，不是说的，你们等着瞧吧。

出发吧。孟正堂小声说了一声，说给王生康听。王生康听到后，大声喊了起来，上马。山谷是空的，回声很大。一百多个人，一块踩到马镫子上，翻身往马背上骑。响起一阵铁器的碰撞声，有点像雷滚过。

一百多个人，包括五个女人。一百多匹马，顺着山谷走。路是小路，不宽。只能拉成一条线走。五个女人，走在队伍的最后边。从后边看，看不到队伍的头。

不过，虽然走在最后，最后一个人，却是个男的。有时这个男的是毛大栓,有时这个男的是肖海。在毛大栓和肖海之间是冯可雪她们。

没有人说话。不是没有话说,是不能说。行军,也是军事行动。好多敌人,都是走着走着遇上的,也是走着走着,就打起来了。虽然知道全国已经解放了,可能不会再打仗了。但多年养成的习惯,还是改不了。骑在马上,刀枪都不离身,随时准备要拿出来战斗。

山谷里,看上去,那么多人在移动着。可听上去,却听不见人的声音,听到的只有马蹄敲打石头的声响。

不过,五个女人的情况有些不一样。

还是要相隔五十米。不过,这个事不用冯可雪操心了,只要跟着毛大栓就行了。毛大栓和肖海做了分工。

一般来说,毛大栓走在前边,肖海走在后边,五个女人走在中间。

这实在是个很好的安排,她们不用再想会不会迷路了,也不会怕突然冒出几只狼来,更不用担心会遭到土匪袭击。

有人前后保护,就不用担心了。人只要一放松,就会想干点什么。比如说,抽一支烟,哼一支歌,或者说点什么。

冯可雪拿出一支烟,没有自己抽,也没有给姐妹抽。

她先给毛大栓抽。毛大栓说,我只抽莫合烟,不抽纸烟。

再给肖海抽,肖海说,还没有学会。

冯可雪点着了,自己抽了一口,还是老样子,再让四个姐妹抽,一人抽一口。

草子抽了一口,不抽了。让马走快了一点儿,走到了毛大栓的旁边。

草子说,大叔,你怎么这么大年纪还当兵啊。

毛大栓说,家没有了,地没有了,只能去当兵啊。

草子说，大叔，你家里还有什么亲人？

毛大栓说，家都没有了，哪来的亲人呀。

草子说，大叔，我一见你就觉得挺亲的，我也没有亲人了，你就当我的亲人吧。

毛大栓说，我可没有这样的福气。

草子说，就让我当你的干女儿吧。

毛大栓说，这可使不得，那得经过组织同意。

草子说，咱俩的事，用不着跟别人说。

毛大栓说，我们什么事都要跟组织说的。

草子心想，谁会把什么事都跟别人说啊，看来冯可雪说的对，这个人看起来经历过许多事，可好像一点心眼儿都没有，老实得不行。只是不知道他是不是什么时候都这么老实。

男人太老实了，女人就会有些同情。

草子让马走得快了一点，走到了毛大栓身边。木子让马走得慢了一点，落到了后边，落到肖海身边。

木子说，小伙子，你多大了？

肖海说，十九了。

木子说，我比你大两岁，你该叫我姐的。

肖海说，我们都叫同志。

木子说，为什么叫同志？

肖海说，因为我们都有同样的革命志向。

木子说，你的志向是什么？

肖海说，推翻黑暗腐朽的社会，消灭一切不民主的制度。

木子说，我听不懂。

肖海说，以后你们也要懂的。

木子说，你懂的事，我不懂，我懂的事，你也不懂。

肖海说，你说什么事我不懂？

木子说，女人的事，你懂吗？

肖海的脸红了，说，我不跟你说了。

说着，真的把脸转过去了，不再理木子了。

木子心想，真是个啥也不知道的小弟弟，不知道女人的男人是不可能长大的。

没有打仗的任务，行军就不那么急。一般走到半下午就不走了，就会找一个地方扎下营来。

扎营的地方，一般都要有水。可这次扎营地方的水，和以前不一样。以前的水，是河水。流得急，却很浅，还很浑浊。

这次的水，是一片湖水。一个山谷的凹地，把流下来的河水聚了起来，形成了一个很大的水湾。从远处看，它像一面大镜子，把天上的云彩全照了下来。走近了看，又清净得能看到水里游动的鱼，还有水底大大小小的鹅卵石。

士兵们先看到了这个湖，看到这么大一个湖，他们先是全愣住了。接着，他们就像疯了一样，朝着湖水扑去。

他们朝湖水扑过去，没有别的想法，就是想洗一个澡。不知多久没有洗澡了，一打开仗，就顾不上洗澡了。再说了也没有地方洗澡。

要洗澡就得脱衣服，要想快点跳到水里去，就得快点脱衣服。许多人都是边往水边跑，边脱衣服。等跑到了水边，身上已经是一块布都没有了。

五个女人在后边走，不知道前边有一个湖，也不知道好多男人跳到了水里。不过，再往前走个几十米，转过那堵石壁，就可以看到了。

只是不等她们转过石壁，一个士兵骑着马迎面走过来，走到了毛大栓跟前，跟毛大栓低声说了一句什么，就转身离开了。

毛大栓回过身，对五个女人说，请你们等一会儿再走。

冯可雪说，为什么？出什么事了？

毛大栓说，没出什么事，前边有一个湖，大家现在正在里边洗澡，你们要是过去，就看见了。

冯可雪说，我还以为出什么事了，洗澡算什么事，没事，咱们继续走。

毛大栓说，不行，你们不知道，他们洗澡，全都是脱得光光的。

五个女人全笑了起来，说，洗澡当然要脱光了，走，快去看看，那么多男人在湖里洗澡，看着不知会多有意思。

五个女人边说边往前走。

眼看要转过石壁了，肖海也赶了上来，和毛大栓一块拦住了她们。

毛大栓说，你们不能过去，这是孟队长的命令。

一听是孟队长的命令，女人不往前走了。

等了半个多小时，才过来了一个士兵，对毛大栓说，可以让她们走了。

转过石壁，一眼就看到了那个湖。

一看到那个湖，五个女人同时尖叫了起来。是一种欢喜的惊叫。

叫完了，五个女人相互看了看，什么都没有说，全都明白接下来要干的是什么事了。

一扯马缰绳，让马转了个方向，朝着那个湖走去。

毛大栓说，走错了，路在这边。

她们朝毛大栓笑了笑，说没错，我们要去湖边。

毛大栓说，你们去湖边干什么？

冯可雪说，还能干什么，当然是洗澡啊。

毛大栓说，不行，得孟队长同意。

冯可雪说，我去给孟队长说。

队长在队部。两个领导都在，在商量着什么。

冯可雪进去，只喊了一声孟队长，我找你有事。

一听找孟队长有事，王生康就说，我先出去一会儿。

孟正堂说，你不用走，她不会有什么大不了的事。

果然是个不大的事，冯可雪说，我们要洗个澡。

孟正堂说，让炊事班给你们烧一桶水，给你们搭个草棚，在里边洗。

冯可雪说，那个大湖，是个大洗澡盆，我们去那里边洗。

孟正堂说，不行。

冯可雪说，为什么不行？你们不是刚在里边洗过吗？

孟正堂说，我们是男人。

冯可雪说，是不是湖里的水洗不掉女人身上的灰。

孟正堂说，那个湖位置低，在湖里洗澡，谁都可以看见。

冯可雪说，给他们说，不要看。

孟正堂说，万一他们管不住自己的眼睛怎么办？

冯可雪说，真看就看了吧，我们不在乎。

孟正堂说，你们不在乎，我们在乎，偷看女人洗澡，是违反纪律的。

冯可雪说，求你了，让我们去湖里洗澡吧，你不知道，至少有半个月，我们都没有洗过澡了。

孟正堂说，不，我不同意。

一直站在一边的王生康说话了。王生康说，孟队长，我有个办法，你看行不行？

孟正堂说，什么办法？

王生康说,这个办法可以让她们洗澡,又可以保证没有人可以偷看。

孟正堂说,还不快说。

王生康说了他的办法。

一听王生康的办法,孟正堂拍了一下他的肩膀说,你这个家伙,就是办法多。

十分钟后,响起了集合的号声。不到五分钟,一百个男人就从不同的方向赶到了一块开阔地上。先是一排排站着,随着一声口令,就又一齐坐在了地上。在他们的前边是很高的山,稍仰一下头,就能看到山顶上的雪。别的地方雪早化了,山顶海拔太高,气温低,一些雪就化不掉了。在他们的后边,是山谷。山谷里的湖水没有流动,但可以听到水声。是轻风吹过,水面荡起细浪的声音。只是可以听到,不能看到。当然想要看到也可以,那得站起来,把身子转向后面才行。不过,这是不可能的,因为,让他们坐下来后,王生康拿出了一本书。是本很薄的小册子。别看它薄,可分量很重。它是毛主席写的。是为了纪念一个叫张思德的烧炭的战士写的。名字叫《为人民服务》。其实这本书,已经学习过一次了,不知为什么,这个时候还要拿出来再学习一次。

冯可雪回来了,说孟队长同意了。毛大栓不相信,说孟队长不会同意的。冯可雪想到了这一点,出门时,让孟队长写了个条子。

冯可雪把纸条拿出来,让毛大栓看。毛大栓不认识字,叫肖海过来看。肖海仔细看了,说,孟队长是同意了,还让我们做好保卫工作。

五个女人骑着马,朝湖边奔去。

到了湖边，跳下马，站在湖边，开始脱衣服。边脱衣服，边朝四周看了看，真是奇怪，刚才还到处晃动着人影子，这会儿一个也看不见了。同时听到坡上面传来了一阵读书的声音。

不过，这时，什么人影子啊，读书声啊，她们全都顾不上了。只想快点跳到水中洗个痛快。

山谷间响起了王生康诵读的声音：我们的共产党和共产党所领导的八路军、新四军，是革命的队伍。我们这个队伍完全是为着解放人民的，是彻底地为人民的利益工作的……

开始完全是王生康的诵读声，过了一会儿，这个声音里就有了别的声音。声音是从背后的湖里传来的，是水花四溅的声音和女人的说笑打闹声。能听到女人在说，这水太清了，这水一点儿也不凉，哎呀，舒服，舒服，真是太舒服了。

很多时候，只要是男人，听到一种声音时，都会很想去看的。看出了许多人有些想回头，王生康不念了，说了一句，认真听，不要乱动，各排排长注意。说完了，又接着往下念。

说不让回头，多数做到了不回头。只有极个别的没有做到。还是忍不住回了一下头。可是只是回了一下头，什么也没看见。因为，坐在那里，太低了。一片野草把目光挡住了，只有站起来，高过那片野草，才能看到正在水中说笑的女人。回头，已经是很大胆了。回过头，再起来看，谁都不敢了。

连刘二狗也不敢。他只是回了一下头。可排长早就注意到他了。知道别人回不回头，不能肯定。这个家伙肯定是要回头的。果然，刘二狗一回头，就被排长看见了。排长一巴掌拍在他的脑袋上，说，老实点。

只能又坐好了，做出认真听的样子。可是心里边，那水声，说笑声，早压过了书声，让他烦躁得不行。

第六章

毛大栓和肖海带着五个女人朝湖边走,一直走在前边。到了湖边,看到水边有两块大石头,两个人分别跳了上去。

站到大石头上面后,就把背对着湖水。也就是说,这个时候,只要他们不转身,水湾里不管发生了什么,他们都不可能看见。

两个人的手里都端着马枪。他们打算好了,这个时候,不管出现的是人还是野兽,他们都会毫不迟疑地扣动扳机。

真的是太痛快了。

女人是水做的,女人和水要多亲有多亲。扑到水里,一头扎进去,半天不肯从水里露出头来。憋得快要死了,才钻出来换口气。

水往自己身上撩还不行,还要往别人身上泼。泼来泼去,就像调皮的孩子一样,打起了水仗。

打完了水仗,马上就和好了。后背上的一片地方自己的手够不到,大家就互相搓起了背。边搓边拧一把,拧得对方大叫,自己却嘻嘻笑起来。

在这样的湖水里洗澡,洗掉的不光是身上的灰,洗掉的还有憋闷。不但身子一下子干净了,心里边也好像一下子敞亮了起来。

刚一下水,只顾痛快了,没有注意毛大栓和肖海。洗了一会儿,才看到了他们。

他们站在大石头上,每个人端了一支枪,直直的一动不动。不仔细看,还以为他们也变成了一块石头。

样子像石头,其实不是石头。石头没有耳朵,什么都听不到,他们可以听到,和坡上的男人一样,水里声音全听见了,因为离得近,会听得更清,更真。石头没有眼睛,什么都看不到,他们有眼睛,只要想看,什么都可以看到。坡上的男人,想要看到,有些难。他们想看,只要一转头,就全看见了。

明明一转头,就可以看见,偏偏不看。是不想看,还是不敢看。不想看,不可能,只要是男人,没有不想看女人的。不管啥时候,都想看,女人洗澡时更想看。想看,不去看,只有一个原因,是不敢看。

不敢看,是怕。怕什么,怕看了,别人知道了,会骂他,骂他没出息,看女人洗澡。还怕干部知道了,批评他,说他思想不好,经不起考验,再有什么任务,就不会给他们安排,更别想再得到什么荣誉和奖励。

这些不敢的原因,冯可雪她们并不太知道。对我们这个集体,可以说,她们还不太了解。她们做事,只能是凭自己的经验。凭经验,想不明白两个男人,在这个时候,怎么会让自己像一块石头一样。

不相信这块石头不会动一下。说草子和木子有本事,让他们转过脸。我们一人给你们一块银圆。

站到了毛大栓后面,只有几步远。草子说,大叔,回头看一眼吧,好多年了吧,女人是啥样子,你都忘了吧?我们真的很好看,不看,你会后悔的。

毛大栓整个人还是和石头一样,一动不动。当然,也不会有一句回应。

木子不但站到了肖海的后边,还撩起了一些水,让一些水花落到了他身上。木子说,喂,小伙子,别看你一动不动,可你的心早就动了。心动了,头为啥不动呢。没事的,转一下头,看一眼,你会长见识的。年轻人,要多长见识,这可是个好机会,千万不要错过啊。

年纪相差很大，可在这件事上，两个人完全一样，肖海也同样如一块不会说话的石头。

看到这种情况，冯可雪说，算了吧，别瞎费劲了，快洗吧。草子说，他们好像有点傻。木子说，不是好像，是真的傻。果子说，要是不傻，也是有毛病。只有枝子说，我看，还是你们自己没本事。

我们没本事，你有本事，把你的本事拿出来，让我们看看。几个女人一齐说她。

枝子说，很快，我会让你们看到的。

一听枝子这么说，冯可雪问枝子，你是不是有情况了？枝子说，我也只是说说，不过，我就不信，这么大群男人，一百多个，个个都是一个样？

冯可雪说，枝子，我看她们全没戏，就看你的了。枝子说，那你呢？冯可雪说，我也不行。枝子说，我们几个，你最行，你要是不行，谁还行。冯可雪说，这回，你姐是真不行了，不知为什么，在这些男人跟前，咱们的本事用不上。枝子说，和一群男人待这么几天，一点事都没有，真是太没面子了。冯可雪说，看你的了。

五个女人洗完了，走出湖水，往坡上走。

走到坡上，看到坐在地上的一群男人，问毛大栓，他们在干什么？毛大栓说，他们在学习。冯可雪说，什么是学习？毛大栓说，把一些不明白的道理弄明白。冯可雪说，这么大的人，还会有什么道理不明白。毛大栓说，革命的道理，你明白吗？冯可雪一听，摇了摇头，说，不太知道。毛大栓说，那你也得好好学习。

五个女人走到了坡上，战士们正好也读完了《为人民服务》。王生康大喊了一声解散。

解散的人们,没有马上乱起来。只是全都把头转向一边。准确说是北边。因为五个女人正从北边走上草坡。刚才不让看,现在让看了。

看不到了洗澡时的她们,可以看到洗澡后的她们。

缩着的头发松开了,还是湿的,散乱地披在肩上,像涂了油,泛着亮。衣服也换了,不是一种样式,也不是一个颜色,却一样是干干净净。不紧不松地包裹着弯弯曲曲的身子,身子是什么样的,看不见,但可以看见露在外边却紧连着身子的胳膊和脸,刚洗过的皮肤光滑得像煮熟的鸡蛋清。没有了一点灰尘的身子,散发出的气味随着风飘过来,像是雨后的青草。

五个女人发现那么多人在看,一下子来了精神,赶紧变换了走路的步子和样子。步子放慢了,放小了。没有别的意思,就是想让他们多看一会儿。把样子变了,也是想变得好看一些。比如说,把腰挺得直一些,脸上的表情也要多一些,稍稍带点笑,带点羞涩。让别人看起来,忍不住想多看一会儿,对她们来说一点儿也不难,尤其是在刚洗完澡之后。

别人只是变换了走路的步子和样子,枝子比别人多做了一点。那就是她把脸转了过去,迎向了一片射来的目光。在和这些目光相撞时,她没有躲开,反而从中寻找着一种熟悉的目光。好像很难找,一阵乱碰,什么都没有碰到。正有些失望,想把目光收回来时,她觉得自己被烫了一下。

顺着传来的热,枝子看到一双眼睛。和许多眼睛一样,这双眼睛也在看。但不同的是,这双眼睛有一股火。枝子朝这双眼睛使劲眨了一下。这双眼睛马上就回应了,也使劲眨了一下。不过,没法知道是谁,一群男人,又穿着一样的军装,一眼看上去,全一个样。为了得到确定,她又朝着一大群男人挥了一下手。虽然没有看到有谁朝她挥手,但她知道这个男人,一定认下了她,记住了她。

几棵松树，挨在了一起，树上的枝叶连成了一片，搭起了一个天然的棚子。

打开行李铺开，就成了一张床。刚洗过澡，有些乏，躺下来就不想动了。别人躺下了，枝子却不躺，说要出去转一会儿。冯可雪说，有什么可转的？枝子说，我有事。冯可雪说，有什么事？枝子说，等会儿再告诉你。

枝子去转。不是走着转，是骑着马转。骑着马转，转起来，可多转一些地方。可以走得远一些，还可以不要那么累。

离吃晚饭还有一段时间，没有什么重要的事干。大草滩上，三五成群的士兵们或躺或坐，或站或走，有的在聊天，有的在抽烟，有的在想心事，有的在磨刀，有的在擦枪，有的在喂马，有的什么也没有干，只是在那里走来走去。看到枝子骑着马走过来，大家只是看了看，该干什么，还会继续干什么，没有把她当回事。

走过一片灌木丛，闪出一个人，站在马头前。马不走了，停了下来。

枝子一点儿也不紧张，好像早就知道会有一个人在这个时候拦住她似的。

你是谁？

我是刘二狗。

我不认识你。

你朝我眨眼睛了。

原来是你啊。

吃饭时，枝子回来了。表情有点不一样，别人没看出来，冯可雪看出来了，问枝子，说，到底干什么去了？枝子说，等月亮出来了,让你看一出戏。冯可雪说,什么戏?枝子说,好戏。

太阳还没有完全落下去,还要过很长一阵子月亮才会升上来。

记起了王生康说的孟队长喜欢箫的声音,让她们每天都吹一段,让士兵们听,冯可雪拿出了竹箫。

一看冯可雪拿出了竹箫,另外四个人也拿出了竹箫。

一支曲子,冯可雪先吹了一段。接着,四个人才接着往下吹。

四个人吹起来后,冯可雪不吹了,放下了竹箫,听了起来。

四个人吹完一段曲子,问冯可雪,怎么不吹了?

冯可雪说,我在想,不知孟队长听到了没有?

果子说,他在帐篷里,很可能没有听到。

木子说,就算听到了,也不会听得很清楚。

草子说,我们应该去帐篷里吹给孟队长听。

枝子说,如果孟队长不让我们进帐篷呢?

冯可雪说,我们就在帐篷外吹给他听。

果子说,五个人一块儿去,孟队长肯定不让进。

木子说,那就一个一个去。

草子说,每天去一个。

枝子说,谁先去?

冯可雪说,我。

不等别人说什么,冯可雪站起来,拿着竹箫往坡下走。好像她早就想去做这件事了,很怕别人抢了先。

帐篷外边站着队长的通讯员,看到冯可雪走过来,问冯可雪有什么事?

冯可雪说,我找孟队长。

通讯员说,你有什么事?

冯可雪说，我来吹竹箫给孟队长听。

通讯员走进了帐篷，过了一会儿，通讯员走出来，说，孟队长说，他正忙着呢，说以后再听你吹。

冯可雪说，没事，他忙他的，我就在帐篷外边吹。

说完，冯可雪把竹箫捧起来，含到了唇边，让一个个音符像流水一样，流出了竹管。

吹了一段，刚要吹下一段，帐篷门开了，孟正堂走出来，说，你进来吧。

冯可雪走了进去。

孟正堂说，继续吹吧。

冯可雪接着吹了起来。

孟正堂坐在凳子上，闭着眼睛在听。

吹完了一支曲子，冯可雪放下了竹箫，看着孟正堂。

孟正堂还是闭着眼，从冯可雪进来，他一直是这样没有睁开眼。

孟正堂说，谢谢了，你可以走了。

走出帐篷的冯可雪，虽然没有听到孟正堂说什么，可她还是很高兴。不管怎么说，孟正堂让她走进了帐篷，听她用竹箫吹了一段完整的曲子。

往坡上走时，看到了月亮。不过月亮刚出来，只露出了半个脸。还要等一会儿，才能爬到半空中。想起枝子说的月亮出来会有好戏看，冯可雪加快了脚步。

四个姐妹一看冯可雪的样子，就知道孟队长听她吹竹箫了。都说冯可雪了不起，还说看来孟队长是真的喜欢听箫。还争着要明天去给孟队长吹竹箫。

没有办法，冯可雪说按年龄排谁大谁去。其实说大，也没有大多少，最多大一年，最少的只有几天。排了下来是果子大一点。定下来让果子去。

这时，枝子抬起了头，看着月亮说，对不起了，姐妹们，不能陪你们了，我得去和一个男人见面了。

一听枝子这么说，四个人全看着枝子，说枝子，还没有睡觉呢，你怎么说梦话了。

枝子说，梦话是看不见的，我这个梦话，是可以看见的。

草子说，那你就让我们看看。

枝子说，你们不是说这些男人有些不一样吗？我就是想让你们看看，他们和别的男人没有什么不一样。

冯可雪说，你可不要弄出什么事来啊。

枝子说，放心吧，按你说的，他想干啥，就让他干啥，宁愿自己受委屈，也不会让他受伤害，就算我代表你们，给这群男人一个回报。

跟着枝子走出了一段，走进了树林。中间一块空地，只有草，没有树。

让冯可雪她们躲到了树后面，枝子说，藏好，千万别出声，别把人家吓跑了。

枝子站到了空地上，很静，只能听到小虫子叫。过了一会儿，真的听到了脚步声。脚步声很小，比虫子叫还小。枝子的手拍了两下。一会儿，脚步声大起来，顺着脚步声看过去，真的看到了一个人走了过来。

准确地说，是朝空地上的枝子走了过去。

第七章

月光再亮，和白天比，也是暗的。只能看出来是一个男的，看不清长的样子。也没想着要看清，只要是个男的，只要是骑兵队的男人就行了，是谁，叫什么，长的什么样子，实在是一点儿也不重要了。

男的一直走得很快，快走到空地时，他停了下来，好像有点不敢往前走了。

看出了他有些不敢往前走了，枝子有点急了，她赶紧举起了手，朝他摇了摇。这一摇，男人不再多想了，脚步再动起来，不是走了，而是跑了起来。好像不赶快点，空地上的那个人会跑掉似的。

枝子怎么会跑掉呢，不但没有跑掉，还朝着跑过来的男人，张开了双臂。就像张开了一张大网，让猎物一头栽进来。

男人真的栽了进来，一栽进来，就抱住了枝子。

枝子可以抱他，可枝子没有抱。早说好了，要男人主动，她只能是顺从。只能是吸引，不能勾引。一勾引就不能说明问题了。

光抱住还不行，还要亲。亲就亲吧，先在脸蛋子上亲，再到额头上亲，后来就亲到嘴上了。在嘴唇上亲了一会儿，还要把舌头伸到嘴里亲。

枝子不想让他亲到嘴里，她知道要是让他亲到嘴里，可能就会有些麻烦了。再说了，抱了，亲了，已经说明问题了。

也就是说，如果是一场戏，演给别人看的，演到这里就可以结束了。

不想让亲到嘴里，就扭开脸去躲。这一躲，倒还麻烦了，以为枝子是想抓紧时间，把事情的过程简化。男人就一下子把手伸到了枝子的衣服里。

枝子有点疼似的，叫了一声，声音不大，可听得出来，她有点不太情愿。

不太情愿也没办法，她说了，让人家来。可没有说，人家来了，什么事可以干，什么事可以不干。人家想干什么，就是再不情愿也不能不让人家干。

问题是冯可雪她们就在旁边的草丛里看着呢，虽然她不会在乎，可让别人看着做这个事情，还是有些难为情。

男人不知道会有人在一边看着，还以为这个时候，只有他和她了。

男人把枝子摁倒在草地上，很坚决，很有力。

藏在草丛里的冯可雪她们，看不清细节，可不用看清，只看个大概动作，就知道了正在发生的是什么事情了。

她们有些发呆，不是看到这样一件事发呆，如果只是个男人，不是一个骑兵队的士兵，她们不会发呆。发呆的同时，还有些高兴，看来骑兵队的男人，和天下的男人并没有什么不同。

男人已经把枝子的裤子脱掉了，现在他站了起来，去解自己的腰带。

就在这时，传来一阵急促纷乱的马蹄声。马蹄声由远而近，明显是朝这个地方跑来的。男人愣了一下，似乎马上明白了什么，急忙提上裤子，扔下枝子，转身奔跑起来。

刚跑出不远，就听到黑暗中，有大声的喊叫，刘二狗，快站下吧，你就别跑了，你是跑不掉的。再跑，我们就开枪了。

没有听到枪响，不过，也没有听到刘二狗跑动的响声。

没有人过来看，也没有人过来问。

枝子从地上爬起来，提起裤子，整好了乱了的衣衫。

藏在草丛里的，也用不着再藏了。冯可雪她们走了出来，走到枝子跟前，问枝子，没事吧？

枝子说，会有什么事。

冯可雪说，真怪，别人怎么知道的，会跑来找他。

枝子说，再晚一会儿，好事就做成了。

冯可雪说，行了，看来是你说对了，这些兵，其实也是男人。

枝子说，怎么样，我有本事吧？

冯可雪说，你本事大得很。

枝子说，他不会有事吧？

冯可雪说，会有什么事，他啥事都没有干成。

果子和木子还有草子，也夸枝子有本事，了不起。说得枝子有些得意。

回到松树下的棚子里，已经是下半夜了，五个人躺下了。

冯可雪说，睡吧，明天还要赶路。

说睡就睡，不再说话，一会儿全睡着了。刚发生的事，一点儿也没影响她们做一个好梦。看来，和她们以往遇到的事比起来，这个事实在算不了什么。

晴了好些天的天，一下子阴了。天亮了以后，太阳没有出来，很高的云，落了下来，落得很低，好像要落到人们的头顶上。

不过，号兵的号，还是准时吹响了。号兵的号一响，大家忙起来，把要带的东西捆好，打成包。放到马背上。五个女人也一样，也给她们发了个行李，里边有被子和棉大衣，山里边，夜里有些凉，离不开这些东西。除了这些行李，她们还有个包袱。行李放在马鞍子的后边，包袱挂在前边的鞍桥上。男人们用来放刀的地方，她们放上了一支竹箫。

骑到了马上，没有马上走，等毛大栓和肖海过来，带她们走。她们走在最后，不用着急，等士兵们都走了，才会轮到她们再走。

毛大栓和肖海骑着马过来了，招呼她们，让她们走。冯可雪觉得怪，坡下草滩上，士兵们站了一大片。按说，他们没有走，是轮不到她们走的。冯可雪想问，可这么几天下来，知道跟这群人在一起，让干什么，就干什么，用不着问那么多，问也是白问。这么一想，冯可雪她们什么都不说了，老实地跟在了毛大栓后边。

牵着马，一直朝前走，走到了一群士兵的旁边，毛大栓还不停下来，还往前走。冯可雪想，这个毛大叔是不是糊涂了，怎么还能朝前走，再走就走到士兵前边了。

冯可雪停了下来，她一停，其他四个女人也站下了。看她们停下来，跟在后边的肖海说，别停，往前走。

又往前走，走到了大队人马前面，停了下来。停下后，让站好。准确地说，她们五个人面对着一百个男人。一百个男人，一人牵了一匹马，看上去，黑压压一片，有点像天上的云，快要打雷闪电的云。

发生了什么？一定是发生了什么，没有发生什么，不会这样的。冯可雪问自己，问不出。想问毛大栓和肖海，一看，他们已经站进了队伍。往两边看，看四个姐妹。她们也一样，一脸不明白。

不问了，也不用问，等一会儿，就会知道的。

一会儿，孟正堂走过来，站到了中间。先看了五个女人一眼，没有说话，又转过脸，看着一百多人。孟正堂说，刘二狗，出列。

刘二狗走了出来，低着头。孟正堂说，说，干了什么？刘二狗说，我要流氓了。孟正堂说，大家说，怎么处理？

杀了他。一片喊声，吓了冯可雪她们一跳。

孟正堂真的举起了马刀。

真为这么个事，要杀了他。冯可雪她们发出了惊叫。

听到尖叫，孟正堂转过了脸，看着冯可雪她们。孟正堂说，你们说，怎么处理？

枝子说，雪姐，你快说，不能杀他。

冯可雪说，千万别杀他，他真的没有干什么。

孟正堂的马刀没有落下去，孟正堂说，刘二狗，看在她们的面子上，这次饶了你，下次再这样，谁也救不了你。

刘二狗说，知道了。

孟正堂说，还不跪下认错。

刘二狗扑通一下跪在了地上，低着头，对五个女人说，我错了，对不起。

五个女人呆住了。她们是什么女人，可以让男人向她们下跪。天底下怎么会有这样的事啊。可不管心里边怎么惊叫，样子只能像是木头桩子。

孟正堂说，刘二狗侮辱妇女，违犯军纪，理应严惩，但因没有造成严重后果，决定给予严重警告处分，鞭打五十下。

刘二狗说，谢谢组织。

队列中，走出了两个士兵，高大强壮，每人手里提了一条鞭子，走到刘二狗跟前，举起了皮鞭子，狂风暴雨般一顿猛抽。

把刘二狗抽得在地上翻来滚去。

五个女人低下头不敢看了。

等鞭子的呼啸声没有了，抬起头，再看刘二狗，衣服已经碎成了一条条，鲜血把一张脸和半个身子全染红了。

孟正堂说，同志们，刘二狗干的事，是他一个人干的，可他是我们中的一员，他对她们的伤害，也有我们的一份。我提议，我们全体向她们敬一个礼，表示对不起。

孟正堂大喊了一声，敬礼。

只见一百多只手带着一种声响，一齐举了起来，举在了军帽的旁边。

如果说，刚才刘二狗的下跪，只是让五个女人变成了木头。那么这一百多个男人的军礼，就让五个女人变成了石头。

不过，这石头是湿的。不光是这会儿天空中有雨落下来，就连女人的心里边，这会儿也有雨落了下来。

队伍在雨中行进，像一条线，远看很细。雨不大，落下来时，几乎听不到声音。不过，这种雨，不管落到什么地方，都可以渗得很深。身上的衣服，不知不觉就会湿透。

没有什么人说话。这种天，适合想心事，不适合说话。不过，真有话要说，是不会管合适不合适的。

比如说，这个时候，王生康就有话想说。不是说给别人，是说给孟正堂。一般来说，在路上行军，他们不一块儿走。如果一个在前，另一个就会在后。两个干部，分开一些，管的面可以宽一些。要说什么事，专门有时间。半途休息了，到了营地了或者出发前，总会碰个头，交换一下意见，明确一下各项任务。其实出发前，该说的事已经说了。王生康想说的，是刚想到的。

当然，也可以等到碰头时再说，只是这么憋着，有点难受。好多话，像屎一样。想说了，就得说出来，说出来，就痛快了。看到孟正堂在前边，就让马跑得快了一点，不一会儿就追上了他。

王生康说，孟队长，给你提个意见？

孟正堂说，说吧。

王生康说，早上那个礼，不该敬。

孟正堂说，错了，就该敬。

王生康说，我们的礼不能乱敬。

孟正堂说，没有乱敬。

王生康说，只能给首长敬，给同志敬。

孟正堂说，她们不是敌人。

王生康说，可也不是亲人。

孟正堂说，我们要把她们当亲人。

王生康说，你真愿意把她们当亲人？

孟正堂说，当然。

王生康说，你不觉得她们太脏？

孟正堂的脸变了，青了起来。他说，你以前可不是这么说的。

王生康说，可以同情她们，但要有原则。

孟正堂说，什么原则？

王生康说，刘二狗的事，不能全怨他，那个女人也有责任。

正走在一条河边。孟正堂指着河水说，你看，里边有一条鱼，鱼很好吃，你很想吃，你跳下去捉鱼，结果让水给淹了，你说，你能怨那条鱼吗，说是鱼的错吗？

王生康说，你不是不知道，这些女人以前是干什么的。

孟正堂说，所以我们才不能像别的男人那样对她们。

看得出，也听得出，王生康的话，他没有听进去。很少有这种情况，王生康是指导员，主要抓思想政治工作。平常王生康说个什么，他还是很当回事的。孟正堂很少这么发脾气的。

王生康想不通，为五个这样的女人，孟正堂似乎没有理由要这样。

王生康找到孟正堂，跟孟正堂说，你不该那么做。冯可雪也找到孟正堂，跟孟正堂说，你不该那么做。

冯可雪是一个人来的，可她要说的话，不是她一个人的，而是五个人的。

五个女人，不再像石头一样时，她们羞得不行。

她们说，该跪的不是一个男人，该是她们。还说，该敬礼表示对不起的，不是一群男人，该是她们。

她们说，不能把她们当母亲，当姐姐当妹妹。不是不想当，是她们太低贱，她们是脚下的泥尘，只能用来踩，不能供。

一句话，把她们当女人，别把她们当好女人。不是不想当好女人，是不会当，不知道怎么当。

还有，那个男人真的没干什么，只是抱了一下亲了一下，只是把衣服撕破了，不该那么惩罚他。

就算他想干的事全干了，也没有什么错，只能说明他是个男人。

找到孟正堂，冯可雪把要说的话全说了。

孟正堂说，我的马刀，曾经砍死过我的三个兄弟。知道为什么吗？

冯可雪说，为什么？

孟正堂说，因为女人，他们打了胜仗，高兴得过了头，看见了女人，就拖进了庄稼地。

冯可雪说，我们和那些女人不一样。

孟正堂说，女人就是女人，没有什么不一样的。

冯可雪说，士兵也是男人。

孟正堂说，有时，当兵的男人，就得忘了自己是男人。

冯可雪说，可能他们已经忘了，我们来了，让他们又想起来了。

孟正堂说，如果你不想再看到今天的事情，你就该明白你们该怎么做了。

冯可雪说，我还是不明白。

孟正堂说，你不能不明白，再不明白，你们就得自己去走剩下的一段山谷了。

冯可雪说，你看，我们，还有你们，是不是可以轻松一点，还有，让大家高兴一点。

孟正堂说，你的竹箫吹得很好，我很喜欢听，我的士兵也很喜欢听。

冯可雪说，你是不是想让我们除了吹吹箫，再也不要去做别的什么事。

孟正堂说，至少目前是这样。

第八章

冯可雪把孟正堂的话，给四个姐妹重复了一遍。

果子说，管得真严。

木子说，不是不想，是不敢。

草子说，让他们高兴，是害他们。

冯可雪说，以后，除了吹吹竹箫，什么事都不能再干。

枝子一直不说话，冯可雪问枝子怎么不说话？枝子又想了一会儿，枝子说，要是爱上了怎么办？

冯可雪好像没听明白，问枝子说什么？枝子说，互相爱上了，爱得不行，不在一块儿，会活不成。

四个女人一听笑了起来。笑枝子怎么会说出那个爱字。不是不知道爱是什么意思，恰恰相反，正是知道了爱的意思，才笑了起来。

在她们心里边，爱是天上的云，只能在空中飘来飘去，就算是有时候看见了，也离自己很近了，可真要伸手去抓，却怎么也抓不着。一阵很小的风，就会把它吹得没有了影子。早就知道了这一点，所以她们什么都说，就是不说那个爱字。

枝子说，笑什么，你们谁敢说，这一辈子，不会爱上一个人和被一个人爱上。

听枝子这一说，大家不笑了。

五个女人开会时，一大群男人也在开会。

不是开大会，是分班分排在开。

分开，其实和在一块开一样。坐着的姿势是一样的，开会的内容是一样的。每一个人发言也没有什么差别，先是批判刘二狗，再是反省自己。

稍稍有些不同的是，有的人批判刘二狗，说的话要更狠一些。比如说，刘二狗丢了革命战士的脸，就该把他枪毙。还有的人在反省自己时，能说出心里话，说自己其实每天夜里都想女人，想得难受得不行，可只是想想，没有真想干什么。还有的说，好几次从几个女人身边过，都想扑上去，把其中的一个摁倒在地，但一想到咱们的三大纪律八项注意，就坚决地忍住了。

每个人都要先批判，后反省。分班排开这个会，主要是每个人都有机会发言。

会开完了，队伍继续朝前走。

太阳和往日一样明亮，马蹄在山谷中重新响起，刀枪闪动着光芒。

好像什么事情都没有发生过一样。

刘二狗还走在队伍里，他那被鞭子抽碎的衣服已经换掉了，新的军装也把道道伤痕遮掩了，脸上的血也洗去了，看上去他完全换了一个人。看来，他已经从这件事吸取了教训，不会再犯同样的傻事了。他真的很傻啊，在我们的队伍里，不管你干什么，想不让别人知道是不大可能的。他可能到现在都不知道，当时他把枝子的马一拦住，就有人把这个情况向组织报告了。从那会儿起，就有五个侦察兵盯上了他，并决定如果他要干坏事，就马上把他捉拿。结果就真的把他捉拿了。

五个女人还是走在队伍后面，还是离士兵们五十米，还是毛大栓和肖海负责保护她们。只是有一点不同，她们好像变得一下子不爱说话了。相互之间不说了，和毛大栓和肖海也不说了。尤其是那个枝子，一直吊着脸，好像谁借了她的银圆，没有还给她似的。

不过,这不会影响到什么。在我们这个有理想的集体里,个别人的行为和情绪是改变不了我们前进的速度的。

走着走着,看到了十几顶毡房。前边也看到过,只是一两顶,没有这么多过。一般看到了毡房,不会去理的。

这条山谷里,有不少牧民,是哈萨克族人。一个毡房里有一家人,每一家都有一群羊,几头牛和几匹马。

不去理他们,没有别的意思,是不想打扰他们。

不过,看到了这十几个毡房后,不想不理了。

刚一出发,司务长就来报告了,说没有粮食了,也没有盐巴了。

看到这些毡房后,想起了司务长的话,孟正堂说,去向老乡买一点。

司务长说,银圆也没有了。

王生康说,打那一仗以前,就几乎没有了。正好缴获了一些,想着是够的,可那五个女人说是她们的,还给了她们,就不够了。

孟正堂说,那就没有办法了?

王生康说,只能先朝她们借了。

孟正堂带着司务长,走到五个女人面前。

一听说是借银圆,冯可雪一愣。借这个词,好像头一次听说。她们的东西,不管什么人想要,不是夺就是抢,从来不会先问问她们愿意不愿意给。尤其是手里有刀有枪的男人,他们好像更不会说出借这个字。

看冯可雪的表情,以为冯可雪是不想借。孟正堂说,如果你不想借,也不难为你。

说着,孟正堂转身要走,冯可雪喊住了他,问他,你们真的是借吗?

孟正堂说,是的。

冯可雪说,借了是要还的。

孟正堂说,当然要还。

冯可雪不再说什么,一共是一百块银圆,全拿了出来。

孟正堂亲自写借条。

冯可雪不让写,说真的不用写。

孟正堂还是坚持要写。

写好了,写了自己的名字和年月日,并盖了章,交给了冯可雪。

走了几步, 孟正堂又回过头对冯可雪, 还有另外四个女人说,谢谢。

她们却不知说什么。

等孟正堂走出好远了,她们说,这是真的吗?

冯可雪把借条递给了她们,让她们看。

她们看了,说真是借的。

有了银圆,派了一个班,赶往一片毡房去买东西。

没想到,还没走进毡房,毡房里的人就出来了。有男有女,有老有少。只是这些人,跑出以后,看到了骑兵,没迎接上来,反而是一阵乱喊乱叫,朝山上跑去。大人跑得快,孩子跟不上,大哭起来,大人回头抱起孩子,再跑。山坡上,到处是石头,一些人摔倒了。其中一个女的,倒在地上,起不来了。别的人也不管,还是往山上跑。

骑兵看了一会儿,看明白了,这些老乡,不知道我们是干什么的,把我们当强盗了。就大声喊,你们不要跑,我们是解放军。没想到这一喊,他们跑得更快。也不怨他们,言语不通,喊的什么,他们根本听不懂。

门口有羊,毡房里一定还有粮食,有盐巴。要是别的兵,不会管那么多，没有人更好，想要什么，伸手拿就是了。可我们不行，没有人，我们是不会进毡房的。

不但不乱拿东西，别人有困难了，还得去帮助。那个女人，疼得在地上打滚。不能不管，刚想走过去帮她。她看到了，拔出了刀子，对准自己。那样子，分明在说，你们敢过来，我就把自己捅死。

怕有什么意外，不敢再往前走了。

孟队长看到这个情况，让士兵们退下来，把冯可雪她们喊了过来。

没穿军装，也没刀枪，还是女的。

看到冯可雪她们走过来，那个女人放下了刀子，捂住了肚子，喊叫着，在地上翻滚。

看到有血顺着她的腿流下来。冯可雪说，不好了，她要生孩子。

赶紧把她抬到了一个毡房里。

果然，不大一会儿，从毡房里传出了一个孩子的哭声。

孩子的哭声很洪亮。

听到孩子的哭声，有一个男人从山上下来了。看到妻子没事，看到孩子平安出生。看到五个女人微笑着，他知道，这群人不是强盗。他转过身，朝着山上大喊起来。

不大一会儿，那些跑到山上的人，就慢慢地走出了林子。

开始，有些迟疑，边往下走，边看。等看到了冯可雪她们，看到了她们的笑，就不再迟疑了。

他们很快地唱了起来，跳了起来。一个新生命诞生，对他们来说，是件很大的事。他们要把这件事变成节日。

他们一下子杀掉了十只羊，支起了五口大锅。

听不懂话一点儿关系都没有，目光和手势就能相互交流。让冯可雪把那些男人也喊过来，一块儿参加他们的节日。

两个队长和五个女人一块儿被请到了最大的一个毡房里，一块儿被当作了贵客坐在了重要的位置上。

坐在贵客的位置上，不仅仅是坐坐，还要喝大碗的酒。游牧民族表达敬意的方式，就是向贵客敬酒。

从最后一仗见面算起，和两个队长平起平坐在一块儿还是头一次。她们有一些不安，觉得这样有些不合适，可哈萨克族人什么都不知道，把她们当成了恩人，一定要这么安排，她们也没有办法。

好在五个女人的酒量，早在这以前就练了出来。不会喝酒，在大房子里没法混。几大碗马奶酒只会让她们脸红，不会把她们灌醉。

两个男人向来是要喝六十度的烧酒的，马奶酒自然不在话下。

主人敬完酒走了，只有五个女人和两个男人了。冯可雪赶紧抓住这个时间，向两位队长敬酒，把想说的感谢话全说了出来。

冯可雪这一带头，另外四个女人也不想落后，马上也挨个地给他们敬酒。

女人敬的酒哪里能不喝，再说了，今天这件事多亏了五个女人，让牧民们消除了误会。于是喝了她们敬的酒，反过来还会回敬一杯，夸奖了她们。

这么喝来喝去，五个女人没有喝多，两个男人倒有些多了。比起来，好像孟正堂喝得更多一些。

孟正堂说，你们说，谁最了不起？

冯可雪她们赶紧说，是你啊。

孟正堂说，胡说，不是我，是你们，女人。女人啊，真的很了不起啊。

孟队长脸红了，红得厉害。

孟队长平常没有这个样过，可能是喝多了。只有冯可雪不这么想，她想，这个男人心里边一定藏着什么难受的事。

这一天，骑兵队的士兵们都吃到了很香的手抓羊肉，喝到了浓烈的马奶子酒。吃肉喝酒时，都明白是因为五个女人救了那个女人，还给她接生了孩子，他们才受到了这样的待遇。可以说，他们是沾了女人的光。

吃饱了喝好了不说，还拿了许多。三匹马的马背上驮满了粮食和盐巴还有风干牛羊肉和马肠子。

不过，这群士兵从来不白吃白拿，他们算了一下，吃掉和拿走的东西值多少银圆，说是作为新出生孩子的礼物，把一些银圆连同一些祝福的话一块儿送给了牧羊人。

走出帐篷时，孟正堂对王生康说，我们欠了人家人情了。

王生康说，她们也是可以为革命出力的。

孟正堂说，我们得对人家好点。

王生康说，该让她们多明白些革命道理，让她们重新做人。

正好看到毛大栓和肖海，王生康喊住了他们，给他们说，不要躲着她们，要多接近，多和她们谈心，帮助她们进步。

毛大栓和肖海觉得有点怪，一开始说的，可不是这样的。当时可是让他们不要和她们多说话。

队伍继续行进，五个女人还是走在后边，不同的是，孟队长也和她们一块儿走着。这些天，天天在路上走，一次也没有和她们一块儿走过。有几次，看到了他，以为他会过来，可是他只是看了她们一眼，就转向了另一个方向。

除了五个女人，没有谁把这个事当个事。人和人，不管以前是什么关系，只要一块儿喝上一顿酒，关系马上就会发生变化。

从同一个酒桌上离开，从一个毡房里走出来，再一块儿继续赶一段路，这实在是件太平常的事。可五个女人不觉得平常，看到孟正堂和她们走在了一块儿，都有种说不出的高兴。

一高兴，不知说什么了。

冯可雪说，孟队长，我们给你吹段箫吧。

孟队长说，骑在马上可以吹箫吗？

冯可雪说，当然可以吹了，孟队长想听什么曲子？

孟队长说，什么曲子都行。

五个女人都拿出了竹箫，吹起了一支曲子。许多时候，什么曲子，真的不重要，重要的是有一种声音，可以进入我们的身体，让我们慌乱的心能安静下来。

箫是吹给孟队长听的，可是大家全都听到了。边听，边走，边想。一些平常从来想不到的事，这个时候全想起来了。

孟队长当然不会一直和五个女人一块儿走。听完了一支竹箫吹奏的曲子，孟队长就往前走了。对他来说，骑兵队才是最重要的。

孟队长走了，还有毛大栓和肖海在。两个男人，不再像以前那样，一见谁来想和他们说话，就赶紧躲开了。毛大栓主动走到草子跟前，说，姑娘，骑马时，不用老扯着缰绳，那会累的。草子说，我怕马乱跑。毛大栓说，这些都是战马，很听话的。

木子有点渴了，自己水壶里又没有水了，喊了一声，谁有水，我有点渴。不等别人回应，肖海说，大姐，我这有。说着，让马走快了，走到木子身边，把军用水壶递给了木子。木子真是渴了，喝得有点急。肖海还说，大姐，慢点喝。

再到一个新营地，五个女人再往什么地方走，没有人管了。并且走到什么地方，只要遇到骑兵队的士兵，都会主动向她们打招呼。看到她们搭建草棚，马上会有人来帮忙，牵着马去河边给马饮水洗澡，也不用她们费心。也会有人接过缰绳，替她们把马照顾好。

枝子也骑着马来到了河边，一些士兵给她打招呼，要帮她的忙，她笑了笑没有把马交给他们。顺着河边再往前走，看到一个士兵一个人坐在河边的石头上。她骑着马走了过去。应该说她看出这个士兵是谁，她才走过去的。走到了那个士兵身后，她喊了一声，刘二狗。

刘二狗转过脸，他的脸上，皮鞭抽过的伤痕还能看得出来。看出是她，刘二狗又把脸转向了河水，不理枝子。

枝子说，刘二狗，我对不起你，是我不好，我向你认个错。

刘二狗说，求你了，快走吧，你千万别再害我了。

枝子说，那天，我真的没有想害你，我也不知道会发生那样的事。

刘二狗可不想让别人看到他和枝子在一块儿，他站了起来，要走开。枝子说，能帮我给这马洗个澡吗？

刘二狗看了看枝子，又朝别处看了看，看到了许多士兵。他们好像正朝这边看，他迟疑了一下，还是没有去接枝子递过来的马缰绳。

枝子看出刘二狗不想帮她，就说，有什么了不起，不帮我，我自己一样能行。说着，牵着马朝河水里走去。

河水流得很急，一些地方很浅，可以看到河床上卵石很圆，很光滑，一些地方有些深，一眼看下去，看不到底。

枝子牵着马往河水里走，踩到浅水处的卵石上，没踩稳，一下子滑倒了。没有想到，这一滑，就滑到了深水里。

枝子不会水，水一深，她就不行了，只能乱叫乱挣扎。

枝子的喊叫声，让走开的刘二狗回过了头，看到枝子掉进了深水里，他赶紧跑过去，跳到了水里去救枝子。

第九章

说水深，倒也不是很深，要是站直了，不会淹过头顶的。可水流得急，让人站不住，整个人还是被水淹没了。

人不是鱼，鱼在水里，像人在空气里。可人到了水里，就像埋到了土里。水把人淹了，是可以淹死的。枝子掉进深水里，好多人看见了，可刘二狗离得近。刘二狗去救，就会比被其他人先到一步，就得先跳到水里。

先到了一步，先跳了进去，刘二狗就抓住了枝子。可水急，抓住了枝子，自己却站不稳了，也一样被冲倒了。

刘二狗一倒下，两个人就一块儿往下冲去。没法不一块儿，不是光刘二狗抓住了枝子，枝子也一样抓住了刘二狗。这一阵子，不管是什么东西，只要可以抓住，枝子都会死命抓住不放的。

这么互相抓着不放，在很急的水流中，就没有一点办法不翻滚成一团了。

几个人也跳到了水里，可是跳下去有点晚了，跳下去后，还没有来得及伸手去抓，两个人已经被水冲到前边了。

足足冲出去了一百多米，水一下子变缓了变浅了，没用别人再救，也不用再怎么挣扎，两个人就一块站了起来。只是站得不那么稳，还有些晃。

等其他人赶过来，两个人已经坐到了河边的石头上。

找了个草深的地方，让枝子把湿衣服脱了，晾在了树枝上。

看枝子身上的皮肉有被碰青碰破的地方，问枝子有没有事？枝子说，没事，真的一点事也没有。

问枝子怎么会这么不小心，一下子掉进了水里。枝子却一下子想起了什么，拍了一下脑门儿说，我真是太不像话了，人家把我救了,我连一句谢谢的话都没有说。

说着,枝子竟一下子站了起来,光着赤条条的身子,朝某个地方望去。

冯可雪拉了一下枝子,拉她坐下,冯可雪说,不用着急,等衣服晾干了,穿上了衣服再去说,也不晚。

刘二狗救枝子的事,报告给了孟正堂,孟正堂听了后,马上说,好小子,把对他的处分撤销。

王生康也很高兴,让人把刘二狗喊来,给他说处分的事,想着他会很高兴,没想到他脸上没什么表情。让王生康觉得有点怪。问刘二狗怎么回事?

刘二狗说,有个事,想让组织同意。

王生康说,什么事?

刘二狗说,我想和枝子好。

王生康说,什么意思?

刘二狗说,和她谈对象。

王生康说,谈对象?

刘二狗说,是的。

王生康看着刘二狗,一时有些说不出话,他怎么也没有想到刘二狗会提出这么个要求。

看王生康不说话,想着王生康是同意了。刘二狗说,要是谈好了,就娶她,就结婚。

王生康还是没有说话,但他笑了起来,笑得声音还有些大。笑完了,王生康不笑了。板下脸,告诉刘二狗,他不同意刘二狗和枝子好。刘二狗说他和枝子好是他们两个人的事,不会影响到什么的。王生康说部队有规定,当兵的不能谈对象,更不能结婚。他让刘二狗趁早断了这个念想,并警告刘二狗再不能犯这方面的错误。再犯了，对他就不只是给个处分了。也就是说，很有可能把他从革命队伍中开除出去。

刘二狗走了不久，冯可雪来了。不是一个人来的，带着枝子来的。枝子本来不来的，枝子要去找刘二狗，说是刘二狗救了她，要去感谢刘二狗。冯可雪说，刘二狗是孟正堂的兵，要谢也得先去谢孟正堂。听冯可雪说得挺有道理，枝子就跟着冯可雪来了。

知道两个女人来找他是为什么事，孟正堂说这个事谁也不用谢，完全是他们应该做的。那个时候，看到那种情况，不管是谁都会跳下去救她的。刘二狗只不过是正好离得近，所以他就先跳下去了。用不着去谢他一个人，要谢就谢共产党，这些兵能这么做，主要是受了共产党的教育。

两个女人对共产党三个字搞不太清楚，以为共产党是一个人，让孟正堂带她们去找共产党，她们要亲自谢谢共产党。孟正堂只好告诉她，共产党不是一个人，而是一个组织。这个组织是由许多人组成的。她们问孟正堂是不是这个组织的人，孟正堂说，当然是。她们说，那你就是共产党了，谢你还是谢对了。

怎么谢，没有别的啥，知道孟正堂喜欢听箫。两个女人要用竹箫吹一支曲子给孟正堂听。

孟正堂确实有点喜欢听箫的声音，连着几日听下来，竟觉得有些离不开了。一听要吹竹箫给他听，他就让她们吹了。

吹完了一支曲子，还想再吹一支。孟正堂没有再让吹，不是不想听了，是觉得自己这么一个人听，有点搞特殊化，会造成不好的影响。孟正堂对冯可雪说，不要老吹给我一个人听，多吹给士兵们听。

还想和孟正堂多说一会儿话，孟正堂却说他还有事，让她们去忙自己的事。冯可雪看出孟正堂说有事只是个借口，其实是不想让她们在帐篷里多待一会儿。冯可雪心里想，这个男人看来骨子里还是看不起我们呀。这让她多少有些难受。

枝子可没有想那么多，走出帐篷后，她说还要去看刘二狗。冯可雪可不想去看刘二狗，虽然刘二狗救了枝子，可一想到那天他跪下来的样子，就觉得他还是不如别的男人。

冯可雪不去，枝子也要去。她可不是个没有良心的女人，人家救了她的命她还连好听的话不说。再说了，同样看到刘二狗跪下来，枝子只是觉得他太可怜，却没有一点看不起他。不但没有看不起，还因为救了自己，这个男人反而在她心里边比别人高大了起来。

枝子去找刘二狗了，冯可雪没有去。往回走，遇到几个士兵，走了个对面，叫什么，冯可雪不知道。冯可雪朝他们笑了笑。想着他们也会笑，没准还会和她说话。想好了，如果他们要说话，不管说什么，她都会停下来，和他们一块说。没想到，他们没有笑，也没有说话，只是点了点头。算是打了个招呼，就过去了。

过去了，走了几步，冯可雪有点不甘心。一下子停住了。转过身，喊了声大哥，你们有烟吗？几个士兵停了下来，互相看了看。一个士兵拿出一盒烟，递给了冯可雪。冯可雪没有接，只从烟盒中抽出了一根。冯可雪又问，有火吗？马上有一个士兵，划着了火柴，给她点烟。怕风把火吹灭了，还用手把火柴围起来。

烟点着了，冯可雪抽了一口，递过去，问谁抽？

全都摇摇头，不接她的烟。同时，看她的眼神，都有些怪。女人抽烟，已经少见，青年女子抽烟，更是少见。

看几个男人的怪样子，冯可雪想笑，说，看什么看，想看什么，说一声，只要我有的，就给你们看。

好像真怕冯可雪拿出什么他们想看的东西给他们看似的，几个士兵转头慌张地走了。

冯可雪笑了出来,不过,声音不大,只有自己才听得见。

回到草棚里,一看,里边是空的,一个都不在。枝子去找刘二狗了,其他人干什么去了,冯可雪搞不明白了。

跑出草棚,看她们在什么地方。别说,一看,还全看见了。

都在不远处,不过,不在一块儿。每个人也不一个人待着,身边还有一个人。看身边那个人,全是冯可雪认识的。

果子身边的一个人是王生康。木子身边的一个人是肖海。草子身边的是毛大栓。

这是怎么回事？三个女人一直想有这样的机会,一直得不到。今儿个用了花招,让这三个男人跟她们单独面对面了。

等会儿,得好好问问。

在草棚里等。这草棚早就有了,可能是猎人搭的,也可能是牧人搭的。草棚虽破,到底也比露天好。一看到它,士兵们就想到了让她们住。

冯可雪等了一会儿,草子先回来了。

草子说,毛大叔说找我有事,把我兴奋得不行,以为他是对我动心了。没想到,一开口就说,找我说话是任务,是干部安排的。说我对革命的事,知道的太少了,要让我多知道一点,问我知道不知道毛主席,我说不知道,他就给我说毛主席,说毛主席不得了,是大菩萨,是大救星,谁受罪,帮谁,谁受苦,救谁。还给我唱了一支歌,叫《东方红》,还非要教我唱。我说,你也姓毛,是不是和毛主席有啥亲戚。他一听,赶紧摆手,不让我乱说。说他姓毛,是碰巧了。我又问他,毛主席有没有老婆?这一问,他生气了,说我太不像话了,说出这样的话,是对毛主席不敬。他一生气,就扔下我走了。

过了一会儿,木子回来了。

木子说,别看肖海小,说的全是大道理,我听都听不懂。我说,说这些没意思,还是说点别的吧。他却说,别的有什么好说的,人活着,就是要有志向,有理想,要为民族、为国家把自己全都贡献出来。我说,我可没想那么多。我只想着,有吃的,有穿的,和一个好男人成一个家,生上几个孩子。肖海一听急了,说这样活不行,这样活和动物一样。我说,人就是动物,和狗和猫没啥不一样。肖海还要给我讲道理,我实在不想听了,就问他,你什么事都懂,我问你,男人和女人在一起,最想干的事是啥事呀。我这一问,他脸就红了,说大姐,我们革命者是不说这些话的。看来,他不是不懂,他是心里明白,嘴上不说。要不,他的脸咋会红。不过,话又说回来了,这年头,脸红的男人可是不多呀。

又过了一会儿,果子回来了。

果子一脸的不高兴。果子说,没见过这样的男人,不但要给我说些没味道的话,还拿了一本书,一会儿就挑出一段念给我听。对了,那个书的名字叫《为人民服务》。我说,我懂了,为人民服务,就是人民想干什么,就让他们干什么。我说,我是一直在为人民服务的。他说,你不要胡说,你说的那个服务,和书里说的那个服务是不一样的。我说有啥不一样的。他又说不出来。我就问他,我和他,谁是人民。他马上说,你是人民,我说,那你是为我服务的了。他说,当然,我可以为你服务。我说,你知道我这会儿需要什么吗?他说,你需要什么?我说,需要你抱我亲我。没想到,他一听,马上变了脸,把书一卷,就走了。

听三个人说话,差不多是听一句,冯可雪笑一句。

笑过了,冯可雪说,看来,天下很大,什么事都有啊。

又过了好一阵子,枝子才回来。

枝子回来时,冯可雪她们都快要睡着了。

枝子有点和平常不一样,挨个儿把大家全喊醒了,说有事要和大家商量。

冯可雪问她什么事？

枝子说，我要走了。

冯可雪说，什么意思？

枝子说，离开你们。

冯可雪说，为什么？

枝子说，一个男人要带我走。

冯可雪说，你做梦吧。

枝子说，真的。

冯可雪说，谁要带你走？

枝子说，刘二狗。

冯可雪说，他的话你也信。

枝子说，他愿意为我去死，他的话不信，我还信谁的话。

冯可雪说，这么说是真的了？

枝子说，迟早要跟一个男人走的，晚走不如早走。

冯可雪说，去什么地方？

枝子说，不管什么地方，只要有水、有土就行。

五个女人抱在了一起，每个人的眼睛都湿了。心里都明白，女人和女人在一块儿再好，也不能一辈子在一起，也得分开。而且分开的原因，也都是同一样的。被一个男人看上了，恰好自己也看上了他，一种新的生活就得开始。也就是说，枝子这么做，只是开了个头，后面跟着，都会这么做的。只是具体的走法会有些不一样。知道早晚要分开，真要分开时，还是很难受。互相说，就算分开了，也得相互记着，有什么难处，能帮得上的，死了也得帮。枝子说，对，不过，现在，你们就得帮我。

枝子说，我只能悄悄地走，不能让毛大栓和肖海知道，他们要是知道了，会报告队长，就会走不掉的。不是她走不掉，是刘二狗走不掉了。她不要紧，她不是骑兵队的兵，队长管不着，她要走，不用跟谁说就可以走。问题是刘二狗，刘二狗要是走不掉，被孟队长知道了，那就不会只是给个处分打五十皮鞭了，弄不好就会把命丢掉。在军队里，逃兵是会被枪毙的。

要不被发现，要能悄悄地走掉，还要四个姐妹帮忙。

下半夜，天正黑。大家都在睡觉，只有两个哨兵，在营地里走来走去。很静，静得有一点响动，全能听得到。

突然从北边的角上传来响动，好像是女人的尖叫声。出来放哨时，就做了交代，五个女人住的那一小片地方，是最有可能出事的区域。一听到有女人叫声传过来，两个哨兵马上就跑了过去。

走到跟前，果然看到女人站在草棚外，指着前边一片树林说里面有东西。说她们出来方便，刚一蹲下，就看到了一个黑影子在晃动。像是一个人，又像是一只狗熊。反正不管是人还是狗熊，都可能干出伤害她们的事。

这可不是个小事，不说把那个黑影子找出来，也得把它赶走。不然的话，钻进了草棚里，可就麻烦了。

两个哨兵走在前边，女人走在后边，一会儿给他们说在这边，一会儿说在那边。弄得两个哨兵一会儿往这边走，一会儿往那边走。

折腾了足足有半个多小时，还是没有搞清楚那个黑影子是怎么回事。两个哨兵还想继续找下去，女人们不干了，说太瞌睡了，她们不管黑影子是什么了，她们要睡觉了。说着，她们全都钻进了草棚。

两个哨兵嘀咕着，说女人们的事就是多。说着，又去别的地方巡逻了。

就在这个时候，有三匹马已经走出很远了，远得他们已经没法听到一点声音了。两匹马驮着两个人，还有一匹马驮着吃的和行李。

草棚里,四个女人没法再睡。她们又高兴,又难受。

高兴的是能帮着枝子和一个男人跑掉,去过自己喜欢的自由自在的日子了。

难受的是一个好姐妹分开了。这一分开,谁也不知道还会不会再相遇。就算能再相遇,谁知道会在什么时候,会在什么地方。

第十章

早上,天亮了以后,先是发现刘二狗不见了。发现不见了,没有想到会跑掉。我们的士兵和别的兵不一样,不管受多大委屈,都不会跑。一跑,就是逃兵,逃兵就是叛徒。

找刘二狗找不到,再找刘二狗的马,马也不在了。再看刘二狗的马刀和枪还有行李都不在了,才想到刘二狗可能是跑了。

报告给了孟正堂,孟正堂说,逃兵,抓回来枪毙。

马上派人去找,没有找到刘二狗,找到了刘二狗留下的一张纸条,它被一把小刀子扎在树上。

纸条上说,队长和同志们,不要找我了,我不是怕死,怕打仗,要当逃兵,是真的想和一个女人过日子了,求你们放过我吧。

看到了这个纸条,孟正堂才想到了冯可雪她们。

赶过去一看,果然,五个女人,只剩四个了。

问冯可雪,那个叫枝子的女人呢?

冯可雪说,她和刘二狗走了。

孟正堂说,这么说,他们走的时候,你是知道的。

冯可雪说,当然我知道了。

孟正堂说,那你为什么不报告?

冯可雪说,我要是报告了,你们能放他们走吗?

孟正堂说,当然不会。

冯可雪说,所以呀。

冯可雪的话,把孟正堂气得一下子不知说什么好了。过了一阵子,他才说,我对你们这么好,你们怎么能干这样的事啊。

冯可雪说,我们没有干什么对不起你的事啊。

孟正堂说,把我的兵都给拐走了,还说没干什么。

冯可雪说,孟队长,你这么说,可有些冤枉我们。他们两个走,是商量好了的,说不上谁拐谁。

孟正堂说,怎么不是拐,如果不是你们来,如果没有枝子,刘二狗会跑吗?

冯可雪说,孟队长,我记得你说过,咱们的士兵,可是个个都不近女人的。如果刘二狗不愿意,枝子是不可能拉着他跑的。这个事呀,要说怨,只能怨刘二狗,不能怨枝子,也不能怨我们。

孟正堂没有想到冯可雪的嘴巴不但会吹竹箫,还很会说话。是啊,不管啥时候,男女方面有了事,要说责任,主要都是男人的。怎么把这一点给忘了,跑来找起了女人的不是,要说怨,其实该怨的是他,是他没有把自己兵教育好,管好。这么一想,心里一股气,就对着了自己。

看出孟正堂在想什么,冯可雪又说,孟队长,其实这个事,用不着生气,还该为他们高兴。天下的人很多,可两个人真的能对上眼,能相互喜欢上,却很不容易。他们是有缘,没准是前世修来的缘,让他们去好了,能帮助他们,成全他们,也是一种大德。

孟正堂说,你不懂,这种事可以发生在别的地方,但在我们的队伍里不能发生。

冯可雪说,为什么?

孟正堂说,因为我们是革命的队伍。

冯可雪说,不管啥队伍,也不能不讲人情。

队伍再往前走，走到了一个地方，接到上级通过电台传来的命令，让骑兵队停下来，在这个地方待命。这个地方叫乔尔玛。

这个地方和前边的地方有些不一样，站在这个地方往四周看，可以看到四条山谷。一条向北，一条向东，一条向西，一条向南。往北边走，可以走进一个盆地，往西边走，可以走到伊犁。往南边走，可以走到南疆。往东走，顺着山脉走，可以走到巴里坤。我们就是从东边那条山谷走过来的，打算从北边山谷走出去。从地图上看，最多再走两天，就可以走出天山了，就可以看到准噶尔盆地了。

在这个地方待命，不是没有道理的。中间那块不高的高地，是四条山谷的交合点。不管什么人，想从这一条山谷进入另外一条山谷，必须要穿过中间那个高地。也就是说，只要守在那个高地上，就同时守住了四条山谷。

不用说，这个地方很重要。并且，早在许多年以前，就有人发现了这个重要地方。要证明这一点很容易。因为，在这块高地上，散布着十几间木头房子和石头房子，这些房子，一看就不只是用来遮风挡雨的，用来住人的。因为房子的墙壁上，开了许多小窗子，大小和角度，要说利于通风通光，不如说方便架枪射击，或者说张弓射箭。

不知道什么时候，曾有过什么朝代的什么兵，在这里驻扎过。但可以肯定，这里驻过兵，并且不是驻了一阵子，而是驻了很久。不过，现在看起来，却是很久没有兵在这里驻过了，因为，屋顶上和屋子里边已经生长出很深的野草了。

房子并不多，但住下一百多个人还是可以的。给四个女人也分了一间房子，一间很小的房子。

既然是待命，就是在这个地方等待命令，也就是说，如果没有命令就不能离开。如果一年没有命令让离开，他们就要在这里等待一年，十年没有命令，就要在这里等十年。

不过，我们习惯了待命，打完了一仗，就待命，等着打另一仗。那会儿，仗多，不用待命几天，就会马上出发，就打另一仗。但现在情况不同了，日本鬼子打走了，国民党也打败了，已经没有什么仗可打了。

就算没仗可打了，我们还是军人，是军人就得服从命令。

我们在这待命，并不着急，并且天天都有事干。

四个女人也和我们一起待命，就有些着急了，她们没有什么事干。不管什么人，没有事干，就会着急。没事干，站在一边，看我们操练。有时，她们还一边看，一边抽着烟。

本来，我们练得好好的，她们一看，我们就有些紧张。有几个人紧张得动作没做好，差一点从马上摔下来。

看到一些人出洋相，她们高兴地笑起来，笑出的声音，像晃眼的阳光。

她们笑，孟队长不笑。

他看着她们有些发愁，本来想着马上走出山谷了，她们就会离开了。没想到现在要待命，这一待命，谁也不知道会待多久。要是这么待下去，她们就是个事。已经发生了刘二狗的事了，谁也不能保证不会再发生了。只要她们在，刘二狗那样的事，甚至可能是更严重的事，随时都有可能发生。

只有一个办法，让她们走。

想着冯可雪她们会赖着不走，没想到孟正堂一说让她们走，她们马上就同意了。只是她们说，走可以，但有个条件。

孟正堂想到了她们会提条件，马上说，不能派人护送。和王生康商量时，说到了护送的事。但怕一护送，把两个士兵送进去了，跟着她们走，不再回来了。

孟正堂还想到了她们会提那些银圆的事，告诉她们，那个欠条上盖的章子，是公章。凭着这个条子，她们可以到任何一个有共产党组织的地方去提出归还，一定会全都还给她们的。

怎么也没有想到她们提出的条件却是另一个。

冯可雪说，让我们走也行，我们也知道，你们是军队，不能老带着几个女人。我们也不想再拖累你们。只是我们想，万一遇到了坏人遇到了野兽，我们得有办法对付。最好的办法，就是我们手里也有枪。当然，光有枪还不行，还得会用。也就是说，我们可以自己走。但得一人给我们一支枪。我知道，你们枪很多，这很容易办到。可我要说的是，光给我们枪还不行，还得教会我们打枪。

孟正堂一听冯可雪要提条件，有些紧张，怕做不到了，她们就不走了，可听完了冯可雪提出的条件，孟队长却是大大松了一口气。因为，冯可雪提出的条件，对于他和他的骑兵队来说，实在是太容易办到的事。

马上让人拿来了四支缴获的步枪，发给了她们。正想着让谁去做教官去教会她们打枪。冯可雪又说话了，冯可雪说，为了快点学会打枪，她们每个人都要单独有一个教官，而且这个教官还得由她们自己来挑选。这样她们保证最多两天就学会打枪，并且只要一学会，就马上离开骑兵队。

想了想，觉得这没有啥，只要能早点让她们离开，不再出什么事。要求只要不太过分，就全答应她们。孟正堂说，行，你们挑吧，这一百多个人，谁都可以当你们的教官。

好像她们早就想好了，压根儿就没有挑，直接就点名了。木子点了肖海的名，草子点了毛大栓的名。果子点了王生康的名。

轮到冯可雪了。孟正堂说，你让谁教你？

冯可雪说，当然是你了。

孟正堂说，我是队长，太忙，你还是换个人吧。

冯可雪说，孟队长是不是讨厌我，要是讨厌我，那就算了。

孟正堂赶紧说，行行行，我教你。

冯可雪她们说，我们不但要会打枪，还要会骑在马上打枪，并且还能打中目标。

她们很快学会了拉开枪栓，往里压子弹，再把子弹推上膛。

很快学会了把枪托贴在腮帮上，眯起一只眼睛，把标尺准星与前边的目标连成一条线。

很快学会了如何在扣动扳机时，要屏住呼吸，不要让枪身晃动。

很快学会了骑在马背上如何完成整套的射击动作。

说很快，其实也不快，也用去了差不多三天的时间。

这三天，先是在屋子里，把枪拆开了，再装上，让她们知道枪是怎么回事。之后走出了房子，找了一堵倒了一半的墙，让她们把枪架在上面，练习射击的动作。再后来，就到了野外，骑在了马上，在马上练习射击的动作。

到了野外，骑在马上，马一跑起来，就跑出了很远。四处看不到了人，在前边找个目标，一块大石头或者一棵树。让她们真打一枪。

别说，练得还真有成效，一枪打过去，都没有打飞，都打在了目标上。

一高兴，她们就跳了起来，抱住教官，在脸上亲了一下。亲完了，说太好了，我会打枪了。

练了一天，有些累了，说坐下来歇一歇。

确实也有些累了，就坐了下来。太阳还有些晒，就坐到了树下面。刚想抽烟，一支烟就递了上来，随着，火柴也划着了。同时，听到一个轻轻的声音，教官辛苦了。

这天，还挺热的，看看，你都出汗了。果子说着，拿出了手绢给王生康擦汗。手绢快要碰到王生康头了，他朝一边歪了一下头，说，不用，不用，习惯了。

王生康不让擦，果子给自己擦。果子胖一点，爱出汗。把脸上的汗擦去了，又擦脖子上的汗。脖子上的汗擦去了，继续往下擦。

衣服扣子挡住了，不好擦，果子就解开了扣子。扣子一解开，里边就没有遮拦了。想怎么擦就怎么擦了。

果子擦的时候，看了看王生康。看到王生康已经把脸转到了一边。这说明他已经看过了，不好意思再看了，或者说不敢再看了。

果子身子前面的汗擦去了，身子后面的汗手够不到，没法擦。果子说，哎，帮个忙。说着，把手绢给了王生康，让他帮着擦去背上的汗。

果子转过身子，背对了王生康，双手从前边把衣服朝上一拽，整个后背就全露了出来。准确说，不光是后背，可以说整个上半身都露了出来。

一阵小风吹过来，拂过光滑的皮肤，有一种说不出的舒服，让果子不由得闭上了眼睛。

脸上的一双眼睛是闭着的，可心里的一双眼睛却是睁开的。果子看到了背后那个男人，一双手正抖动着，拿着有些潮湿的手绢，慢慢地伸向她的后背。

后背是一片微微起伏的开阔地，上面好像什么都没有。可沿着后背两边滑下去，就是两座隆起的山峰，而顺着中间的坡地，再往下走一点，就可以进入一条很深的峡谷。

尽管手还没有碰到，但目光已经先碰到了。果子了解男人，果子闭着眼，都能看见男人想干什么和在干什么。她想好了，不管这个男人想干什么和在干什么,她都会让这个男人干成。

和别的没有什么关系,人家教会了她打枪,不能让人家白辛苦了。她可不想欠人家人情。

过了一会儿,背上的汗没有了。只是这个汗不会是被手绢擦掉的,而是让风吹掉的。不明白是怎么回事,回过头一看,手绢已经丢在了草丛里。而那个王生康已经走出去好远了。

果子拾起手绢,朝着王生康的背影摇摇头。

草子忙的时候,想不到渴,一坐下来,马上就觉出来了。看到毛大栓背了个水壶,就向毛大栓要水喝。毛大栓不给她喝,他说不是他舍不得,是因为水壶里装的不是水,而是酒。别人渴了喝水,他渴了喝酒。

酒也能解渴,草子也想试试,就拿过水壶喝了一口。别说,还真有点作用,喝了一口后,马上就不那么渴了。

光知道毛大栓年纪大,可到底多大,不知道。问毛大栓多大了。毛大栓说,四十五了。

草子二十,比草子大二十五岁。真是两代人了。可草子看男人,不大会去想岁数。草子想,这个男人,真够可怜的。老婆孩子都没有了,一个人不知有多苦啊。

看毛大栓抬起胳膊摇了摇,问怎么回事。毛大栓说,打仗时,受过伤,老是会疼。草子说,我给你揉揉。说着,不管毛大栓愿意不愿意,走了过去,帮他揉起了肩膀。

草子很会揉,只揉了几下,就不那么疼了。毛大栓说,好了,可以了,不疼了。草子却还是继续揉。草子边揉边说,大叔,当兵有十年了吧?毛大栓说,十二年了。草子说,想女人不?

毛大栓说,你咋说这?草子说,看你们的样子,好像都讨厌女人。毛大栓说,我女儿要是活着,也长你这么大了。草子说,那你把我当女儿。毛大栓说,我可没有这福气。草子说,那你就把我当女人。

草子一下子趴到了毛大栓的后背上，凸起的胸脯能感觉到他有力的心跳，双臂抱住了他的脖子，嘴巴挨到了毛大栓的耳朵,草子说,大叔,明天我们就要走了,这些天,你一直照顾我们,我们没什么谢你,你就把我当女人,让自己高兴一下吧。

草子的话,明显起了作用。毛大栓的身体像被电击了一样,抖动了一下。草子慢慢向后倒,可手没有松开,几乎没用什么劲,毛大栓就和她一块朝后倒下去。

倒下去后，毛大栓一下子转过了身，把草子压在了身子底下。可一看到草子的脸,看到草子望着他的眼睛,他好像被谁狠狠地踢了一脚,把他从草子的身子上踢开了。

他连声说着,我不能,我不能。毛大栓头也不回地走了。

草子还是那个样子，躺在草地上，好像在等毛大栓回来一样。草子对自己说,天底下真有这么怪的男人,不是遇到了,别人说死了,我都不会信。

木子给肖海抽烟,肖海不抽,说他还没有学会。木子说,男人不抽烟,不像男人,来抽一口。说着,硬把一支烟塞到肖海嘴里,逼得肖海没办法,抽了一口。一口烟吞进肚里,呛得肖海咳了起来。看肖海的难受样子,木子笑了起来,说肖海真是还没有长大。

说肖海没有长大,肖海当然不愿意。肖海说他十六岁就当兵了,已经当了四年兵了,是个老兵了,打起仗来,比起骑兵队其他的男人,一点儿也不差。

这不用肖海说,木子也知道。教她打枪时,每个动作都是那么老到，每一句话都是那么坚决有力。也许在孟队长他们的眼里,从来不觉得肖海小,早把他当成一个合格的士兵。不但合格,还更突出些。肖海和其他的兵不一样。如果说,其他的兵打仗,多少是为了能吃饱肚子,那么肖海打仗,还想着为了别人,为了国家。从这一点说,肖海有点像个大丈夫。

男子汉大丈夫,不会抽烟怎么行,不懂得女人怎么行。抽烟好办,想抽了,随时都可以找到烟抽。想懂女人可没那么容易,别说遇上不容易,就是遇上了,也得人家愿意让你去懂。这个男人帮她学会了打枪,她至少也得帮帮他。对,帮帮他,让他更像男子汉。

这么一想,木子胆子大了。一件事,觉得是对的,做起来胆子就会大。她抓住了肖海的手,放到了衣服里。让肖海摸。问肖海,没有摸过吧。肖海不知是紧张的还是激动的,反正是身子有些发抖,一句话说不出,只是摇头。木子说,摸吧,没事,摸了才知道女人是什么样子的。女人的样子,看是看不出来,得用手摸,才能摸得出来。

肖海的手,硬让木子拉着,从木子身体的一个部位,移动到另一个部位。尽管有点被迫, 可能感觉出肖海的手正在变得像一块火炭。这块火炭,不会烧坏什么,却能把冰一样的东西融化。

木子的身体正在变成水,可她并不想让肖海也变成水。她松开了手,让肖海的手自己移动,想去什么地方都不用再管。果然是这样,手还是那只手,可好像已经变得胆子大了,好像什么地方都想去了,也敢去了。

不过,木子可不想让肖海只是用手去弄懂女人。男人要懂得女人,光用手是不行的。木子还得帮帮这个男人再进一步。木子把手伸到了肖海的裤子里,摸到了挺立的坚硬。木子一下子抱住了肖海,对肖海说,来吧,想干什么,姐都愿意,你是个男人,来,干成了这个事,你就是个真正的男人了。

好像真正的男人这句话鼓舞了肖海,手不再乱摸了,直接去扯木子的裤子,一用力,就扯了下来。就在这时,传来一阵说笑声,听得出很远,可肖海还是听到了,他的动作停了下来。仄起耳朵听。木子说,没事,那么多树,别人看不见。肖海说,不行,不行,万一别人看见了,我就完了,我刚写了入党申请书,我想入党。说着肖海推开了木子,跳到了一边。边整理衣裤边说,我要走了。

木子还躺着,身子几乎完全光着。看肖海真的要走了,木子喊了一声,肖海,你想过我没有,我明天就走了,你可能永远都不会见到我了。

肖海停了下来,转过脸,看着木子。肖海说,姐,我已经记住你了,再也不会忘掉你了。

冯可雪点了一根烟,给孟正堂抽。孟正堂想再点一根,冯可雪说,不用了,咱俩抽一根。

两个人你抽一口,我抽一口。一根烟在两个人的手中传来传去。

冯可雪说,你真的想让我们走?孟正堂说,我们是兵,你们不能老跟着。冯可雪说,给你惹了不少麻烦,你别怪我们。孟正堂说,哪能怪你们,是我没有把兵管好。冯可雪说,他们真的很好,我不知道天下还有没有你们这么好的人了,反正我以前没见过。孟正堂说,都是些臭男人,有什么好。冯可雪说,男人的好,只有女人才能看出来,就像女人的好,只有男人才知道一样。

说着话,一会儿就把一支烟抽完了。

冯可雪说,我们要走了,我想问你一句话,你觉得我们好不好?孟正堂说,你们的竹箫,听起来真的是太好听了。冯可雪说,除了竹箫,我们还有什么好?孟正堂说,你们的心都挺好的。冯可雪说,可许多人都说我们是坏女人。孟正堂说,我心里边,没有坏女人，只有坏男人。冯可雪说，那我问你，那一天，你为什么要把我推开，还要用马刀劈我。孟正堂说，算了，还是别说那个事了。冯可雪说，你一定要说，我就要走了，可能再也不会见到你了，我想让自己明白。

孟正堂说，有些事，给你是说不明白的。冯可雪说，可有些事，还是可以说明白的。孟正堂说，有些事，你只有成了这个集体中的一员才会明白。冯可雪说，别的事，我也不想明白，只想明白，我在你的眼里，是不是很难看。孟正堂说，不，你长得很好看。冯可雪说，你是不是嫌我脏？孟正堂说，不，你干净得像雪一样。冯可雪说，你说的是真的？孟正堂说，当然是真的。

冯可雪看着孟正堂，张开双臂说，那好，抱我一下。

孟正堂也看着冯可雪，没有去抱。冯可雪向前跨了一点，抱住了孟正堂。孟正堂站着没有动，让冯可雪抱住了。冯可雪仰起脸，问孟正堂，会记住我吗？孟正堂说，没有女人对我这样过。冯可雪在孟正堂的脸上亲了一下，冯可雪说，那肯定也没有这样过了。孟正堂没说话，可他的双臂却使劲搂了一下冯可雪。他做这个动作告诉冯可雪，他会记着冯可雪的。

可冯可雪不想这么告别。不知为什么，她觉得和这个男人就这样分别了，会让她后悔的。她不想后悔，她想记住这个男人，更想让这个男人记住她。男人和女人要想互相记住，有一种方式，虽古老却极有用。

冯可雪把手伸进了孟正堂的腰带，孟正堂明白了冯可雪的意思，可他并没有让冯可雪的手继续往下伸，他抓住了冯可雪的手，使冯可雪的手不能动弹了。

冯可雪的手不能动了，冯可雪的嘴能动，冯可雪说，我不明白，你为什么对我们这么好？你知道的，我们不是好女人。

孟正堂说，以后如果有机会，我可以告诉你。

冯可雪说，我现在就想知道。

孟正堂说，这件事，几句话说不完。

第二天早上，太阳升起时，四个女人骑马离开。马背上除了包袱和竹箫外，还多了一支步枪。

士兵们正在出早操。

每人手里提着一把马刀，听着统一的口令，做着一样的动作，马刀举起落下时，一片亮光闪闪。

看到四个女人真的要走了，士兵们收起了马刀，没有一个人说话，只是用目光送着她们慢慢地离去。

女人也看到了他们，她们也一样不说什么，不过，有一样东西，让她们马上明白了这个时候可以干点什么了。

她们抽出了插在包袱里的竹箫。

竹箫的声音响了起来。

山谷里除了竹箫的声音，再没有别的声音了。

四个女人越走越远了，远得只剩影子了，过了一会儿，连影子也看不到了，可一群士兵还是能听到竹箫的声音。

第十一章

四个女人走了，带着竹箫走了。

又到黄昏时，没有人吹竹箫了。

听不到竹箫声，一群男人坐在草坡上，相互瞪着眼。

不知是谁起了头，说起了女人，大家就跟着说了起来。

说着说着，吵了起来。

一部分人说女人坏，说女人像蛇，心狠毒，说女人像祸水，带来灾难。

另一部分人不愿意，说女人是母亲，没有母亲，就没有男人。谁骂女人，就是骂母亲。

骂谁都行，就是不能骂母亲。

吵着吵着，话赶话，一些难听话就说了出来。

太难听的话，听不下去了，听着生气。生气生得厉害了，就不想再吵了，就想用另外一种方式把心里的气发泄出来。

和许多男人一样，这些男人吵着吵着就打了起来。

这种打，不是往死里打，不是不要命地打，这种打只是要解气。这种打看起来打得很厉害，但谁都不会受什么伤。

男人们就是这样，像孩子，打完架了，像没事一样，该干什么，就干什么，什么都不影响。

晚上集合点名，听到点自己的名字，一样还是很响亮地回答。刚打过架的一对，派任务派在了一块，还是会一起努力把任务完成。

这天晚上没有集合点名，因为还没有接到任务。

没有任务的晚上，一般来说，都会睡个好觉。可这个晚上，不少人都没有睡好。

不过，比较起来，有四五个男人睡得格外不好。

比如说，王生康躺在床上像躺在一口热锅上，烙烧饼一样翻了不知多少次身。

比如说，毛大栓睡着睡着，一下子坐了起来，点着莫合烟，大口大口地抽着。

比如说，肖海把吹灭的马灯又点着了，凑着一点灰暗的光亮，在一个小本子上不停地写着。

比如说，孟正堂一直看着窗口投进来的一片月光在慢慢移动，照到了墙上的马刀时，他把马刀取了下来，觉得有些热，他让冰凉的刀面贴住了腹部。

突然，一阵箫声从月光里传过来，孟正堂听了一阵，似乎吹箫的人，就站在门外。一下子翻身打开了门，却只看到一棵小树在轻风中摇动。再听，箫声没有了。

箫声为什么一下子没有了，是不是吹箫的人……这么一想，孟正堂觉得有些冷。这么一想，孟正堂心里有了一个新的决定。

孟正堂喊醒了王生康，把决定给他说了。王生康不同意，说她们走了，用不着再管了，再说，她们已经会打枪了，就算遇到一点麻烦，自己也能对付的。

孟正堂说，光会打枪，没有什么用，真遇到危险，她们对付不了。我们的任务，不光是消灭敌人，还要保护老百姓。

不管什么时候，不管自己是什么看法，只要孟正堂决定了，王生康都不会再说不字。别看他是指导员，两个人是平级的。但在战争年代，一个骑兵队的荣誉，是要靠一个胜仗接着一个胜仗换来的。正是明白这一点，王生康才和孟正堂一直配合得很好。王生康问，派谁去？

孟正堂说，还是让毛大栓和肖海去。

王生康也说，我也这么想。

孟正堂说，让他们连夜出发。

王生康说，她们的马跑不快，能赶得上。

孟正堂说，赶上后，把她们一直护送出山。

当夜，毛大栓和肖海走了。

走的时候，挨个儿和大家握手。没什么别的意思，只是习惯。不管是谁，要离开去干什么，都会握个手。

看着他们走远了，大家都说，这两个家伙，可真有福气。

福气这个东西，就是这样，总是只有个别人才能得到，要不，也不叫福气了。几个女人，花一样，别人只能远远看着。他们两个，却可以离得很近，看着花的样子，闻着花的香味。这么一比，说他们有福气，一点儿也不过分。

追上四个女人，不会太难，只是要多用点时间。他们算了一下，可能用一天半时间，可实际上，只用了大半天时间。

能这么快追上，不是他们的马跑得太快，而是四个女人走到了一个地方，停下来了。并且，在这个地方停下后，再想往前走，却走不成了。

在走到那个不能再往前走的地方前，已经停下来过好多次。女人的事多，几个女人凑到一块事更多。一有事，就会停下来解决。走着走着，天黑了，就得停下来，找个地方睡一觉，等到了天亮再往前走。

睡觉前，要吃一顿。出发时，孟正堂让炊事员往马背上放了一袋子东西，全是吃的。不过，这些吃的，主要是干粮。是饼子和馍馍。光吃这些东西不行，还得吃点别的。跟着骑兵队走了这些天，学了不少东西。学会了打枪，不能白学会，要用上才行。

下了马后，几只眼睛四处看，果真看到了一只黄羊，在不远处的山坡上吃草。商量了一下，让谁打都没有把握，万一一枪打不上，黄羊跑了，再找一只可就难了。冯可雪说，干脆四个人一块儿举枪，一块扣扳机。这个办法好，有一枪能碰上，它就逃不掉了。

四个人全举起了枪，冯可雪说，一二三。说到三时，四杆枪一块儿响了。再看草坡上，那只黄羊真的倒在了地上。哪杆枪里的子弹打上的，无从知道。不过，这一点儿不重要。重要的是把它打倒了，可以有肉吃了。

吃饱了，就睡了。什么事也没有，睡到了天亮。

天亮以后，还没有什么事，四个人骑上马，继续朝前走。走到快中午时，到了一个山谷拐弯处时，一件没有想到的事情发生了。

起先没把这个事当个事。

一拐弯，看到了一群羊，打头的是山羊，跟在后边的全是绵羊，有上百只。当然，不光是羊群，还有人。四五个人，有大人有孩子。一看就是一家人。

一家牧人，放牧着一群羊，谁看见了，都不会当个事。骑着马，继续朝前走，从羊群中走过，走到牧人跟前时，还笑了笑，招了招手。想说几句话，可言语不通，没法说。

她们没当个事，可看到她们，这些牧人，好像有些紧张。一直盯着她们看，脸上没有一点表情。接下来，又看到了几群羊，还有几家牧人，全都是这样。她们只是觉得有些怪。按说，她们是女人，不会吓到别人的。有一个牧人，不但被吓到了，还吓得调转了马头，往回跑。

到了这会儿，还只是觉得有些怪，还是没有多想，还是继续朝前走。

又走了不多远，没有看到羊，却看到了好多人。好多人，全是大人，全是男人。不过，从穿着上看，全是牧人。只是多半背了枪，挎了刀。这也不算啥，山里的牧民，怕狼和熊祸害，都是刀枪不离身的。

刚看到这群人，只是心跳了一下，也没有太当回事。想着把路让开一点，让他们走过去，就没有事了。直到这群人走到了跟前，把她们围了起来，不让她们再往前走时，她们才觉得要出什么事了。

看样子不像是兵，也不像匪。可看表情，看眼神，能看出这群人不会是好人。至少不会对她们好。

不是好人，就是坏人。想到坏人，想到了枪。学会打枪干什么，就是要对付坏人。不过，她们只是想到了枪，却并没有把枪用上。也想用上，可是她们动作太慢，不等她们拿到枪，那些男人已经把她们的枪拿走了。其实,就算来得及把枪拿上,也一样不会有用。这么多男人,又离那么近。无论她们想干什么,都不可能干成。

不但干什么都干不成,就是说什么也说不成。说什么,相互听不懂。可也不是一点儿不懂。其中一个大胡子,戴着黑色的羊羔皮帽,满面油光,一看就是这群人的头。他一走过来,其他的人马上把路让开。他说了一个词,解放军,指着她们。她们懂了,赶紧指着自己,摆手。说不是。对方又说,解放军,说着指了指前边。可能是问,前边是不是有解放军。冯可雪想也没有想,点了点头说,是的。

一听说前边有解放军,这群人不往前走了,停了下来。

停在了一片大草滩上,一会儿就搭起了好几个帐篷,还架起了锅,宰起了羊。看样子,他们打算在这里吃饭休息了。

他们停下来了,也不让冯可雪她们往前走了。不但不让她们走了,还把她们全捆了起来。像捆马上要宰的牛羊一样,把她们串在了一起,捆在了一棵大树上。这还不算,还派了两个人,拿着枪站在她们身边,看守着。其中一个家伙,就是那个看到了她们以后,骑着马往回跑的家伙。看来,当时他不是被吓着了,他是跑回去,向那个大胡子报告情况。

这时太阳刚刚往西斜了一点。

而这时毛大栓和肖海离这个地方已经不太远了。

先看到了烟。一看到了烟,就想到了人。在这样一个地方,想不到别人,只能想到冯可雪她们。

烟是炊烟,是煮饭的烟。看见了烟,离人就不远了。让马跑快一点,顶多半个小时,就可以看到人了。

不过,让马跑快了一点,却没有只是闷头跑。打过仗的人,不管啥时候,脑子里都会多根弦,因为,遇到的意外太多,有了经验。所以，不管马跑多快，都不会只是盯着那股炊烟。

离炊烟越近，目光越是警惕。

肖海年轻，眼神好，先发现了情况。在前边路边的一块岩石上，站着两个拿枪的男人。一看就是哨兵。

不能直着往前走了，拐进坡上的林子里，利用树木的遮掩，躲过哨兵，再往前走。这个时候，他们不再高兴了，不由得为四个女人担心起来。

很快，他们的担心得到了证实。

爬过一道石壁，拨开深密的野草，看到了四个女人，还有她们的马。马就拴在另一棵树上。马鞍上还挂着花布包袱，还挂着她们的竹箫。

本来打算早点追上她们，把她们护送出山谷，完成任务后早点回骑兵队，向孟正堂报到。现在看来，要完成这个任务有些不那么容易了。

再不容易也得完成。

要完成领导交给的任务，就得带四个女人离开这个地方。可她们现在被绑在了树上，要带她们走，得先把绳子解开。可这个绳子不好解，旁边站了两个男人，拿着枪，就是不让人把她们的绳子解开。如果说，只有两个男人，并不难对付。一枪一个，保证一下子就撂倒了。可不远处，还有好多男人，枪一响，他们就会跑过来，这样不但救不了人，怕是连自己也会保不住命。不用枪，用刀，冲过去，用刀砍，也不行。要冲过去，要跑过一块空地，有十几米远。不等跑到跟前，就会被发现，结果也会一样糟。

没有别的办法，只能等天黑了。等天黑了，借着夜色，摸到看守身后，把看守干掉。没有了看守，她们就自由了。敌人多时，硬拼不行，只能偷袭。要想偷袭成功，就得等到天黑，越黑越好。

可是紧接着发生的情况，让两个人没法等天黑了。因为，这时，大胡子带着几个男人朝着这边走了过来。准确说是朝四个女人走了过来。

只是走过来，当然没啥。可他们身上背着枪，手里拿着刀。就算有枪有刀也没啥，可他们走到了四个女人面前后，却把手里的刀举了起来。

也就是说，他们走过来，没有别的事，只是打算把四个女人全杀掉。因为这一路走过来，凡是遇到和他们说不一样语言的人，他们都会把这些人杀掉。

马刀举起来后，没有马上落下来。他们在等大胡子的口令。大胡子没马上喊口令，而是闭起了双眼，两只手半举向空中，念起了听不明白的经语。看起来像一种祭祀，祭品就是四个女人。

四个女人也看出来了，知道马上要被杀，她们顿时哭号起来，那声音听起来难听极了。她们什么罪都能受，什么苦都能吃，什么屈辱都不怕，却真的是很怕死。

没有时间多商量，必须要在马刀落下前想出办法。不管是什么办法，只要能把四个女人救出去就行。

经验多不管在什么时候都有用，毛大栓对肖海说，我开枪把他们引开，你把她们救出，带上她们，往乔尔玛跑，去找孟队长，我在后边，会赶上你们的。

肖海刚想说什么，毛大栓不让他说。毛大栓说这是命令，就这么办了。说着，毛大栓跑到了另一个山坡上。把枪架到了一棵树上。就在大胡子念完经，朝着举起马刀的人下达口令时，毛大栓的枪响了。

大胡子没有来得及把口令说出口，就倒在了地上。

所有拿着刀枪的男人都朝毛大栓扑了过去。毛大栓边射击边往山上跑，引着那些家伙也朝山上跑。

两个看守有一个没有去追毛大栓，不过，他的注意力已转移到了枪声的方向。没有听到身后的动静。等他察觉到了什么时已经来不及了，刚一回头就被肖海的马刀迎头劈下来。直接就没有了命。

看到肖海，冯可雪她们觉得像梦一样，不敢相信是真的。直到肖海解开了她们身上的绳子，让她们赶紧骑上自己的马，才相信了是真的被救了。

冯可雪拾起了哨兵的枪，四个女人跟着肖海朝另外的方向跑去。

不过，没有跑多远，就被发现了。别看这群男人不是士兵，可是骑马的本事、打枪的本事，比真正的士兵还强。

很快，冯可雪她们就听到了背后传来的喊叫声，还有子弹呼啸着飞过头顶的声音。也就是说，这么跑下去，用不了多大一会儿，她们就会被追上，重新被他们抓住。

肖海一下子把马勒住了，对她们说，你们一直朝前跑，不要停，就可以见到孟队长。

冯可雪说，你一个人留下怎么行？

肖海说，我没事，这有一百发子弹，可以挡住他们。

冯可雪晃了晃手中的枪，说，我留下来，帮你。

肖海说，不用了，这是我的任务，一定要完成。想帮我的忙，就快去见孟队长，让他快带队伍来。

冯可雪说，我们还是一块走吧。

肖海说，不，你们先走，我还要去救毛大栓。

草子说，怎么，大叔也来了，他人呢？

肖海指了指正在响枪的地方，说，是他引开了敌人，我才把你们救了出来，这会儿，不知道他情况怎么样了，我不能扔下他不管。

冯可雪说，我们也去救大叔。

肖海说，这个忙，你们帮不了，只会添乱。好了，别婆婆妈妈了，听我的命令，赶快走，去找孟队长。

这时的肖海看起来是那么高，那么大，和一个成熟的男子汉没有两样。

打打杀杀的事，女人做不了主。肖海下了命令，不能不听。骑着马，往乔尔玛跑。马跑得再快，要跑到乔尔玛，也得大半天。不过，四个女人，只用了小半天，就看到了孟队长。

孟队长带着骑兵，正在往这边赶。不是这里发生的事，孟队长已经知道了。而是毛大栓和肖海离开不到半天，电台就接到了指示，说发生了叛乱，一股叛匪，蹿进了天山。让骑兵迎头阻击。

叛乱的首领，叫牙斯满。

命令说，他们把解放军的工作队，一共有二十六个人，全都杀了。现在他们正一路烧杀抢掠，打算穿过天山，从北疆蹿到南疆，并扬言成立什么共和国。

命令还说，因多数叛匪，属不明真相的牧民，受了蒙蔽和煽动，应尽量不要造成过多死伤。不过对叛匪首领可当场击毙。而叛匪大小首领加起来，也超不过十个人。

接到命令后，骑兵队马上就出发了。想到了冯可雪她们可能会和叛匪相遇，想到真的遇到了叛匪，毛大栓和肖海两个人是很难抵挡的。孟正堂让骑兵队紧急行军前进。

看到四个女人，孟正堂松了一口气。再听冯可雪一说，心又提起来。不再多问，挑出跑得最快的马，最好的骑手，组成了一个先头排。让他们飞一样往前赶。在战场上，很多时候，时间就是生命，就是胜利。

确实是这样，就在肖海打光了子弹，多处负伤倒在地上，只能眼睁睁看着叛匪举起马刀朝他劈来时，骑兵队的先头排赶到了。

肖海没有死，得救了。可毛大栓死了。那个大胡子，就是首领，叫牙斯满。是毛大栓把他打死的，把他打死后，又打死了至少七个叛匪。肖海找到他时，他已经不行了。一颗子弹，穿过了胸膛。见到肖海后，问女娃子咋样了。肖海说，没事了，全救出来了。毛大栓一听，笑了一下，就闭上了眼。

一共打死了十三个叛匪，全是大大小小的头。剩下的人，全是牧民，开始吓得不行，以为也会把他们杀了。没想到，孟正堂一挥手，把他们全放了。

这次平叛剿匪，骑兵队只死了一个人，就是毛大栓。

埋毛大栓时，男人没哭，四个女人全哭了。草子哭得最厉害，真像亲爹死了。要往坑里填土了，四个女人不让填，过去亲毛大栓的脸，亲完了，才让往坑里填土。

埋完了，孟正堂举起了枪，一看他举起了枪，全骑兵队都举了起来，朝着天空，一块扣动扳机，算是和毛大栓告别，给毛大栓送行。

女人没有枪，有箫。女人跪在了坟前，吹起了竹箫。枪声在山谷间回荡了一阵就听不见了。可女人的竹箫声，却响了很久很久。

两天后，骑兵队走出了山谷，在一个叫独山子的地方勒住了马。我们朝北边看，看到了一个很大的盆地。在地图上，这个盆地叫准噶尔盆地。

盆地里有一片荒野，叫下野地。没想到，会在这里住下来，并且一住下，就再也不走了。当然，不是我们自己不走了，是上级不让我们走了。

这是任务，这是命令。

下卷　荒野

第十二章

骑兵队变成了开荒队。

一开始，有些人想不通。打仗时，知道仗早晚是会打完的。打完了仗，要是没死，去干什么，想了不少。可以说，干什么都想到了。就是没有想到去开荒。后来，听说，打到新疆的部队，大部分都去开荒了。听说，至少有十万人。也就是说，有一千个我们这样的骑兵队，在同一天变成了开荒队。听说了这个情况，我们就想通了。再说了，想不通也没用，我们这些人，想干什么，从来不能自己说了算。我们有组织，听组织的没错，组织这么安排，肯定是为我们好。这个好，就算一时看不出来，日子长了，就能看出来了。

开进下野地，没有马上开荒。不是不想开，是开不成。现在是秋天，马上就是冬天了，要下雪了，就算开出来，也种不成东西。开荒的事，要等来年的春天去干了。不开荒，一样有好多事干。这么多人，先要有地方住。再不能像打仗一样，老是把天当房地当床了。

我们盖的房子叫地窝子，这种房子不是盖起的，准确说是挖出来的。一般来说，找一个高一些土坡，选一片向南的位置，朝下挖一个四方大坑，不用太深，两米多一点就行了。大坑挖好了，横竖搭上几根木头,再铺上红柳芦苇和其他野草,再把挖出来的土往上一盖,一间可以住人的房子就建成了。

建这种房子很快,从早上开始挖,到晚上就可以建成了。所以,进到下野地的当天,我们就全都住进了地窝子里。

地窝子虽然好建,可也不能乱建,也是要听干部的安排。在什么地方建,建多大的,都是有规定的。一个班建一个地窝子,十二个人全部要住在一起。谁想自己挖一个地窝子住是不允许的。当然队部和队长除外。

虽然骑兵队改成开荒队,换了个名字,并且,相应地跟着发生了许多变化。刀和枪不用天天抱在怀里了, 也不用天天穿军装了,就是穿军装,也没有领章帽徽了。还有,不领军饷,改发工资了。什么东西,不再给发了,要自己去买了。但不管怎么变化,那就是;开荒队还是一个战斗的集体,我们在这里开荒,是党和国家给我们的新任务。虽然和打仗在形式上不一样,但意义是一样的。

对了,说到这儿,该说说那四个女人了。

骑兵队接到扎营开荒的命令后, 王生康就来对四个女人说了。王生康说,我们不往前走了,就在这儿扎营了,你们想去什么地方,可以走了。

冯可雪说,你们不是当兵的吗,为什么要在这里开荒呢?

王生康说,对了,还忘了告诉你们了,我们不再是兵了,我们不再打仗了,我们以后的任务,就是开荒种地。

听了王生康的话,冯可雪她们愣住了。愣住了,不是那句她们可以走的话,而是她们没有想到这群士兵,会在这么荒凉的地方安营扎寨,并且突然一下子就变成了庄稼汉。

王生康说完了,就像完成了一项任务后,转身离开了。

可以走了,想去什么地方都行。可是走还是不走,四个人的意见却有些不统一了。

果子和木子是坚持要走。说跟着一群当兵的,不会有好日子过。这群当兵的看起来是男人,可和别的男人不一样。想挣他们的钱根本就挣不上。

冯可雪不同意走。说要不是这群男人,她们走不出山谷。人家救了咱们的命,这个恩情比天大,怎么说都要有些报答才行。人活着,不管怎么活,得讲良心,不讲良心,老天爷看不下去,会让你倒霉的。再说,真的走,往什么地方走?难道说,我们还要再回那个大房子呀。

果子说,可你看眼前这个地方,是个什么地方,连个人烟都没有,咱们总不能待在这吧。还是要回城里去。城里人多,活着容易。

冯可雪说,我不是说不走了,我是说,不要马上走。

草子不管在什么时候,都听冯可雪的。听冯可雪这么一说,马上说,是的,就是走,也得还了这个人情。

果子说,那一百块银圆,咱们不要了,就算还他们人情了。

冯可雪说,亏你说得出口,咱们四条命,就值这些银圆,咱们没这么贱呀。

两种意见,一半对一半。又商量了一会儿,冯可雪大一点,姐妹早就有个规矩,拿不定主意时,得听冯可雪的。冯可雪也不会做对不起姐妹的事。冯可雪说,要不这样吧,咱们先不走,看看能为他们做些什么。反正,不能让他们骂咱们无情无义。

果子说,这样也行,我就不信,一群大老爷们儿,会真的不稀罕咱们。

木子也说,看看情况也行,反正腿在咱们身上,真想走了,抬腿就可以走。我也想看看,原来他们是兵,现在他们不是兵了,变成老百姓了，和一般男人是不是还是不一样。

女人也有好奇心，有时比男人还强。

王生康和孟正堂在商量什么事，看到冯可雪走过来，想着冯可雪是来向他们说再见的。没想到冯可雪走到他们跟前，却说一句，我们先不走了。

听冯可雪说她们不走了，王生康的脸上马上有了不高兴的表情，倒是孟正堂只是有点吃惊，却没有一点儿不高兴。孟正堂说，我们留下是要开荒的，条件是很艰苦的。冯可雪说，我们干不了力气活，可以干点别的嘛。

王生康说，这样吧，是不是让你们留下来，我们再商量一下。冯可雪说，好啊，我们是真的想留下来，你们可不要赶我们走呀。说完，冯可雪又回到了土坡上。

三个姐妹马上问冯可雪结果怎么样。冯可雪说，他们说还要商量一下，说不定会硬让我们走呢。果子说，我倒是希望商量的结果是让我们走。冯可雪说，你真是没心没肺的东西。果子说，不是我没心没肺，是人家不把咱们真当一回事。木子说，你还想让人家把咱们当仙女下凡呀。草子说，咱们就是一棵野草，咋让人家当回事。果子说，野草咋了，野草开出的花，一样好看，一样香。

冯可雪一离开，王生康马上说，我知道她们为什么不走了？孟正堂说，为什么？王生康说，咱们还欠人家一百块银圆，人家怎么会走？孟正堂记起了一百块银圆的事，想一想觉得王生康说的有道理。问王生康能不能拿出一百块银圆。王生康说，老金给我说，一出山谷师部就送来了一些银圆。孟正堂说，如果是这样，那就把一百块银圆还给她们。王生康说，我敢保证，只要把银圆还给了她们,她们肯定马上就会走的。孟正堂说,如果真的是这样,那就让她们早一点离开。

很快,老金来了,手里提了一个包,里边装了一百块银圆。

孟正堂让老金提了包,一块去交给四个女人。

看到包里的一百块银圆。四个女人愣住了。说真的,她们早不想这些银圆了,打给她们的欠条,也全都撕碎了,扔在了山谷里。

冯可雪生气了,说王生康,你真以为我们是为了这几块银圆不走的吗,我们虽然不是那种高贵的女人,但我们绝不是那种没有良心的女人。这些银圆,如果你们嫌脏,可以扔掉,但我们是不会再要的。

王生康不相信冯可雪的话,也不想和冯可雪再说什么,冯可雪不伸手接,就让老金把包放下了。放下后,就带着司务长转身离开了。

冯可雪气得一时说不出话,倒是果子好像有些高兴了,说,看到了吧,咱们的钱人家都嫌脏,别说咱们人了,还是走吧,别自讨没趣了。听到果子这么说,冯可雪瞪了她一眼,说,这里边有你二十块银圆,你要是想要,就拿回去。果子说,小看我,我不拿。冯可雪又问木子和草子,两个人也说,这个银圆不能要。

姐妹们一致意见,这些银圆,是她们给骑兵队的,不能再要。冯可雪提起了装银圆的包,朝着那正在扎营的男人走去。

走到了孟正堂和王生康跟前,举起了包,银圆掉了下来,发出一片碰撞的响声,并在地面上四处乱滚。冯可雪说,再说一遍,不是为了这些银圆,我们才不走的。如果你们嫌弃我们,真想赶我们走,就直接说。

冯可雪说这些话时,有一种说不出的委屈,让她不由得流下了眼泪。看到冯可雪的眼泪,孟正堂的手一挥,顾不上和王生康商量了,大声说,行,别走了,马上给你们挖一间地窝子,让你们先住下来。

没有商量,就这么定了。王生康有意见,就提出要开支部会,要支部会来决定这个事情。

马上把支部委员们喊来了。就在刚挖出的队部里,开起了和女人有关的会。先是王生康说了不能留下她们的理由,接着又是孟正堂说了可以把她们留下的意见。王生康说,这几个女人,大家都知道,不是好女人。把她们留下来,会把队伍搞乱。刘二狗的事,不能再发生。孟正堂说,就算是坏女人,也是旧社会让她们变坏的。别忘了,现在不一样了,是我们的天下了。三座大山,我们都不怕,都让我们推翻了,日本鬼子、蒋匪军,还不是让我们打败了。难道面对四个女人,我们就没有办法了,就被吓住了吗?说她们坏,她们能有多坏,女人一开始都是好女人,是男人把她们变坏的。别的男人把她们变坏了,我们为什么不能把她们变好呢。

两个干部说的话都有道理,可仔细想想,好像孟正堂说的更有道理。天底下,男人什么都可以怕,就是不该怕女人,不管是什么样的女人。再说了,如果这四个女人真的走了,这么一大片荒野上,就剩一群男人了,会多没意思啊。有这个想法的,大约除了王生康外,都会这么想。

果然一投票,只有一票同意赶女人走。

看到四个女人也住进了地窝子,我们都很高兴。不是想干什么,也知道干不了什么。可不知为什么,看到在这荒野上,和我们在一块儿开荒的还有四个女人,心里边就有些不一样了。

不走了,可不是为了有吃的,有喝的。要是只为这个,随便走到一个地方,只要是有人的地方,凭这几个女人的本事,都不会渴着饿着冷着。

留下来，是要报恩。

本来有一个方式，可以直接报这个恩。一百个男人，一个晚上去陪一个，不到一个月就可以陪一遍。

这个方式，女人愿意，可男人不愿意。准确说，是这群男人不愿意。换个地方，换一群男人，不知会有多高兴。

这群男人实在不一样，别说是和他们睡觉了，就是走在路上开个玩笑，都吓得不行。

在山谷里，他们是兵，兵有纪律，很严，他们只能想，不能干。到了荒野上了，不是兵了，是老百姓了。还是那个样子，就让人想不明白了。

不明白却不能去问，也用不着去问。四个女人，别的事，她们懂得不多，可男人的事，她们懂得不少。

只要是男人，一些事，就算是白天不去想，不去做，到了夜里，到了梦里，也会去说去想，去做。

去做些什么，会让男人高兴，她们知道。

知道男人喜欢听她们吹竹箫，每天就会吹上几次给他们听。

早上，太阳一出来，竹箫声就响了起来。男人们听到了竹箫声，马上穿起衣服，洗了脸，拿起了农具走出门去干活。边走边会在竹箫声中去猜测吹箫人的姿态，不管想到的是什么样的姿态，都会觉得接下来，不管做什么，都会是件有意思的事。

到了中午，要吃饭了，同样会响起竹箫声。听到了竹箫声，男人们就会放下农具，拿起饭碗，走向食堂。本来已经很疲累了，可是听到这竹箫声，就有了一种新的精神。

吃过晚饭，没有别的事干，男人全坐在门口发呆。这时，一阵竹箫声从黄昏的风中传来，让他们的脸上顿时有了表情。这时的竹箫声，有时一直响到月亮升起来。月光像水一样，湿透了箫声。湿了的箫声落到了心里，就把一些像石头一样烦闷焦躁的东西融化掉了。

在门口的上坡上吹完了箫，冯可雪还会拿着竹箫去队部吹给孟正堂听。

光是吹竹箫，能给这些男人的快乐，是不会太多的。还得再做些什么，让这些男人能更高兴一些。

有什么办法呢，四个女人一块儿想，九月里有一个节，是秋天的一个节，叫重阳节。这么一想，心里有了主意。

带着想好的办法，去找孟正堂。去的时候，没有空手去，带了竹箫去，顺便吹一支曲子给他听。

先没说演节目的事，先说了感谢的话。说如果不是他坚持留下她们，她们这会儿不知会是在什么地方了。孟正堂说，这可不是我一个人的决定，是大伙儿都不想让你们离开。冯可雪说，所以说，我不但想感谢你，还想感谢一下大家。孟正堂说，你们打算怎么感谢？冯可雪说，重阳节马上到了，我们想给大家演一台节目。

一听是这个事，就把王生康也喊来了。王生康是管文化生活的。得让他同意。王生康听了冯可雪的想法，也找不出不同意的理由。就说，你们去准备吧。不过，准备好了，我得先看看你们的节目。冯可雪说，你先审查一下，让我们演，我们再演。

离九月九，还有九天，可我们都有些等不及了，觉得一天一天过得很慢。

还有一天就是九月九了，王生康找到冯可雪，问冯可雪的节目准备得怎么样了。冯可雪让他来先看看。

地窝子门口一块空地，变成了一个小舞台。别的人都去干活了，只有四个人演，一个人看。

听说王生康要来审查节目，问冯可雪怎么演。冯可雪说，随便演一下就行了。草子说，要不要换服装？冯可雪说，不用麻烦了。果子说,就是换,那种人,让他看了也是白看,整个一个木头人,啥也不懂。对王生康,果子一点好印象都没有。什么样的男人果子都见过,可像王生康这样的,好像还是头一次见。如果他不是有病,那就是太虚伪。不过,就凭这一点,果子还对他有些好奇。想知道,他到底是有病,还是虚伪。

冯可雪想简单一点,不是说不想让王生康看,而是怕王生康看了,会不让她们演了。这王生康和孟正堂不一样,好像他总是和她们过不去。

王生康看冯可雪她们排练的节目,没有挑出什么大的毛病,只是问她们能不能唱一首革命歌曲。冯可雪说她们不会唱革命歌曲,可是她们可以学。如果说他能教她们唱,她们一定会唱。王生康说唱歌我不行,我找个人来教你们唱。

王生康把肖海找来了,让肖海教她们唱《东方红》,这首歌,好唱好学。只要是参加了革命的人,没有不会唱的。

听说是肖海来教唱歌,大家都很高兴,肖海在山谷里为救她们受了伤,要说报恩,最该报的一个人就是肖海。肖海快要来时,大家都说木子,说木子不像话,肖海为我们受了伤,也不给肖海一点特别的照顾。木子觉得很冤枉,说不是我不想照顾他,是他看不上我,不让我照顾。大家不同意木子这个说法,说肖海是个毛头小伙子,好多事情还不懂,木子要好好教肖海,要肖海早点长成个大男人,不要以后,吃了别的女人的亏。这也是一种报答。木子给说服了,答应了以后有机会,只要能帮到肖海,一定会全力去帮。

肖海来了,大家见了肖海全都亲得不行,围着肖海,恨不得把肖海抱起来,举起来。先不说教歌的事,先问他的伤。还要让他脱了衣服,看他的伤口。肖海不好意思,不让看。女人说,我们什么没看过,快让我们看。肖海还是不让看,像个大男孩一样。连着说，没有事，真的是一点事都没有了。冯可雪说，有什么事，给你木子姐说，不管什么困难，她都能帮你解决。肖海说，你们真是太好了。果子说，我们不好，你以后，找老婆，别找我们这样的。草子说，找老婆的事，交给我们，我们给你找，保准给你找个又好看，又懂事的。木子端了一杯水，递给肖海，说，喝口水，教我们唱歌吧。肖海接过水杯，说，谢谢木子姐。

这首歌，很有名，不过，实在很简单，只教了几遍，就会唱了。不但会唱了，还唱得很好听。肖海说，这支歌不知听了多少次了，可听你们唱，还是头一次听。冯可雪说，是你教得好，我们才能唱得好。

九月九重阳节，是个大晴天，阳光很明媚，却不太热。她们的节目很好看，真的很好看。比我们想象的还要好看。还吹竹箫，吹的是《茉莉花》。不光只是用嘴吹，吹的时候，整个身子都在动，随着流动的曲调，身子像水波一样摆动。

唱歌了，和一般唱法不一样，不是扯着嗓子唱，而是用很轻的声音唱。像是贴着你的耳朵在说悄悄话。唱“好景不常在，好花不常开……今宵离别后，何日君再来……”唱“春季柳丝长，大姑娘绣花在窗前……”

不但唱歌，还唱戏。唱河南豫剧《花木兰》，北方人爱听，唱越剧《西厢记》，南方人爱听，唱秦腔《秦香莲》，西北人爱听。

跳起了舞，不是扭秧歌。四个人扯着手，边唱边跳。一会儿扭腰，一会儿送胯，幅度全很大，像蛇一样。还不时地把腿踢起来，踢得很高，脚尖快碰到了脸。

真是好看，我们全看呆了，看傻了。

这些年当兵，说实话，仗没有少打，节目也没有少看。每打一次胜仗，都会有人来慰问，除了给吃的，给喝的，给鞋子鞋垫外，还让我们看节目。可说实话，那些节目，全差不多。

可这个节目,不一样。太不一样了。不光是节目不一样,声音不一样,动作不一样。还有一个不一样,是最大的不一样。

这个不一样就是衣服,以前那些节目,女人穿衣服,要么穿着军装,不仔细看,看不出是女的。要么穿着花布衣衫,村姑一样,土气得不行。这四个女人没穿军装,也没穿花布衣衫,她们是穿着旗袍上的台子。

四件旗袍,四个颜色,白蓝红紫。全是绸子的,紧贴着身子,把鼓起来和凹下去的地方,全显了出来。一看就能看出,旗袍里,再没有穿别的什么。当然,是故意不穿的,旗袍要穿着好看,里边就不能穿别的东西。

你想,穿这一身旗袍,在台子上蹦来跳去。我们会看到什么。旗袍前边的两个扣子没有系,偏偏还不时地弯下腰,一弯腰,里边的东西,就藏不住了。旗袍两边的衩开得很高,开到了腰胯部,偏偏还不时地把腿踢得老高,腿一踢起来,整个大腿就一点儿也遮不住了。

没办法,看着看着,我们的嘴巴就张开了,像要去咬住什么,口水也不知不觉流了下来,好像变成一只馋嘴猫。别骂我们没出息,要知道,我们这些人,大部分都是快到三十岁的大男人啊。

节目演完了,我们还在发呆,像是让雷打了一样。看着四个女人,拉着手,不断地弯腰鞠躬,向我们谢幕,她们的衣服领子全开着,一弯腰,里边就没有遮拦了。我们看呆了,连鼓掌都忘记了。

我们是多么想让这个节目一直演下去啊。

两个干部坐在第一排,第一排,靠着台子。同样是看,可以比后边的人看到的东西多一点,也清楚一点。刚演了一半,王生康就对孟正堂说,是不是别让她们演了?孟正堂说,为什么?王生康说,我担心……孟正堂说,担心什么?王生康说,怕大家看了,会胡思乱想。孟正堂说，乱想没事，不乱干就行了。王生康说，我就是怕，乱想了，就会乱干。孟正堂说，怕啥，谁乱干，收拾谁。

不说了，继续看，一直看完。看完了，上台去，和演员握手。都一样，不管谁来给我们演出，演完了，干部们都要上台和演员握手，表示感谢。看到队长上到台子上和她们握手，我们也想上去。她们全出汗了，旗袍一湿，凸起的地方，好像没有了遮掩。还有身上的味道，不光是汗味，还有别的味道，全能闻得到。

怪不得都想当干部。当干部的某些好处，当兵的是得不到的。一些好处，得不到不在乎，另一些好处，得不到，就难受。没有别的办法，只能是让自己胆子大一点。看见她们走过来，故意往跟前凑，凑得越近越好。能碰一下最好，不管什么地方，碰上一下，能激动得好几天睡不好。

当然，也想到了别的，可只是想，不敢去干。

那天看完节目，回到地窝子。夜里睡不着，大家闲扯起来。不少人都说了些怪话。有些话很难听，说我们还不如野狗，野狗难受了，到处跑，看到一只母野狗，什么都不会在乎，就会让自己痛快的。我们不行，四个女人，整天在面前鲜鱼一样，游来游去。不管馋成什么样子，只能看，不能去捉，更不能去尝鲜。

不过，这天夜里，想着四个女人在台子上唱来跳去的样子，我们都痛快了一下。实在没有办法，忍不住了。再忍就会憋出毛病了。只能把眼睛一闭，把四个女人挨个儿地拉进了梦里边。梦真是个好东西，梦里边想干什么，就可以干什么，什么都不用怕。并且和真的一样，不行就不行了，一下子就爆炸了，把人真的好像炸碎了，落花流水，没有了魂。

第二天早上，我们起床后，互相看了看，都看出了有点儿不一样。知道为啥不一样，可啥都没有说。怎么说呢，说别人，就等于是说自己。

营地里，一些人在修路，把地窝子和伙房和队部连接起来。一些人编绳子和筐子，还有一些在打制农具，把一些马刀和炮弹壳烧红了，用铁锤锻成坎土曼和镢头。还有一些人在稍远的戈壁上，用标杆和水平仪测量着什么，并不断用木桩做出标志，根据木桩上的数字，明年开春，就知道在什么地方挖掘处女地了。

男人忙。女人不忙。她们是客人，没想让她们干活。

她们没把自己当客人，可也没想到要去干活。

坐在草坡上，看男人们忙着，忙得那么起劲，一脸的不明白。不管什么人，要么为吃穿忙，要么为钱财忙。吃的是大锅饭，穿的是发的军装，不管干什么，都不会给钱。可他们还是不停地忙，从早忙到黑。

不去干活，也不想闲着。想干点别的什么，可在这个地方，好像找不出可以干的事。实在没有事了，就拿出了竹箫吹。

竹箫声中，两个人骑着马走过来。

也穿着和骑兵队一样的军装，再一看，不认识。不是骑兵队的人。不认识，就没有理。可没想到，两个人看到了她们，像早就认识一样，边朝她们笑着，边朝她们走过来。

走到了她们跟前，一看那张脸是完全陌生的，她们就连看都不想看了。

她们不想看人家，人家却盯着她们看。边看还问，你们是不是又会唱又会跳，会表演很好看的节目啊。

没有想到两个男人一下子会问到这个问题，冯可雪说，你问这个是什么意思，我们会唱会跳，会表演节目和你有什么关系？

原来，在下野地这片戈壁滩上，不是只有骑兵队一个开荒队。方圆一百里，有十二个这样的开荒队，全是以前打过仗的人。只不过，有的不是骑兵队，而是步枪队、手枪队、炮兵队、侦察队等等，大家只不过兵种不同，但目标和理想全一样，是战友和同志。到了下野地后，不管是什么队，全变成了开荒队，按数字排下来，从一队到十二队，骑兵队是七队。这些队里的人，过去经常在一块打仗，好些还是同乡同学，就算不在一个队，也有不少来往。也就说，七队的事，只要有点意思，很快就会传到别的队。

那天，冯可雪她们一表演完，第二天别的队的人就知道了，知道了以后，别的队的人也想看。九队的李队长就跑到了七队，打算让四个女人也去九队表演一下。

也就是出现在冯可雪她们面前的两个汉子，其中一个就是九队的李队长。

冯可雪一听李队长让她们去九队表演，就说，我们是七队的人，你去问孟队长，他如果让我们去，我们就去。李队长一听，说，行，我去给孟队长说。

果然，跟孟正堂把他的要求一说，孟正堂马上说，这个事，我没有什么意见。李队长说，那就说好了，我现在就带她们走。孟正堂说，我没有什么意见，只要她们愿意就行。李队长说，你是队长，她们听你的。孟正堂说，不是这样的，她们不是我的兵，我管不了她们的。

李队长不信，拉着孟正堂到了土坡上。看到冯可雪她们，李队长喊起来，孟队长同意了，你们跟我去吧。冯可雪站起来走到孟正堂跟前，问孟正堂，孟队长，你真的想让我们去九队表演节目。说这个话时，冯可雪直直盯着孟正堂的眼睛，孟正堂说，李队长这么远来了，是冲着你们来的，这个面子你们还是应该给的。冯可雪说，你这是命令我们，还是和我们商量。孟正堂说，当然是商量，我怎么可以命令你们。冯可雪说，我明白了。不是听明白了，是从孟正堂的目光里看明白了。冯可雪转过身问果子和草子，你们说，去不去？果子说，又不认识他们，当然不去。草子也说，反正我不去。冯可雪再转过脸，对李队长说，你都听到了，我们的节目只给骑兵队的人看。

李队长没想到冯可雪会这么说，转过脸又看孟正堂，想让孟正堂给冯可雪她们下命令。可孟正堂只是笑了笑，一脸没有办法的样子。

孟正堂和李队长走开后，草子说，我们这么做，没给孟队长面子，他会不会不高兴。冯可雪说，他心里一定没有不高兴。果子说，你怎么知道的？冯可雪说，我看出来了。草子说，你看到他心里了，可真厉害。冯可雪说，别胡说，我也是乱猜的。果子说，雪姐，我也看出来了。冯可雪说，你看出了什么？果子说，我看出，这个孟队长，他喜欢你。冯可雪说，净瞎说。草子说，我也看出来了。冯可雪说，你看出了什么？草子说，看出你其实也喜欢孟队长。冯可雪说，你们两个不想活了。说着，扑过去，要去撕两个人的嘴，两个人跑开了。边跑边笑，冯可雪边追也边笑。

天上，太阳很足，可不很晒，秋天像个老人，显得很宽厚。几朵云彩，看不出像什么。一群大雁飞过，先是排成了一个一字，飞了一会儿，又排成了一个人字。

看到大雁飞，又说到走还是不走。果子说，连大雁都知道，什么地方好，就往什么地方走。冯可雪说，我也没有说不走，只是想走得心安理得。果子说，给他们演过节目了，让他们开了眼，能做的，已经做了。草子说，那天看他们的样子，真是一个个高兴得不行。冯可雪说，他们这么喜欢咱们的节目，可以再给他们演一场。草子说，我同意的，别的地方男人像他们这么大，早就老婆孩子热炕头了，他们还是光棍汉，真是很可怜。木子说，那你就嫁给他们中的一个，也给他们生个孩子。草子说，你以为我不敢，只要他们愿意娶我，我就嫁。果子说，这些男人我可没有一个看得上，都太粗野了，我要找个脾气好的。木子说就是的，我要找个英俊的，还要能识些字。三个女人说完了，看冯可雪，冯可雪没有说想嫁个什么样的，却说，也不看看自己的样子，还挑来挑去，我看，这些男人个个都好，嫁给谁都不错。

听冯可雪这么一说，都不吭声了。像一下子记起了许多过去的事，这些事，就像天上的云，飘到了脸上，一张脸就不再晴朗了。

第十三章

不管什么人，真闲着了，都会很难受。冯可雪她们也一样。冯可雪去问孟正堂，有什么活让她们干。

孟正堂想了想，没想出有什么活适合她们干。就说，你们自己去转转，看有什么活，想干，能干，就干一点。找不到活，就算了。

一说出去转，就想到了逛街。在城里，说出去转转，就是去逛街。女人都爱逛街。这里没有街，可这里有人，女人逛街，不光是想着要买东西，还想有人会看。这么一想，出门就成了个事，就要打扮好了，才会出门。

脸上搽了粉，看来白了许多。衣服换了旗袍，一走，腰就扭了起来。再一走，就露出了腿。身上只是洗了洗，没有香水喷，一样有股香味。

营地里不热闹，可不时能遇到一些人。

一群人在修路，把高处的土挖掉，填到沟里去。四个女人走过来，看他们用的农具，好像从不曾见到过，指着农具问，这叫什么？大汉老耿说，坎土曼。拿过来试了一下，只是拿了起来，却举不起来。大汉老耿说，这个你们使不了。

使不了，就不使了，往别处走。看着她们往别处走，大汉像是力气被她们带走了,好一阵子也举不起坎土曼了。

又有一群人,在栽树。坑已经挖好了,只要把树苗子放进去,用土埋上,一棵树就算栽下了。这个活不重,也不难,可以干。但她们来得晚了,一大片树,已经栽完了。问还栽不栽了,方排长说,今年不栽了,要栽,待到明年了。

明年的事,这会儿不用去想。再往别处转,一群人站着没动,可脑袋动了,像是听到了一个口令,朝一个方向转了过去。直到旗袍没有了,还是不肯转回来。

又看到一群人,把许多泥巴从大坑里挖出来,用铁锨一下子一下子摞起来,像是在砌一堵墙。过去一问,果然是在砌墙。墙砌得不高,只有半个人高。一看就不是住人的,问是干什么的。说是盖一个猪圈。苗班长说,有了猪就好了,可以改善生活了。

这个活干不了,不但不能干,连离得近一些都不行。泥巴往墙上落去时,会溅起许多泥巴点。苗班长让她们站得远一些,不要让泥巴溅到了身上。苗班长不让她们靠近,却和她们不停地说话,边说话边干活,好像要让她们看,他是多么的有力气。

最后走进一个大草棚,看到了一群马。看到了马,她们一下子兴奋了,全跑过去找自己骑过的马。别看马的样子看上去差不多,可她们还是很容易就找到了自己骑过的马。好长时间没有看到自己的马了,真的还有点挺想的,忍不住抱住了马脖子亲了一口。

负责喂马的老郭抱一大抱草料走过来,她们围上去把草料抢了过去,各抱了一些去喂自己的马了。老郭说,别喂自己的马,那么多马,都要喂的。她们说,喂过了我们的马,再喂别的马。

喂马这个活,可以干。给老郭说以后每天来帮着他喂马。老郭听了直摇头,说不行不行,我怕你们会让有的马撑死,有的马饿坏。果子走过去,抱着老郭的胳膊,来回摇着说,大叔,求你了,让我们来喂马吧。说着,把一条腿拿出了旗袍,放到马槽上。一条腿要多光溜有多光溜,搞得老郭一下子站不住了,倒在了一堆草料上。

没有地方再转了,来到了队部门口。肖海用粉笔在往一块木板上写着什么画着什么。走过去围着看,看到了一行字:拼命大干,早把荒原变良田。看到了一幅画,一个男人高高举着坎土曼,朝一片戈壁挖下去。问肖海写这个画这个干什么。肖海说,国庆节要到了,指导员说,用这种方式庆祝一下。

十月一日是国庆节,是头一次过。听肖海说了才知道。冯可雪说,又要过节了,太好了。我们也要庆祝,给大家表演节目。肖海说,指导员在队部,你们给他说,他准会同意。

冯可雪她们刚要转身去队部, 听到背后有人说话。回头一看,看到了王生康。王生康说,谁说我会同意。

王生康一张脸,像是一团快要掉到了地上的烂泥巴。

想让王生康的一张脸变得好看些,冯可雪有些讨好地说,王指导员,马上又要过节了,我们几个姐妹,再给大家演一台节目,好吗?

脸不但没变好看,反而是更难看了。王生康说,怎么,这一次你们是打算脱光了表演呀。

果子马上跟着说,如果你想让我们脱光,我们可以脱的。

王生康说,想到你们有些不要脸,可没有想到你们会这么不要脸,你看看你们穿的这个样子,你们把这里当什么地方了,你们要搞清楚一点,这里不是城里的窑子,我是不会允许你们用你们的那一套腐蚀我们的同志。听着,以后,不许你们再穿着旗袍在营地里走来走去,你们要是不听,我就会对你们不客气。

一阵痛骂,把冯可雪她们骂傻了。看着王生康,一时不知说什么好了。

回到地窝子里，她们好像才醒过来。果子说，他骂我们了？木子说，还骂得很难听。草子说，他凭啥骂我们。冯可雪说，别理他，开荒队的队长不是他，他说了不算。草子说，就是大房子里，还没有人这么骂过我。冯可雪说，算了，咱们以后注意点就行了，再出门，别穿旗袍了。果子说，说我们不要脸，我看，反正怎么做，都是不要脸，那就真来个不要脸的，让他看看，这些日子，我都不知道做女人是啥感觉了，快把我难受死了，不行，今儿个我得痛快一下，出出这口闷气。冯可雪说，果子，你可不要胡来。果子说，我才不会胡来呢，我只是想来点有意思的事。

不管是谁，被人骂，都不舒服。冯可雪也一样。觉得委屈，想给一个人说。给谁说呢？一想就想到了一个人。

拿了竹箫去队部。不是自己想吹，是想如果孟正堂想听，可以吹给他听。还有衣服，旗袍还在身上，要不要换下来，冯可雪想一想，没有换。冯可雪想知道，看她穿旗袍，会不会也被他骂。

孟正堂一人住一个地窝子。并且这个地窝子比别的地窝子都要大得多，因为他不但要用来睡觉，还要用来办公。开荒队的所有的重大决定都是在这里做出来的。所以这个地窝子里，不但有一张床，还有一张木头的桌子。桌子上还放了一个手摇的电话机。墙上挂着一张地图，地图旁边还挂着一把马刀。

大部分的马刀都收了起来，送到了铁匠铺，重新烧红了，打成各种样式的农具。只有孟正堂把马刀留了下来。不但留下来了，还挂了起来。只要进了这个地窝子，不管是他自己还是别人，都可以一眼看到它。

冯可雪也一样，一进去就看见了墙上的马刀。看来这个男人是真的喜欢马刀，打完仗还不肯扔掉，还当宝贝一样供了起来。

冯可雪她们被骂的事，孟正堂已知道。当时，他在荒野上，在搞勘测，看什么地方合适种庄稼。一回来王生康就给他说了。他听了后，觉得王生康有点过分。就说，人家是女人，不是咱们的兵，要对人家客气点。王生康却说，我是怕出事。孟正堂说，会出什么事呀，几个女人，别当回事。王生康说，孟队长，这个话我可不同意，男女的事，可不是小事，好多干部犯错误，都是在这个方面。不多说，你也知道，我这有好几份通报材料，你要不要看看。孟正堂说，我全知道，用不着看。王生康说，我也给你提个醒，那个冯可雪和你，大家已经有议论了。孟正堂不高兴了，说，可笑，我和她什么事都没有，有什么可说的。王生康说，我也是为你好。孟正堂说，我知道。王生康说，你要是见了冯可雪，也要好好说说她，让她们要检点一些。

见了冯可雪，想到了王生康的话，孟正堂没有说她。不是不想说，也不是不敢说，冯可雪身着旗袍，手拿竹箫的样子，是那么的好看，实在看不出不检点来。

看孟正堂不说什么，以为没有注意她的旗袍，有意提醒了他一下，问孟正堂，看她穿旗袍好不好。孟正堂说，好是好，只是在这个地方，穿着它有点不方便，路上土太多，还有带刺的草，会划破的。同样是说一个事，这个话听着顺耳。冯可雪说，我明白了，以后，我就不穿了。孟正堂说，不是不穿，可以少穿。

心情好了许多，冯可雪说要吹竹箫给孟正堂。吹吧，就让冯可雪吹了一曲。

吹的人，闭上眼睛。听的人，边听，边看着吹的人。一看，穿旗袍，吹竹箫，声音跟着变化。像夏天的水，变成了秋天的水。

边听边想，这样一个时刻，能天天都有，该多好。其实不难，只是他肯把想法说出来。眼前这女子，一定会高兴接受。

按说，他一个大男人，一个队长，怎么想，就可怎么做，没人挡得住。可偏偏这么想了，说出的话，却是另一个样子。听冯可雪吹完了,叫了一声好后,说冯可雪,以后不要拿了竹箫进到屋子里,吹给他一个人听。冯可雪不明白,问他,是不是不好听,不想听。孟正堂说,都不是,是这样好的声音,只是我一个人听,有点不公平,要让大家都听得到才好。冯可雪笑了,说,不是所有好东西,大家都可以分享的。从认识你以后,再吹竹箫,只想吹给你一个人听。

说这个话时,冯可雪的样子,让孟正堂坐不住,真想站起来,把她抱在怀里。一个人做事,只是胆子大,什么都不怕,是不行的。

没说什么,也没做什么,可心里边却有了一个想法,一定要尽自己的能力,不要让这女子再受委屈。

心里的想法,冯可雪看不到。却能看到孟正堂脸上,没有对她看不起。不但没有看不起,还有些喜欢。同样是喜欢,却又不一样。很多男人的喜欢,不管是什么样子,到了后面,几乎都会化成一种样子。总是会变成一个动作,落实到女人的身体的某个部位上。一般来说,这种喜欢,随着那个动作的结束,也就消失了。

孟正堂也是男人,却完全不一样。这不一样,让冯可雪看重,让冯可雪头一回在心里边,老是有一个男人的影子晃来晃去。不管什么东西,只要看重了,就会在乎了。一在乎起来,就会什么都在乎。就想把什么都搞明白。当然,什么都搞明白,是不可能的。想到这,想到了孟正堂说过的一句话。是在山谷里说的,孟正堂说,他有一个故事。

不知道这是个什么故事,但这个故事,一定可以让冯可雪多明白一些东西。

冯可雪提到了那个故事。

可孟正堂说,以后再说吧。

门外有人在说话,好像还有人在走动。孟正堂是队长,随时都会有人来找他说一些事,办一些事。冯可雪是个懂事的女人,知道在这个地方是不该待时间长的。

冯可雪说走,就站了起来。孟正堂没说再坐一会儿的话,也站了起来。送冯可雪出门。走到门外,外面很黑。孟正堂拿了个手电筒,递给了冯可雪。这地方不像城里,有路灯,有了它,走路会方便一些。

说了声谢谢,冯可雪伸出手和孟正堂握手。和孟正堂握手,也不是头一次。这次有点不一样,手一握住就有股热,顺着手臂向全身流。这股热很热,热得让她有些晕,差一点站不住。知道站不住,真栽倒了也不会栽倒在地上,孟正堂会接着的。可她还是用了一下力,让自己站住了。

走回住的地窝子跟前,没有马上进去,坐在门口土台子上抽了一根烟。她在想自己刚才是怎么了。这么些年,和多少男人有过来往,并进入过她的身体,她实在是记不住了。但有一点可以肯定,那就是没有一个男人进入过她的心里。不是她不想,是她的心早就变成了一块石头。不会有东西能长进去,也不会有东西能生出来。可这会儿,她的心却分明潮湿得不行,石头好像变成了一块鲜湿的草泥。从这块草泥里,正有一个名字生长了出来,这个名字就是孟正堂。

不知道这样是好,还是不好,但知道自己和以前不一样了。这个不一样,别的人不一定能看得出来,只有她自己知道。

回到地窝子里,只有草子在。问果子和木子呢。说两个人出去了。问干什么去了,草子说,出门时只是做了个鬼脸,啥都没有说。有点担心,怕出什么事。冯可雪拿手电筒出去找找。草子说,又不是小孩子,用得着吗?

正说着,木子回来了。还没有问她干什么去了。木子先说了,说她闲得难受,去找肖海聊天。地窝子里还有别人没法聊。说到外面聊。就到了外边,还没有聊几句,肖海就说,指导员找我了。我说,找你干什么。肖海说,让我少和你来往。我说,为什么?肖海说,说你会把我带坏。我说,你说,我会把你带坏吗?肖海说,我也不知道。正说着,好像不远处有几个人走了过来。肖海赶紧说,我得走了,要是他们看见了,报告给指导员,我就该挨批了。说着,扔下我,一溜烟儿地没有了影子。你们说,气不气人。看来那个王生康,真的把我们当成坏女人了。还有那个肖海,一点儿也不像男人,一副没有出息的样子。几个人影子就把他吓得魂都没有了。不行,明天晚上,我还得把肖海喊出来,让他明白,做男人要怎么个做法,要让他一天见不到我,就会难受死。既然是坏女人,就不能枉担个虚名。

木子刚说完,果子回来了。一看她的样子,不用问就知道,想干的事没干成,果子出去,没有冲着谁。像狐狸偷鸡,逮住哪一只,算哪一只。男人也一样,也有睡不着,在外面乱转的。果子转了没多大一会儿,就碰到了一个。一看是那个壮汉老耿,不禁有些欢喜。凑上去,说借个火。顺便把衣领子往两边扯了一下。火柴划着了,只亮了一会儿,可就这一会儿,果子就在壮汉老耿脸上看到了一种熟悉的表情。表情熟悉,可接下来发生的事却并不熟悉。火柴一灭,一片黑。互相看都看不见了。一些事,天黑了不好做。可有一些事,天越黑越好做。听到了喘息声,像牛一样粗,也感觉到了一双手摸了过来,很粗大。可不知从什么地方传来一声咳嗽,很小的一声咳嗽,却像雷一样凶狠,把一个壮汉一下子吓得不见了。再往前走,又碰到了一个人,你们猜碰到了谁,不是别人,正是王生康。王生康拿了个手电筒,照见了我。问我干什么。我说没事,睡不着出来转转。他说,一个女人,黑天在外边跑,也不怕出事。果子心想,不是怕出事,是怕不出事。王生康要送果子回去，果子不让送。王生康非要送，说这是他的责任。往回走时，果子说，我好几次都想把他摁在地上，扒开他的裤子，看他是不是长了那个东西。我看，在开荒队，就是这个王生康和咱们过不去。不行，他和我们过不去，我们也和他过不去，非要给他整点事出来不可。明天晚上，我还出去，我就不信，是狼还有不吃肉的。

果子说完了，冯可雪说，算了，别闹了，人家留下咱们，给吃给喝的，再给人家找麻烦，不好。果子说，不是找麻烦，是这口气咽不下。冯可雪说，又不是没被人骂过，骂几句，骂不坏。果子说，也不是怕骂，只是这日子过得太没意思了。冯可雪说，这里的男人都挺老实，找一个也不错。果子说，什么，在这找一个。冯可雪说，只要人好，在什么地方，有什么要紧。果子说，这可不行，这个地方太荒凉，太苦，人好，地方不好，也会活不好。

冯可雪那么说，不但果子反对，木子和草子也反对。全说，这里待一阵，不能长待，等有合适的地方，还是要走。看说不通，冯可雪不说了。说，好了，不早了，睡吧。说着，拿出手电筒。说，这有个手电筒，拿上照个亮，就不怕摸黑了。看到手电筒，就都问冯可雪谁给的。冯可雪说，是孟队长给的。果子说，是不是给你的定情物呀？冯可雪说，不要胡说，说这里没有路灯，怕咱们出门不方便，才给咱们用的。果子说，孟队长这个人好，开荒队的男人，要都像孟队长该多好啊。听果子这么说，木子和草子也跟着说孟队长好。冯可雪嘴上没有跟着说，心却跟着说了。

早上，吃过早饭后，要到队部门口集合。大家全来了，站成一片，队长或指导员会讲一些话。干活的话，一般是孟正堂讲。生活的话，一般是王生康讲。

这天早上，王生康只说了一件事，说有些人晚上不好好休息，像野狗一样到处转，不知想干什么。又说，不管想干什么，都不要去干违法乱纪的事，谁干了，谁就不会有好果子吃的。说这个话时，四个女人也在。是王生康让她们来的，说队里的事，她们也该知道。来了，并不站到队伍里，站到一边，听干部说话。听到王生康的话，果子瞪了他一眼，狠狠地咬了一下牙齿。这个表情，除了冯可雪，没有人看到。

话说完了，要去干活了。一群人分成了好几拨，去干不同的活。队部门口这时不但有人，还有一匹马。是王生康的马。别人走着去干活，他要骑着马去看别人干活。看别人干得怎么样。干活分了好几个地方，几个地方相隔有些远，要能都检查到，骑马确实是个好办法。

王生康骑到马上，正要跟随着干活的人去荒野。这时有一群马路过，它们在饲养员老郭的带领下，要到一片野草茂盛的地方去吃草。它们的出现并没有引起大家的注意，因为每个人都对马很熟悉。人没有注意马，马却自己对自己注意了。具体说，是王生康骑的马注意到了路过的一群马，再具体一点说，是王生康的马注意到一群马中的一匹马。这匹马看起来和其他马没什么不同，可是在王生康的马看来，它就是一匹无比美丽的马。因为它们是一对情侣，并且很久没有见面了。能够在这个早上在这个地方相遇，是它们没有想到的。两匹马一激动，就不顾一切地奔向了对方。王生康的马本来是往东走的，看到了马群里跑出来的马以后，就改变了方向朝南跑去。王生康看到马没有按照他的意思走，就顺脚用马镫子踢了一下马肚子。顺手扯了一下马缰绳，想让马回到正确的路线上。可马这会儿被爱情烧昏了头，感到骑在它身上的人想拦阻它去相爱，也生气了，就猛地一下跳起来，再一低头一弓腰，把骑在它身上的人扔到了地上。

完全没有想到一向很听话的马，敢把他摔到地上，并且摔得还挺狠。躺在地上竟没有能一下子爬起来。还是老耿过来拉了他一下,他才爬了起来。更让他恼火的是正好是出工时间,全开荒队的人都正好看见了他摔下马来。看到他摔下来时浑身是土的样子,大家不由得笑了起来。

别人笑只咧开了嘴,只有四个女人笑的时候,笑出了声音。四个人里,数果子的声音大。传到了王生康的耳朵里,像是有许多刺扎到了他心里。他看了四个女人一眼,想说什么又没说,转过身回到了队部。都想着他是被摔得不好意思了,躲进了队部。

王生康进到了队部,大家才去看那匹惹了祸的马,一看才明白了刚才发生的事是怎么回事了。两匹马跑到一块后,说了什么不知道,可想干什么,大家看出来了。把王生康摔下来的马,一下子跳到了那匹马的马背上,胯下一样东西,棒槌一样黑油油亮闪闪,直直进入到了另一匹马的身体里。

走路的停了下来,说话的不说了,笑着的不笑了,全瞪着眼睛看。四个女人和一百多个男人一块看着,什么声音都听不到,只能听到一片呼吸声和心跳声。好像生怕弄出什么意外声响,惊扰了两匹正在欢喜中的马。

只顾看两匹马了,谁都没有注意到王生康走出队部,也没有注意到走出队部的王生康手里提了一把马刀。

等到看见了王生康和马刀,王生康已经走到了两匹马的跟前。大家都在猜想他跑到跟前干什么,他已经举起了马刀。几乎是伴随着男人的惊呼和女人的尖叫,王生康的马刀刺进了一匹马的前胸。

被马刀刺中前胸的是那匹从马群里跑出来的美丽的母马。

母马并没有一下子倒下来,它只是把前腿跪了下来,似乎在努力着坚持,直到公马离开了它的身体,它才慢慢地倒在了地上。看到母马倒下去,都以为不会再有别的事了。没有想到王生康又把滴着母马鲜血的马刀又刺进了公马的胸脯。

这一天,大家都在说这两匹马。男人们在说,四个女人也在说。大家只说两匹马,不说王生康。

说了马,说自己。男人说,马像人。女人说,人却不像马。

说到最后,又说到走了的话,这次果子说,冯可雪没有反对。那匹倒在血泊里的马,让冯可雪心里一直很堵,堵得她想去一个地方换换空气。

冯可雪说,好吧,把东西收拾一下,明天早上咱们走。果子说,怎么,不想找个男人在这过日子了。冯可雪说,这里的男人不需要女人。果子说,不是不需要,是那个王生康作怪,把男人们吓住了,吓得胆子比马还小。冯可雪又说,想为他们做点事,还硬是做不成。果子说,也怪咱们没本事。木子说,不能就这么走了,得让这里的男人记住咱们。草子说,算了,白费劲了,我看,他们还是骨子里看不起咱们,怕沾上咱们,会把他们缠上了,带来麻烦。冯可雪说,这话倒是有些道理,咱们也知趣点,别等人家赶咱们,说什么,明天都要走。看冯可雪下了这么大决心,别的人就没有什么话说了。原来不走,主要是冯可雪坚持不走,现在冯可雪说要走,那走就不是个问题了。

走是要走,可不能这么走。真的是客人,要走了,总得给主人打个招呼,也得说声谢谢。四个人分了工。干部那里冯可雪去说,剩下的人,由果子和木子还有草子去说,一个队三个排,正好一个人去一个排。

一个排分三个班,一个班住一间地窝子。这天晚上吃过饭,没有什么事,我们在地窝子里瞎聊天,还在说早上两匹马的事情。正在说着,听到了敲门声,我们全愣住了,我们这里的人串门,是没有谁会敲门的,有什么事一推门就进来了。看来这个人一定不是一块儿打过仗的兄弟。班长走过去开门时我们全盯着看，看看是谁进来时还会先敲一下门。想到了不是一块儿的兄弟，但没有想到拉开门看到的是一个女人。

当然不是一个陌生的女人了，几乎天天都可以见面，但实际上我们一点儿也不熟悉。准确说，很多人没有和她说过话，连走近过都没有。尽管我们不只一次地把她拖进过梦里，对她做出过很粗野的事，但当她真的走到了我们面前时，我们就都像阉了的马儿一样老实得不行。看来我们这么做还是做对了，今天早上那把滴血的马刀再次证明了这一点。

正在猜想天这么黑一个女人跑来干什么，女人自己说话了。女人说，各位大哥，谢谢你们在山谷里救了我们，还要谢谢这些日子对我们的关照，我们明天就要走了，给各位大哥告个别。谢谢了，再见了，谢谢了，再见了。一边弓着腰重复地说着谢谢说着再见，一边朝后退去，一直退到了黑夜里看不到了影子还能听到她说话的声音。

我们这才明白过来是怎么回事了。原来我们很多人连话都没有说过的女人要走了。听说话的口气好像是这一走就再也见不到面了。

我们心里都有些难受，可这种难受谁都说不出来。

冯可雪去给干部说一声要走。先去给王生康说，不是更看重他，主要是想客气一下，说不了几句。这样把时间省下来后，就可以和孟正堂多说一些话了。果然王生康没有说几句。听冯可雪说她们要走，王生康显出一点儿高兴的样子，连说着好啊好啊，不管怎么说城里的日子要好些。看来，王生康是想让她们走的。没跟王生康多说，就说了再见。看冯可雪要出门了，问冯可雪，你们别的人呢？冯可雪说，正挨个儿和大家说再见呢。她们就不来跟你说了，由我代表了。

从王生康那里出来，冯可雪转个身走进了另一个地窝子。这个地窝子里只有一个叫孟正堂的男人。

听了冯可雪说了要走的话，孟正堂一直不说话。好像这个和他并没有什么直接关系的问题把他难住了。

看孟正堂不说话，想到了孟正堂为难了，冯可雪说，你要没有什么说的，我就走了。说着，冯可雪转身往门外走。

孟正堂说话了，真的要走？

冯可雪说，是的。

冯可雪的心不知为什么，一下子有些跳得快了。她在想孟正堂不让她走了，让她留下来，她是走，还是不走呢？

没有多想，马上对自己说，孟正堂要是不让她走，她就不走。哪怕另外三个姐妹都要走，她也不走。

可孟正堂却说，走吧，还很乱，小心点。

冯可雪的心像被一只手揪了一下，痛得厉害，什么话都没有再说，拉开门走了出去。

天很黑，手里拿着手电筒，忘了打开。摸着黑，深一脚浅一脚地走着，边走边有眼泪流下来。

果子走出了一间地窝子，想不出给谁去说再见，倒想到了明天离开时要骑的马。

果子就去了马号。

马号里，亮着一盏马灯，老郭正在用一把大铡刀，把一些长杆子的青草切碎。这是个很用力气的活，老郭干了一阵子了，光着的脊背上布满了汗珠子，看上去一片油亮。

老郭很强壮，看得果子有些心跳。

果子走过去，拿出手绢擦着老郭身上的汗，说老郭，你可真辛苦。

老郭站在那里,好像真的变成一块石头,一动不动。随便果子擦他身上的汗。

汗擦掉了,果子把手绢装了起来,果子用手摸着老郭胸膛上的肌肉块,说,老郭,你可真结实,我来告诉你一声,明天我们就走了。老郭,见不到我,你会想我吗?

老郭像一块石头,可他的身体里边却有岩浆在奔涌。果子的手指头轻轻划过时,老郭的皮肤就裂开了。

岩浆喷涌出来,强大的冲击力冲撞着果子,果子不想被撞倒,就拉住了老郭的胳膊,结果两个人一块被冲撞倒在了新切碎的草料上。

这时两个人好像打架似的撕扯到了一起,好像怎么想分开都分不开了,不但分不开,反而是越贴越紧了。果子单薄的衣衫也发出了撕裂的声音。

果子闭上眼睛,果子知道到了这个时候,女人只要闭上眼睛就行了。她在想,看来以后回忆起在开荒队的日子,不会全是没意思的事了。

四周全是马,马眼很大,它们什么都能看见。就让它们看吧。早上那么多人,看见了两匹马亲热,并遭到了不幸。现在,这么多马看见了两个人亲热,却不会打扰他们。这些马多懂事,多宽厚啊。

只要马儿不管,看来这个故事就会有头有尾了。马儿不但不管,还鼓起了掌。可以听得很清楚,传来的一种声音,就是掌声。不对,马就算再想鼓励他们,也鼓不了掌啊。果子心头一紧,睁开了眼睛。

一睁开眼,就看到了两个巴掌,在一下一下有节奏地拍着。拍巴掌的人,不是别人,正是王生康。

看到果子睁开了眼睛,王生康说,继续啊,你们可以像两匹马一样。

王生康不是一个人，和他站在一起的还有两个男人，其中一个男人手里拿着马刀。王生康说，尽管你们两个人不做人事，去做马一样的事，可你们放心好了，我不会像对付两匹马一样，对付你们。说着，王生康拿过马刀，用手指在刀锋上轻轻地擦拭着。

王生康对果子笑着说，我知道，你明天就要走了，就不为难你了，不过，我想送给你一句话，女人不能放荡，女人一放荡，就会变低，变贱。还有你不是很会笑吗，今天早上你笑得多好听啊，现在你怎么不笑了，你笑啊。

听到这个话，果子才明白，原来早上她的笑，还让王生康一直恼火着。怪不得刚才往马号走时，老觉得后面有点什么动静。天黑看不清以为野兔呢。没想到是王生康派了人暗暗跟着她，就是想抓住点什么来收拾她。不过，就算是这样，她也不在乎，反正明天就要走了，把所有的破事都可以扔到这戈壁滩上，不用带走了。只是老郭跟着受连累了，不知会怎么处理他。

王生康把笑一收，对老郭说，明天，你去打扫厕所，再去党小组会上做检查，还有，这个马号，你再也不要进来了。你这样的人养马，好马都会让你养坏了。

天刚刚有一点点亮，还不到起床的时间，可四个女人已经骑到了马上。

四匹马穿过还没有醒来的营地时，一个人影也没有看到。

冯可雪拿出了竹箫。一看冯可雪拿出了竹箫，另外三个女人也拿出来。她们一起吹了一支曲子。

当营地上的男人听到竹箫声走出地窝子时，四个女人已经走出很远了，远得连影子都看不到了，但仍然能隐隐约约地听到竹箫的声音。

第十四章

差不多有六十里地，骑马整整走了半天，才到了沙湾县城。

县城不大，可什么都有。

一条街上，店铺一个挨着一个，差不多想买的东西都能买到。还有大大小小的饭馆，也是一个挨着一个。才走了半条街，买的东西已经有很大一包了，不过，没有贵重的，都是些女人日常用得着的东西。

东西不买了，去吃东西。各种小吃尝了个遍，不吃大菜，不是舍不得钱。是想着吃小吃能多吃几样。这半年不是跟着土匪就是跟着官兵，虽然没有饿着，可却不能想吃什么就有什么。有了这么个机会，当然要好好解解馋了。迪化有一条街，什么小吃都有。她们过几天就要去一次，去一次就要吃个够。

不但有东西买，有东西吃，还有热闹看。一条街就像个大戏台子，有人在敲锣鼓，有人在舞狮子，有人在扭秧歌，还有人在喊口号。到处都扯着标语，插着旗子。算一下日子，好像也不是什么节日。一问才知道，确实不是节日，而是县人民政府成立了，正在召开成立大会。

看热闹时间过得快，不知不觉天色暗了下来。这才想起来晚上还没有地方住。没觉得这是什么事，看到不少挂着牌子的小旅店，随便找一个干净一点的先住下来再说。没想到推开一家门进去，人家要证明。问什么样的证明。说是单位开的证明，什么证明都行，只要上面盖着章子就行，对了，章子是要红的，还要刻着五角星。

是什么单位，听不懂，还有那种证明，别说是有了，连见都没有见过。

没有单位开的证明,不让住。多给钱也不行。拿出了几个银圆,一敲当当响。老板眼睛亮了,可亮了一下,又暗下来。说还是不行,说这是新政府规定,不能违犯。违犯了,是要被惩罚的。

所有牌子的客店都一样,没有单位证明不让住。

看到一家店,像个店,却没有牌子。只挂了一个红灯笼。不过,没有点亮。

试着敲了一下门,还真把门敲开了。开门的是个老太婆。

进去一看是很大的房子,不但有一个很大庭院,还有十几间小房子。奇怪的是这么大的房子里,却只有老太婆一个人。

问老太婆是怎么回事,老太婆说,这里其实一直有人住,住的人都是和你们一样年轻的女人,就在十几天前的一个晚上,来了一辆大卡车,把她们全抓走了。说新社会了,她们干的事,是坏事,要全都消灭掉。说送到什么地方,去进行劳动改造了。

听老太婆这么一说,四个女人全不吭声了。因为老太婆说的话她们全都听明白了。不仅知道了这个大房子是用来干什么的了,还知道了它为什么这会儿冷清得像个冰窖。

有了睡觉的地方,四个人一点也睡不着。不是兴奋得睡不着,是愁得睡不着。人只要活着,不管怎么活,都得有个睡觉的地方,并且是个能长久睡觉的地方,这样才能睡好觉。可她们现在还没有这样一个地方。

知道在这个大房子住一晚上就该离开的,可是一直没有想好要去什么地方,第二天就没有离开。老太婆倒没有想赶她们走,有她们在,老太婆也不那么冷清了。果然没有离开,就有了麻烦了。

看到了大房子里有了女人晃动的影子,马上就有些汉子闻到了味道,悄悄地凑了过来。一看几个女人长得样子还挺好看,就直接问起了价钱。她们没有为这个事生气,可也没有让他们干成想干的事。不是她们看不上那些汉子，主要是这会儿她们缺的不是钱，而是一个能安生的地方。

几个喝了酒凑过来的男人，带来的麻烦是小麻烦。倒是几个穿着军装的男人朝她们走过来后，带来的麻烦，有点让她们有些对付不了。起先看到他们走过来，并没有当回事。因为他们穿的军装和骑兵队的人穿的军装一样。

只是没有想到他们也会向她们要单位证明。

不但没有单位证明，连自己家住在什么地方都说不出来。

她们被带到了新成立的县政府里边，把她们的行李打开了，看到了一大堆的银圆，问她们这些银圆是怎么回事。她们说挣的，问是怎么挣的，她们不知该怎么回答了。

新政府才刚刚建立，曾经的敌对力量虽然退缩到了海岛上，可仍然在用各种办法进行破坏。虽然还不能证明四个女人就是敌人，可同样不能证明四个女人不是敌人。但至少看她们细皮嫩肉的样子，她们不是劳动妇女。不是劳动妇女，就可能是别的类型的女人。在没有完全搞清她们身份以前，只有一个办法，那就是把她们关进一间房子。

这是一间很小的房子，小得四个人进去后，只能坐着，不能站也不能躺。这还不算，怕她们从小房子里跑出来，还在门上挂上一把大铁锁。

连着三天，她们没有走出过这间小房子。

这间房子不但房子小，窗子更小，小得连头发丝细的一点阳光都照不进来。阳光进不来，风也进不来，风进不来，里边的空气就会变臭，臭得好像堆满了大粪。

住的地方已经很难受了，可比起来，吃的东西就更难受了。送进来的菜顿顿都是水煮白菜，上面见不到一星油花，倒不时会有一两只苍蝇浮在上面。

她们拍着铁门喊叫着说她们不是坏人，要求赶紧把她们放了。可穿着军装的人说在没有搞清她们身份以前，是不可能把她们放出这间小房子的。

待在什么都看不见的黑暗里，她们不能不想起了荒野的天空和阳光。

闻着那难以忍受的臭气，她们不能不想到荒野上吹动的风和青草的香味。

看着这些脸色严肃如铁的男人，她们不能不想到荒野上那些总是不让她们受到伤害的男人。

谁说我们没有家，开荒七队就是我们的家。谁说我们没有单位，开荒七队就是我们的单位。

冯可雪喊来哨兵，让他去给当官的说，我们是有单位的。我们单位是开荒七队，我们单位的领导是孟正堂。

三天后，小房子的铁门打开了。

哨兵说，你们单位的领导来了，你们没有事了，可以走了。

猛一下站到了阳光下，眼睛刺得睁不开。过了一会儿，才把眼睛睁开。一睁开眼睛，看到了孟正堂。

冯可雪先扑了过去，紧接着另外三个女人也扑了过去。

她们一块儿抱住了孟正堂。

她们哭了。她们很少这么哭过。

哭过了，该走了，往什么地方走。意见不统一了，孟正堂说，全都回去，回开荒队，条件艰苦些，可不会有人欺负。果子不回去，说有王生康在，她死都不回。

经历了这个事，草子和木子态度变了，怕再往前走，再遇到什么事。就不想往前走了，愿意回开荒队。

果子不回开荒队，不能强求。果子说，我去乌鲁木齐，等我安下身来，有了一个地盘，你们再来。

冯可雪说，你一个人，可是要小心。有什么事，给我们写信。

木子说，没有什么事，也要写信。

草子说，要是不行，你再回来，我们等着你。

果子说，就算回来，也只是看你们，和别人没关系。

去乌鲁木齐，骑马去不行。几百里地，骑马要骑好多天。他们把果子送到了汽车站，给果子买了车票，看着果子上了汽车，三个人才跟着孟正堂回到了开荒队。离开县城时，买了一些东西。主要是冯可雪买的，多数东西，都是结婚用得着的东西。

一进开荒队，遇到了王生康，看到了孟正堂身后，不但跟着冯可雪，还跟着木子和草子，就有些不高兴了。问孟正堂，怎么都回来了？孟正堂说，没有都回来，果子走了。王生康说，她们咋不走？孟正堂说，我让她们回来的。王生康说，不是说好了，走了就不回来了。孟正堂说，她们遇到了一点麻烦，没有地方可去了。王生康说，你就不怕给咱们惹麻烦。孟正堂笑了起来，当过兵的人，死都不怕，还会怕麻烦吗？

三个女人，这次回来，不走了。不走了，就不是客人了。不是客人，就得变成主人，就得变成开荒队一员。铁打的营盘，流水的兵，开荒队也是兵营，打仗需要人，开荒更需要人。上级有指示，说各开荒队，可以自己招人，只要能干活的，想招多少都行。

这个事，按说很好办。孟正堂是队长，可以说了算。可是给王生康说，要他把仨女人的名字写进开荒队的花名册时，王生康不写了。说她们是什么人，怎么可以和我们的名字写在一起。孟正堂说，你这话是什么意思？王生康说，她们是干什么的，你又不是不知道。孟正堂说，以前是干什么的，我们不要管，只要以后能为我们做事就行了。王生康说，做什么呀，她们干不了农活，我们又不开窑子，要她们做什么？孟正堂说，你不能这么说。王生康说，实际情况嘛，为什么不能说。孟正堂说，不管为什么，你就是不能这么说，你再这么说，别怨我翻脸不认人。王生康说，孟队长，我就不明白，你为什么这么护着她们。孟队长说，因为我知道她们不是坏女人。

两个人正说着，还没有说出结果，队部桌子上的电话响了。是师部的通知，说牟首长要来开荒队检查工作，让开荒队做好准备。一听首长要来，两个人马上不争吵了。王生康说，这样吧，正好首长来了，咱们可以请示一下首长，看首长怎么说。孟正堂说，当然要给首长汇报了。

首长来了，王生康派肖海来给她们送信，让她们这一天待在地窝子里，不要出门。免得遇到了牟首长，牟首长问起什么了，她们不会回答，惹出麻烦。

不让出去，就不出去，很听话。这几天，三个人在一块，说起以后的事，都说再不能像以前了。一句话，要做个好女人。好女人，首先一条，要很听话。

首长姓牟，牟首长是早上来的，说吃过中午饭就走。每个开荒队都要去看看，牟首长没有那么多时间待在开荒七队。

一直到中午了，没有人来通知她们吃饭。可她们肚子饿了，饿得有点在地窝子里待不住了。不知道这些男人在搞什么鬼，是不是忙得把她们忘了。不行，得告诉他们一声，她们的肚子饿了。

要让男人们知道她们肚子饿了待不住了，还不能违反指导员的命令随便走出地窝子，这个看起来有些难以办到的事，冯可雪她们很容易就做到了。

冯可雪拿起了竹箫，看到冯可雪拿起了竹箫，木子和草子也跟着拿起了竹箫。

三支竹箫吹起了同一支曲子。

箫声不管在什么时候都会传得很远，大白天也一样。

一支箫吹起来的声音已经够大，三支箫吹起来的声音就不用说了。可以说，营地上的人，不管是在哪个角落上，全都很清楚地听到了。

正在陪着牟首长一块吃饭的孟正堂听到了，他像没有听到一样，继续和牟首长说着什么。牟首长也听到了。只是牟首长听到了，就不再想听孟正堂说什么了。牟首长说，小孟，你们这还有人会吹箫？孟正堂说，吹得不好，瞎吹的。牟首长说，不要这么说，这个箫吹得很好，我听得出来，我喜欢听箫。孟正堂说，是啊，箫好听，我也喜欢听。

一听孟正堂这么说，牟首长马上说，好啊，快去把吹箫的喊来，我们听上几曲。孟正堂有些不知怎么办了，看着坐在旁边的王生康，他的脸色好像已经变成白的了。牟首长说，怎么，这个事，让你们很为难吗？

看来，再不按牟首长说的去办，牟首长的脸色就要变了。孟正堂马上对王生康说，去把她们喊来吧。王生康还想说什么，孟正堂说，快去呀，让她们来见牟首长。王生康一走，孟正堂就对牟首长说，牟首长，我犯个错误，请牟首长批评。牟首长说，什么错误不错误的，说出来我听听。

孟正堂就从打最后一仗看到了五个女人时说起，一直说到了走出天山山谷。

听完了孟正堂说的错误，牟首长哈哈大笑起来，说这算是个什么错误，从头到尾，你做得都没有一点错，不但不该批评，还要表扬你才对。

孟正堂说，可是她们走出山谷后，还一直跟着我们。牟首长说，你是说，她们现在就在开荒队。孟正堂说，是的。牟首长说，那我刚才怎么没有看见。孟正堂说,刚把她们藏起来了,不想让你看见。牟首长说,那你为什么这会儿要说?孟正堂说,因为,这会儿藏不住她们了。牟首长说,我知道了,她们就是吹箫的人。孟正堂说,是的。

就在这时,三个女人,每人手里拿了一支竹箫走了进来。

第十五章

连着吹了四支曲子,听说她们还没有吃饭,牟首长让她们赶紧去吃饭。

看着她们走了,孟正堂说,首长,有事要向你请示。

牟首长说,有什么事,尽管说。

孟正堂说,这三个女人,还不是我们的人。

牟首长说,为什么?

王生康把话接过去,说,这三个人,当过妓女,把她们收进来,不合适。

牟首长说,有什么不合适,不管什么人,不管干过什么,只要愿意革命,我们都欢迎。咱们队伍里,不少人过去不是土匪,就是强盗,还有的原来是我们的敌人,和我们打得死去活来,可现在全都成了革命同志。

王生康说,那首长的意思……

牟首长说,给她们办手续,让她们马上加入开荒队,和其他同志一样待遇。

王生康说,这样安排是不是有点……

牟首长说,就说是我让安排的,出什么问题找我。

孟正堂说,她们知道了,不知会多高兴,先替她们谢谢你了。

从这天起,开荒七队多了三个兵,三个女兵。让她们当兵。不是为了打仗，而是为了开荒。

打仗可以没有女人，可过日子，不能没有女人。

女兵就得像个女兵的样子，也发了一套没有领章的军服让她们穿。别说女人要穿得花花绿绿才好看。女人穿上军服看上去有另外一种味道。

光样子像个女兵还不行，女兵还得有和一般女人不一样的思想。思想不像衣服，把旧的脱下来，把新的换上就行了。

要改换思想不太容易。不太容易也得改换，这个工作交给了王生康。

王生康拿着一本很薄的书走进了冯可雪她们住的地窝子。别看这本书很薄，但它的分量却是很重的。它就是毛主席的《为人民服务》。

这是本伟大的书，可说的道理很容易让人明白。王生康读一句解释一句，用了不到一天的时间，三个女人就记住了这本书里的好多东西。

比如说，人总是要死的，但死的意义是不同的，为人民的利益而死，就比泰山还重。再比如说，我们都是来自五湖四海，为了一个共同的革命目标，走到一起来的。再比如说，一切革命队伍的人都要互相关心，互相爱护，互相帮助。

这些话，说得多好啊，听着多入耳啊。听王生康读完了，马上挨个儿表态，只要人民需要，让她们干什么就干什么。说具体点，就是只要开荒队需要，让她们干什么就干什么。

让她们干什么呢。她们是女人，太重的活当然不会让她们干。

让冯可雪去了卫生室。卫生室原来有个卫生员，是个男的。卫生室看不了什么大病，也就是包扎个伤口，治个头疼感冒拉肚子。不需要多少医术，一般人都可以干，只要服务态度好就行了。

让草子去了小卖部。原先没有小卖部，新开的。那天去县城，一看那么多东西，可开荒队都没有。孟正堂就想开个小卖部。正好要给女人找活干，就让草子搞了个小卖部。让司务长带着草子去县城采购东西，用马车运回来后，谁需要什么再来买。

让木子去了炊事班，女人天生会做饭，不用学，让干什么都行。炊事班做好了饭菜，大家拿了饭票过来买。木子把饭票收了，同时把一份饭菜放到别人碗里。不知是不是她很会做饭，自从她去了炊事班后，我们都觉得饭菜好像变得比以前好吃了不少。

成为开荒队的一员，和过去不一样了。过去搞什么活动，一般不让她们参加。现在不管开什么会，她们都要参加。不但让她们参加，还让她们坐在前边。开会各个班排轮着唱歌。也让她们唱，只要让她们唱，马上就站起来唱。不但唱，还会吹上一段竹箫。

她们每唱完一支歌，每吹完一支曲子，都会响起一片掌声。听得出来，那掌声比干部讲话得到的掌声还要大。每一次开完会，回到地窝子里，三个女人不管多晚，都不会马上睡觉。都会一块说许多话。说的话都差不多，说大伙儿这么看重她们，把她们当回事，她们一定要好好干。

也难怪，活这么大，像一棵草，谁想踩就踩。从来没有被这么看重过，一下子得到了这样的待遇，不能不打心眼儿里有些高兴。

比起天下的其他女人，她们没有啥梦。随便给她们一点什么，或得到一点什么，她们就会真的激动起来。

一激动，就想多干点事。

骑兵队从改成开荒队后就不再吹军号了，在空地上挂了一个铁轮子，早上起床和吃饭都是敲钟。当当当的钟声虽然听起来并没有那么难听，可天天要听好几次就不免有些单调。

冯可雪就给孟正堂说，以后不要敲钟了，到时间了，我来吹竹箫。孟正堂说，这样当然好，只是你要辛苦了，要多费心了。冯可雪说，没有什么的，我愿意。

这天天亮，没有听到钟声，可大家都准时起来了。因为大家听到了竹箫声。

在竹箫声中睁开眼睛，活动一下筋骨，精神头好像一下子大了不少。

受冯可雪影响，草子也让竹箫发挥了作用。只要打开小卖部的门，就会吹一段竹箫。大家一听到箫声，就知道小卖部开门了，需要什么，就可以来买了。

木子在食堂，按说是不需要吹竹箫的。可有时候饭做好了，没有别的什么事干时。老炊事班长就让她吹一段。

听到从食堂传来的箫声，我们就知道饭做好了，可以去吃饭了。

开荒队，主要任务是开荒，哪个队开的荒地多，得到的表扬和奖状就多。谁都没有想到，三个女人用她们的箫，也可以给我们赢来奖状。

过春节了。新社会的第一个春节，要好好过，要高高兴兴过，快快乐乐过。上面下了通知，要各个开荒队都排个节目，到场部参加汇演。下野地一共有十八个开荒队，一个队一个节目，就是一台晚会。

开荒七队的节目，让三个女人去演。

演什么呢？想来想去，还是离不开箫。

一边吹着竹箫，一边轻轻摆动着腰肢，还不时地放下竹箫，把吹的曲子的歌词，流水一样唱出来。别的节目，不是对口词，就是三句半，还有锣鼓词。也有唱的，只是唱的不是地方戏，就是进行曲。也有乐器，有二胡，还有唢呐。发出的声音很大，可听起来，却没有竹箫的那个味道。

光看节目，已经不可以比。再看人，就更是没法比了。

是女兵了，当然不能再穿旗袍了。不过，同样是穿军装，穿法和别人不一样。没有让军装的下摆乱摆，把它放到了裤子里，用腰带紧紧地束起。每个人的腰都显得那么细。

还有一张脸，因为要上台子，不但洗得很干净，还搽了些东西。看上去，脸蛋子白里透红，眉毛柳叶般弯伸，眼睛不但显得大了，还闪动着水一样的光亮。

她们这样子，在一群粗黑的男人中，像夜空的月亮。不过，不和男人比，就是和女人比，别人也是一样比不上。场部也有女兵。机关和卫生队里都有女兵。她们也有节目。她们的节目和样子，其实也不错。可是和冯可雪她们一比，就不行了。显得有点土气，有点笨。

演出结束了，还评出了奖。冯可雪她们的节目得了一等奖。牟首长亲自给她们发奖状。发奖时，握着冯可雪的手，还夸了她们几句。牟首长是大干部，是师里的领导。他从师部来到下野地，和我们一块儿过春节，让我们心里热乎乎的。

那天，看节目的人，差不多有两千人。开荒七队得了第一名，可真是露了脸了。还从来没有这么露脸过。

当时，别的开荒队的男人，都朝我们这边看。他们是眼馋我们。要知道，这会儿，几乎所有开荒队里都还没有女人。

演节目，三个女人给我们争了面子。接下来没过多久，她们又在另一件事上让我们开荒七队也得到了一份荣誉。

这个事表面上看和她们没啥关系。只有我们知道，如果没有她们，我们是不会得到这份荣誉的。

春天就快要到了。这个春天，我们将要开出大片的荒地，并且要在上面种上各种庄稼。庄稼要从地里长出来，还要长得好，光有汗水还不行，还得有雨水。可这片荒野上，没有雨季，不能靠雨水浇灌。只能靠天山上流下来的雪水。不过，雪水不会自己流进庄稼地里。要想让庄稼得到浇灌，只有修一条大渠把水引进来。

这个冬天我们的任务是修渠，所有开荒队的人都集中了起来，像打一场大仗一样，在冻得铁一般硬的荒野上挖筑大渠。

为了保证在冰雪融化时挖好大渠。在各个开荒队之间展开了劳动竞赛，每天都会把各开荒队挖掘的进度统计出来，进行名次排列并及时通报。

很多人一块儿干活，有一个好处，就是大家会比着干，谁都想争第一，谁都不愿意落后。尤其是男人们，谁都不想输给别人。可问题是，谁都不想输，还是有人要输。每天都会有一个开荒队名次排在最后。我们当然不想排在最后一名。开大会做动员，孟正堂说，不但不能排在最后，还要争取排在第一。

可不幸的是，开工半个月了，我们不但没有一次排在了第一，却有一次排在了最后。把孟正堂的脸都气青了，我们也低着头，觉得很丢人。别的开荒队的人趁机报复我们，见了我们就说，你们开荒七队，老爷们儿不行，要想争第一，还是让你们的女将上吧。

女将是谁，就是冯可雪她们。让她们去挖大渠，当然不可能。当然要让她们去干，她们也会去。可她们去了，又能干什么。不说镐头那么重，就算拿得起，也不一定能抡得起。就是抡得起，那冻土硬得像铁，一镐头下去，就一个白印。我们好多人的虎口都震裂了。让冯可雪她们去干这个活，除非我们这些男人全死了。

没有去荒野挖大渠，可工地上发生的事情她们全知道。

冯可雪去找孟正堂，看孟正堂脸色不好，冯可雪心里也很难受。喜欢一个人，就是这样，这个人高兴了，你就会跟着高兴，这个人不高兴，你也会不高兴。问孟正堂为什么不高兴，孟正堂就说了挖大渠的事。

挖大渠不是演节目，它需要力气。可冯可雪还是想着能有什么办法，让开荒七队不要再落后，让孟正堂眉头不要皱得那么紧。

别说，想啊想啊，冯可雪还真的想出了一个办法。

冯可雪说，我有个办法，可以试一试，也许会让咱们开荒队争到第一。

想着冯可雪是来要求去挖大渠的，孟正堂不等冯可雪说出办法来，就说，我是不会让你们去挖大渠的。

冯可雪说，我说的办法不是我们要亲自去挖大渠。

听冯可雪说了她的办法，起先一听，孟正堂一个劲摆手说，不行，不行，这个办法怎么能行。可坐下来，静静地一想，好像这个办法也是可以一试的。

冯可雪说，草子和木子，我给她们说。

孟正堂说，她们会同意吗？

冯可雪说，我只要干，她们就会干。

孟正堂说，你也要干？

冯可雪说，当然，为了开荒队，我什么都愿意干。

再开大会，说到挖大渠的事。孟正堂把要说的事说完了以后，又说，现在有个事，请卫生员冯可雪同志给大家说一下。

冯可雪站了起来，说，挖大渠是个力气活，一天干下来，会腰酸腿疼的。我们商量了一下，想每天收工回来，给大家揉揉腿按按腰，帮着解去一些疲累。谁都没有想到，冯可雪会说出这样的话，大家听得有些发呆，有点不敢相信冯可雪说的是真的。看大家全在发呆不说话，冯可雪说，你们愿意不愿意，要是不愿意，就当我没说。

我们当然愿意，可这么多人，你们只有三个人，怎么可以忙得过来呢。有人喊了起来。冯可雪说，这位大哥说得对，是忙不过来。所以呀，咱们就这样，每天只有三个人可以享受这个待遇。不凭别的，就凭谁干活干得多。谁干到了前三名，我们就给谁按摩，算是对他的慰劳和奖励，大家说，好不好？

慰劳奖励的事，不是头一次。以往只要打胜仗了，都会给我们一些慰劳和奖励。比如说吃一顿喝一顿，或者发个奖状奖章什么的。这样的慰劳和奖励别说没有过，就是听说也是头一次。

可这个慰问和奖励却让我们顿时激动了起来。

谁干了多少，自己说了不算。挖了多长，挖了多深，是要有数字的。王生康拿个尺子，会带着文书挨个去量。量出的数字，会在收工时，向大家宣布。一听数字，就知道排在前边的三个人是谁了。

对了，文书就是肖海。转为开荒队以后，看肖海有文化，就让他当了文书。

天天都有前三名，以前的前三名，顶多是干部开会时表扬一下，也就再也没有什么了。可这次不一样，这次不是干部表扬，而是冯可雪她们有奖励。

这样的奖励别说是见过了，连听说都是头一次。太想知道是怎么回事了。原来吃过晚饭，还会到外边去转转，或者去串串门。这天吃过晚饭都不出门，等着冯可雪她们来。

果然没有等多大一会儿，冯可雪就来了。不是一个人来的，一块来的，还有两个。前三名是谁，冯可雪已经知道。进来直接喊名字。喊过名字，冯可雪让他们过来。三个人过来，冯可雪指着三张床，让他们躺下。

听了冯可雪的话，不好意思，也不敢相信，还是站着，不去躺下。冯可雪说，快躺下，不躺下，没法按。还是不肯躺下，其中壮汉老耿，指着我们说，让他们走，别让他们看。冯可雪一听，却笑了起来，说，让他们看看，这个奖有多好。看明白了，也想得这个奖了，明天就加油干。

冯可雪让我们看，我们不走了，说真的，也不想走，也想看看这个奖，到底是个啥奖。

看三个人还是不肯躺，冯可雪说，你们不想要这个奖，我们就走了呀。一听冯可雪她们要走了。三个家伙躺下了。不但躺下了，还按照冯可雪说的，把棉衣棉裤都脱了，只穿着衬衣衬裤。

和冯可雪说的一样，确实只是揉揉腰按按腿，放松一下筋骨。

要光说揉腰按腿，没啥可说的。腰酸了，腿疼了，自己也会揉一揉，按一按。可腰酸了，腿疼了，由一个女人给揉一下，按一下。这样的事，谁经历过？并且这女人，是那么年轻，看起来，是那么顺眼。这还不算，同样是揉，同样是按。女人的一双手，看起来那么小，那么细，好像没有什么力气。可是不知为什么，她们的手只那么轻轻一动，就像有股电，麻麻地传遍全身。

干了一天活，出了不少汗。身上的汗臭味一闻就闻到了，可她们好像一点儿也不在乎。还是一样该离多近就离多近，有时为了把动作做到位，不得不挨一下贴一下，她们都没有躲闪。

外面冷得要死的冬天，可屋子里烧着火，很暖和。男人的腿和腰都是又粗又硬，不管是揉还是按，都要用很大力气。干了不大一会儿，就出汗了。按说，这个时候，她们说好了，奖发完了。谁都会很高兴，不会有半点意见。可她们没有这么做，而是把棉衣脱了，穿着衬衣继续又揉又按。

女人也出汗，可同样是出汗。女人的汗味，咋是另外一种味。什么味，说不清楚。反正和男人的汗味不一样。衬衣是开荒队发的那种，前边系扣子。不知是她们故意的，还是忘了。五个扣子，只系了三个。弯下腰去按腿时，躺着的家伙就可以看到了衣服里边，当然只能看到一点点。可就是这一点点，也足以让躺着的家伙的血像火一样烧起来。

这还不算，还边揉边按边说着话。全是些好听的话，夸你的话。说你的腰和腿，真结实，真有力。说你能干，真了不起。那么多男人，都不比上你。光是这些话，就让你一下子有了一股精神头。暗下决心天天都要排在前三名。

给三个家伙奖励时，我们一直在旁边看。只是这么看看，血流得就不一样了，不但快了，还热了。同时，暗下决心，这个奖，要是不得一次，真是白活了。

大家都想得这个奖。要得这个奖，就得加油干。你一加油，我也一加油，他也一加油。整个开荒队就像一台马力十足的挖掘机，突突突地朝前跑了起来。当天，十八个开荒队中，开荒七队的挖掘进度排在了第一。

第十六章

不是一天排在了第一，是连着一个半多月都排在了第一，搞得别的开荒队的人看到开荒七队的人，全瞪大了眼睛，满脸的想不通。和我们有些熟悉的，就悄悄地问我们是不是有了什么新的挖掘办法，让我们给他们传授一下。

我们只是笑一笑，什么也不告诉他们。

作为开荒队，可以天天创第一，可作为一个人，想天天创第一或者说创第二、第三，就没有那么容易了。都是男人，年龄都差不多，身体强壮程度也差别不大。真拼了命去干，都有可能进到前三。所以，一个月不到，我们中的一半人，都在不同的一天，在收工以后,得到了那特别的奖励。

其实都想天天得到奖励。可人不是钢,不是铁。前一天干得太猛了,第二天再想那么猛的干,就有些力不从心了。没有办法,只能把想法憋在心里,暗暗去积攒力气,到了某一日,一下子爆发出来。就可以再次拿到那个奖了。

强壮程度虽然差不多,可还是有些不同。有几个家伙,就可以经常得到奖励。比如说,那个姓耿的家伙,样子像牛。挖大渠说到底,拼的还是力气。块头大,力气大,还是很有用的。一个多月过去了,有些人还一次没有得过奖,老耿已经得了十一次了。

老得奖,就和给他颁奖的人熟了。一开始,躺在那里,紧张得像块石头,一动不敢动。几次过后,胆子就大了。也敢说说笑笑了。不但说说笑笑,有时还会有意无意地碰别人一下。碰就碰了,别人并不生气。

这还不算,到了后来,觉得自己老得第一,很了不起。看到三个女人一块走进来,还会主动提出,让谁给他按摩。后来几次,他老让冯可雪给他按。他说冯可雪按得好,按过以后,腰腿一点酸疼都没有了。

让冯可雪给他按,冯可雪就给他按。边按,还边说,壮汉老耿真是厉害,老得第一。这一夸,老耿就更牛了,马上说,明天我还要干个第一。

给别人按完了,还想着孟正堂。

孟正堂不用像别人一样,有规定一天要挖下多少土方,可全队挖了多少和他关系很大。他干的是个操心的活,心有时比身体累,还是让人疲乏。

看着孟正堂明显瘦下去的脸,不能不有些心疼。让孟正堂也躺下,说给他也放松一下,解除些疲劳。孟正堂说,我不是前三名，不该享受这个待遇的。冯可雪说，你比谁都该得到这个待遇。

孟正堂坐在木椅上，不躺，冯可雪就站在那里，给他从头部按起，一点点按到了肩膀上。同样是按，给别人按，和给孟正堂按，似乎完全不一样。动作上看不出差别。可一双手还有一颗心，能感觉得出来，那种不一样是什么。感觉出来了，可说不出来。不说，什么也不用说，只是让想表达的东西，沿着手指温柔有力地慢慢地渗透进了他的身体。

孟正堂是个老兵，可年纪并不大，满打满算，才二十八岁。二十八岁的身体，是一堆干柴，一粒小火星，就点燃了。着了火，看不见火苗，可烧红的脸，冯可雪看到了，烧出的热，冯可雪的手摸到了。冯可雪有点不知怎么办了，不知是该把这火扑灭了，还是让这火烧得更旺。

冯可雪看着孟正堂说，你想让我做什么，我听你的。

孟正堂一把抓住冯可雪的手，孟正堂说，这些日子，你辛苦了。牟首长又打电话来，表扬了我们。这个成绩，有你的一份，给革命作了贡献了。谢谢你了。

冯可雪说，能帮上你的忙，是我最高兴的事。

最后一场雪飘过来时，大渠挖好了。别的开荒队的人都高兴得不行，可我们开荒七队的人并不那么高兴。说真的，我们心里边还想让这大渠再挖下去。因为，我们真的是舍不得那个很特别的奖励。

开庆功会，开荒七队得了一面大锦旗。牟首长发旗，孟正堂上去接旗。我们在下面一个劲儿地拍巴掌，同时也在想，这个锦旗不该让孟正堂去接，该让冯可雪上去接。

因为开荒七队在挖大渠的会战中表现突出，开完了大会，牟首长又来到了开荒七队看望大家。

看望大家时，牟首长说了一段话，让我们听了以后，夜里都没有睡好觉。

牟首长说，你们还是兵，可以前是兵，要打仗，不让你们找女人，现在不一样了，还是兵，但不打仗了，是开荒种地，过日子了。过日子，没有女人可不行。也就是说，每个人，都要找个老婆。

说到找老婆，牟首长还说，要找老婆，得先有女人。不过，这一点，你们比别的开荒队强，别的队，一个都没有，你们队有三个。三个有点少，可有总比没有强。你们挖大渠争了先，娶老婆也得争先。找老婆，生孩子，也是开荒，也是种庄稼。这个任务，意义也很大。让一个地方不荒，一是要让这个地方长成庄稼和树，再就是，让这个地方长出房子和人。人多了，一个地方就不会荒了。

原以为娶老婆是个人的事，没有想到一下子变成了任务。变成有政治意义的任务。

我们这些人，别的本事没什么，可是为了完成任务，是可以不要命的。

一百多个男人，只有三个女人。就像一百只狼和三只小羊。三只小羊，就算是把它们撕碎了，也不一定会都抢上一口。也就是说，三个女人，对我们这一群男人来说，她们的美味，只有三个人可以享受到。谁都想成为这三个人中的一个。

不过，再急，再想，再不要命，我们也不会像狼一样去争去抢的。

因为，我们是有组织、有领导的，我们是思想觉悟很高的革命战士。

这是一九五〇年。这一年，在下野地的荒原上，在开荒七队，大部分的故事都发生在一百多个男人和三个女人之间。

说到这，不能不说到果子。

回到了省城，看到许多变化。主要变化，是标语多了，红旗多了，穿军装的人多了。站在街道上，想着去什么地方。先想到了大房子，这个城里，没有亲人。只能去大房子。顺着一条街走，很快找到了大房子。一看大房子还在，高兴了。想着至少可有地方落脚了，有地方睡了，有地方吃饭了。没有想到，门一推开，不高兴了。一屋子人，没有一个女的，还全穿着军装，好像在开会。看到她，问她找谁。她只好说，谁也不找，走错门了。出了门，回头再看大门，门上的那个匾，已经去掉了。正好一个老头走过来，问老头，这大房子里过去的人呢。老头说，全抓起来了，有一个多月了，关到什么地方不知道了。新社会了，不让开窑子了。

果子明白了，不再问了。她盲目地往前走，看到一堆人，不知在干什么。走到跟前一看，一堆人中间，有一张桌子。桌子前坐了两个人，一男一女，一看就是干部。边登记着什么边说，三十以下，男女不限，愿意参加革命工作的，都可以报名。有饭吃，还发工资。果子一听，没有多想，马上报名了。问她叫什么，她想了一下，没有说叫果子。她说她叫吴果。这个名字，只是脱口而出，并没有多想。问过她的姓名，又问她家在什么地方？她说没有家，一直在流浪。问干过什么，没说实话。随口说了一句，讨饭。干部说，还不快报名，参加革命，就不用讨饭了。又问果子，识不识字，果子说，认识几百个。又问果子有什么特长，果子想了一下，说她会吹竹箫。当场拿出竹箫吹了一段。招人的干部说，不错，你被招上了，等一会儿你就跟我们走。

说的没有错，报了名，就是参加了革命，参加了革命，就有饭吃了。不但有饭吃，还给发零花钱，还不用干活。把她带到了一个地方，像一个学校的地方，却没有孩子。只有一群跟她年龄差不多的青年人。除了吃饭睡觉外，就是上课。上课，就是学文化、认字。果子识字不多,可好多人,还不如她。对了,没有人叫她果子,全叫她吴果。名字就是这样,叫的多了,就会变得很顺耳。几天下来,果子觉得她原来就是叫吴果,不是叫果子。

几十个人里边,她长得有些突出。没几天,就让她当了个小组长。她的胆子大,说起话来不懂害怕,没有不好意思,真还有点官样子。这个地方,这么好,真是让人没想到。看来,离开下野地,真是对了。她现在这情况,要是冯可雪知道了,一定会为她高兴,一定会羡慕她。对了,该给她们写个信,让她们也来。这么一想,马上就写起了信。

一个月以后,冯可雪收到了信。信封上写的是冯可雪的名字,可信是写给三个人的。信上说了她改名字的事。看了果子的信,她们不再为果子担心了。不但不担心,还为果子高兴。不过,并没有太羡慕,因为,她们现在也参加革命了,也有工作了,每个人也会发钱。也就是说,和果子一样,她们也开始了新生活。也得写信把这些告诉她。三个人一块商量着,由冯可雪拿着笔把信写出来。信上,她们喊果子不喊吴果,还是喊果子。她们对吴果说,这里也挺好的,她们也是女兵了。什么也不用操心,不用发愁。还说,她们不打算走了,就在这里安家落户了。她们会很快找个男人,结婚生孩子的。还说,结婚的事,也不用自己操心,组织全都安排。这个地方,实在是太好了,让果子抽空回来看看,她们真的很想她的。当然,有机会,如果她们能去城里,也一定会去看她的。不过,信写出来以后,没有马上寄出去。不是离县城远,投寄不方便。主要是果子说了,她现在的那个地方,是个学校。她们只是暂时在这里培训。等到培训完了,还要去别的地方工作。果子说,等到了新地方,固定下来后,再给她们说。也就是说,只有等再接到果子的信后,冯可雪写的信才能寄出去。要不,很有可能信寄出去了,果子却没有收到。

第十七章

做成一件让三个男人高兴同时还不让九十七个男人不太高兴的事,实在不太容易。这些日子,王生康几乎把全部的心思花在了这个上面。

婚嫁的事,虽然重要,可我们其实每天干的事,和它并没有什么关系。在孟正堂的带领下,我们开出了大片的荒地。大得站在荒地的这一头,往另一头看,看不到边。荒地开出来以后,不能马上把种子播进去,要先用大水漫灌一遍后,把生地变成熟地后,才能进行播种。

春天的太阳下面,大水顺着大渠流了过来。水很大,新挖成的大渠没有一下子经受住考验,一个很小的老鼠洞让某一处大坝发生了垮塌。

面对着大水,因为没有想到大坝会垮,我们一下子不知道怎么办了,只是眼看着那个缺口由小变大,直到大得整个大渠的水全朝那个缺口流去。

有人去报告了孟正堂,孟正堂是骑着马跑过来的,看到了那个垮塌的缺口后,他只是愣了几秒钟,就朝那个缺口走过去。

缺口处的水流已经变成了一群脱缰的野马,那气势已经没有什么可以挡得住。它的样子告诉我们,谁要是想阻挡它,只有一个结果,那就是被它踏成烂泥。

可孟正堂好像没有看出这一点,马上要走到那个缺口跟前了还没有停下来,我们全都喊叫了起来,让他不要再往前走了。

他听到了,可他还是没有停下来,不但没有停下来,反而加快了脚步,跑向了那个缺口。他什么都没有说,可我们全听到了他的喊叫,他对我们的命令。我们是他的兵,他让我们做的事,不管是什么事,哪怕是死,都会去做的。

于是这天下午，只要是在大渠上的男人全都跟着孟正堂跳进了那个缺口。跳进去后我们手挽着手形成一道新的堤坝。

脱缰的野马被我们这些骑兵们制伏了，大水终于顺着渠道流进了大片的荒地。得到漫灌的荒地头一次透彻地湿润了。

大渠的缺口堵住了,可孟正堂病倒了。

水是雪水,从天山上流下来,还没有来得及被太阳晒热。寒意在水里像是刀子一样,可以扎进皮肉里。

寒意进到了皮肉里,待上一阵子就干起了坏事。孟正堂发起了高烧。

都跳到了水里,怎么别的人没有事呢？别忘了,孟正堂是头一个跳进去的,又是最后一个出来的。他在水里待的时间比别的人要长许多。也就是说,进到他的皮肉里的寒意比别人多。

有的人也发烧了,可是没有他严重。别的人吃了冯可雪给的药,很快就退了烧,一点事都没有了。

王生康又说,如果治不好,就送到师部去治。

对一个病得很严重的人,冯可雪除了给他吃药打针外,再能做的,就是不管白天黑夜都守在他的身边。

高烧烧得厉害时,整个人就被烧得昏迷了过去。虽然躺在那里,却并不像睡着了一样。有时手会乱抓,好像要抓什么,可又什么都抓不着。有时还会说胡话,一些话可以听明白,还有一些话听不清楚。

手乱抓,不知该给个什么东西让他抓,就把手伸过去。

看到孟正堂难受的样子,冯可雪想,今天晚上烧再不退,给王生康说,让他明天派车,送他去师部医院。

这天晚上，孟正堂好像真的很难受，抓住了冯可雪的手，还不能安静下来，还在不停地说胡话。说的都是听不懂的胡话。

没有办法了，想到了竹箫。知道孟正堂喜欢听竹箫，就拿来了竹箫吹给孟正堂听。没想到，还真管了用。听着听着，孟正堂不乱抓了，也不说胡话了，整个人好像睡着了一样。似乎被竹箫声牵引着，进到了一个梦里。

不知道进到了一个什么样的梦里，只是又看到了孟正堂冒出了许多汗。脸上的汗水用毛巾一下子就擦去了，可身上的汗水却不好一下子擦掉。汗水已经把衬衫衬裤湿透了。

要把身上的汗水擦去，只能把衬衣衬裤脱去。冯可雪当然不会太在乎这个事，一个卫生员对一个病人没有什么不好意思的。

除去衣裤能看到什么，冯可雪不用看，也能想得出来。

不过，真的除去了衣裤，冯可雪还是看到了她没有想到的一个情况。这个情况让她一下子愣住了。不是因为看到了孟正堂生命的根，而是因为看到了那生命的根竟是直直地站立着。

去看孟正堂的脸，看到的样子，还是做梦的样子。

怕扰了孟正堂的梦，冯可雪轻轻地把他身上的汗擦了去。

全擦了个遍，只有一个地方没有擦了。冯可雪站在那里，看着那个地方，似乎不知道要怎么做才好了。

当然，如果孟正堂只是个病人，冯可雪当然不会不知怎么做了。问题是在冯可雪心里边，孟正堂从来就不是个病人。她还知道，孟正堂这会儿一定很难受，并且这难受不光是因为发着高烧。

冯可雪仰起头，朝着天窗看了一眼，看到了天上的月亮，又大又亮。好像看到了什么，她笑了一下。笑过了以后，冯可雪低下了头，慢慢地弯下了腰。

没有用毛巾去擦那生命的根，而是把嘴慢慢靠了过去，亲了一下后，就像吹竹箫一样，轻轻地含住了它。

…………

孟正堂一下子醒了。好像突然有了气力，一下子坐了起来，看着冯可雪，有些不明白，问冯可雪在这里干什么？冯可雪说，你病了，我在给你看病。孟正堂说，我没有病了，你看，我好好的呀。说着，竟一下子站到了地上。那样子，真的一点儿也不像病人了。

冯可雪说，你真的不难受了？

孟正堂说，我当然不难受了，你看我，像难受的样子吗？

看孟正堂这个样子，不再难受，冯可雪真的很高兴，高兴得眼睛都有点湿了。

直到这时，孟正堂发现自己光着身子，马上跳到了床上，拉起被子往身上盖。边盖被子边问，这是怎么回事？

冯可雪笑了一下说，没什么，你在睡觉嘛，睡觉当然是不穿衣服的了。

病好了，真的好了，用不着守在身边了。冯可雪说，孟队长，你好好休息吧，我走了。

冯可雪快走到门口时，被孟正堂喊住，问，你刚才是不是吹了一段竹箫？冯可雪说，你听到了？孟正堂说，我好像听到了。冯可雪说，好听吗？孟正堂说，除了吹箫，你还干了别的什么？冯可雪说，除了吹箫，我什么都没有做。

孟正堂说，可我……

冯可雪说，你不要多想，你只是做了一个梦，一个男人都会做的梦。

孟正堂的脸有点红了，说，我是做了一个梦。

第二天早上，上工的钟声响起时，大家看到了孟正堂。他站在队部门口，看上去，没有一点病过的样子。仔细再看，好像比以前还要精神了。这几天，大家都在说孟正堂的病，都在为他担心。没有想到，他说好就好了，好得那么彻底。

看到孟正堂这个样子，大家不由得转过脸去看冯可雪。孟正堂能好这么快，当然是因为她的治疗了。没想到这个女子，有这么大本事。看她的目光全是佩服她，表扬她，感谢她。

可不知为什么，这么一看，倒把冯可雪看得不好意思了，脖子跟着红了起来。

看孟正堂病好了，王生康把他的一个想法给孟正堂说了。王生康说，娶老婆这个事，我看，谁年龄最大，就让谁先娶。孟正堂说，谁年龄最大？王生康说，老班长。孟正堂说，哪个老班长？王生康说，炊事班的。孟正堂说，他写申请了没有？王生康说，就他没写。孟正堂说，这个事，还得两个人都愿意才行。王生康说，那当然，婚姻自由嘛。

第十八章

王生康去问老班长，想不想娶老婆。老班长愣了一下，说不想。问他为什么不想。他说，明知道是白想，就不去想了。又问，为啥是白想？他说，明摆的事，那么多人，个个比我年轻强壮，女人咋会看上我。王生康说，为啥看不上，你是老革命。开荒队最该娶老婆的就是你。这个事，你不用操心，组织给你办。又问，看上谁了？

只有三个女人，让老班长挑。老班长有点激动，连连说，谁都行。王生康说，这种事，还是要你先有个态度，看上谁了，你就说，不要不好意思。

说这个话,是在食堂门口说的。食堂的门是敞开的,往里看,可以看到里面的人在忙。老班长朝里边看了一眼,看到了木子。木子正在案板前揉面。刚进食堂,木子不会揉面,老班长就教她。手把手地教,每次碰到木子的手,老班长就想打哆嗦。可没敢多想,年纪差得太多,两轮还要多。

看到老班长朝食堂里看,问老班长是不是看上木子了。老班长说,咱看上没用,得人家看上才行。

王生康说,这就不用你管了,你就等着当新郎吧。

王生康给木子说这个事,没有花多长时间。拿了一本书,书是一个伟人写的。指着书上一个名字,给你找个男人,他和这个人一块在延安烧过炭,是个老革命,开荒队里,他的资格最老。书上那个人的名字叫张思德。

木子没有多说什么,只说,我是开荒队的人了,我听组织的。

木子没有多说什么,冯可雪和草子也没有多说什么。早就想着用什么方式回报这群男人,有了机会怎么能说不呢。这个事,要是换了冯可雪和草子,也会和木子一样不会说不字的。

倒是肖海知道了这个事,有些不愿意。他是文书,就在队部,想给王生康说什么很方便。见了王生康,直接说,老班长年纪那么大,太不合适了。

王生康说,怎么,是不是你想娶木子?肖海说,只要组织同意,我愿意娶。王生康说,你想得美,就算是木子不嫁给老班长,也不可能嫁给你的。肖海说,为什么?王生康说,因为你年轻,轮不上你。肖海说,要是我们俩都愿意呢?王生康说,那也不行。肖海说,婚姻自由,为什么不行?王生康笑了一下,说,自由?为了革命事业,什么都可以牺牲,包括生命。别忘了,你已经写了入党申请书了。

给王生康说不通,去给木子说,让木子不要嫁给老班长。没想到木子却说,老班长是个好人,那么大年纪了,还没有老婆,太可怜,我愿意嫁给他。

除了肖海,别的人没有觉得这事有什么不好。

都说这么安排是对的,老班长年纪最大,当然该他先娶老婆了。

骑兵队变成开荒队后，还是军人，可许多地方还是有了变化。首先不是什么东西都发了。把原来的军饷改成了工资。按照级别和参军的年限,每个月都领到差不多的钱。对了,这个钱,叫人民币。

有了工资,不管是吃的还是穿的还是平常用的,都要自己拿工资买。县城和场部都离得远,很少能有时间去买。这样一来,草子的小卖部就显得重要了。

管小卖部的是老金。司务长官不大,可权挺大,开荒队所有和钱有关的事,他都能管着。

小卖部里的货卖完了,老金就带上钱带上草子去县城进货。

去进货时,两个人会带上六匹马,两匹马是他们自己骑,还有四匹,用来驮采购的货物。

到县城来回一趟,要早早走,天黑透了才能回来。一天的时间,大部分都在路上走。说是路,其实就是一溜马蹄踏出的印子。一眼望过去,野茫茫望不到边,只能看野兽奔跑的影子,看不见一个人。

两个人走路,要想让路变短一点,就得说话。说的话越多越有意思,路就会越短。

司务长这个活,不是谁都能干的。那么多人,从干部到士兵,日子过得怎么样,全看他了。没有一点本事,干不了。一般来说,有本事的人,不但会说话,还得说得很有趣。来回的路上,老金总能说几个笑话，让草子笑出声来。

春天来到荒野有些天了，阳光照在身上热烘烘的。走到一条河边时，老金歇一会儿，让马喝点水。马喝水，人也得喝水。坐到了河边一片青草上，老金拿出水壶给草子喝水。草子喝了几口，把水壶给了老金。草子有点渴，喝得急了些，结果漏了些水在衣衫上。湿得有些不是地方，正好湿在了凸起的那一片。

草子没有在意，看着几匹马儿在河边低头喝水。看到马儿喝好了水，草子说，咱们走吧。说着草子要站起来。可站了一下没站起来，不是她的事，是她被一只手扯住了。回过头一看，看到老金眼里放着光亮。

看到这样的光亮，草子愣住了。这种光亮对草子来说，并不陌生。不但不陌生，可以说还很熟悉。只是很久没有看到这样的光亮了。好像来到这片荒野上还是头一次见。不过，她有些不相信看到光亮是真的，她想是不是自己看错了。

不过，很快她就知道，她没有看错。因为，老金接下来就用一个动作做了证实。

老金把草子摁倒在了草地上。

草子真的变成了一棵草，一双大手正把这棵草的叶子一片片撕去。

草子没有动，随那双大手去撕。就在撕得还剩最后一片叶子时，草子记起了什么。记起了自己不再是大房子里的那个女人了，她现在已经是开荒队的一个女兵了，她身上穿着的不是花衣裳，而是很革命的军装了。

想起了这些，草子不能不问一句，你真的要娶我吗？

这一问，把老金问住了。显然他还没有想过这个问题，一时不知该怎么回答，只是呆呆地看着草子。好像不明白草子这样的女人怎么会问出这句话。

草子说,还是等你想好了再说吧。

最后一片草叶没有被剥下,草子坐了起来,让那些被剥掉的草叶又重新回到了身上。

看到老金闷着头抽烟,样子有些扫兴,草子走过去,拍了一下他的肩膀,说,娶了我,你想干什么都行。

再往前走,老金就没有那么多话了。草子心里就想,是不是刚才遂了老金的意,他就不会这样了。

草子只是这样想了想,可是并不后悔。不但不后悔,还有些高兴。这说明自己变了,不再是以前不会对男人说不的女人了。

从县城回来,草子想把这个事说给冯可雪,可是想了想,还是没有说。等到事情定下来,再说也不晚。

不说自己的事,说木子的事。木子和老班长的事已经定下了,定在了五月一日举行婚礼。说这是个大喜事,一定要穿上红色的旗袍。

旗袍是有的,只是到了开荒队,就没有机会穿了。平常干活,荒野上风大土多,不能穿,结婚还是可以穿的。

说了木子,说冯可雪。说等木子嫁了,就该冯可雪嫁了。冯可雪却说,怎么就该我嫁,不该你嫁呀。草子说,你大我一岁,当然你得先嫁了。

冯可雪说,正因为我大,我是姐,我才不能先嫁,得先让你们嫁了,我才能嫁。

草子说,那果子呢,是不是要把果子也算上呢?

冯可雪说,果子这个家伙太不像话,来了一封信,就没有影子了,是不是过上了好日子,把咱们给忘了。

草子说,不会的,咱们姐妹这一辈子,谁也不会把谁忘掉的。

草子说得对,这几个女人,谁也不会把谁忘掉的。果子这会儿，其实正在一间屋子里，拿着一支笔，面对一张纸，打算给冯可雪和草子，还有木子写信。

培训班结束时，来了一些领导来看大家。果子胆子大，会说话，还长得很灵秀，就让她代表大家对领导表示感谢。接受了这个任务，果子一点儿也不紧张，看到领导走过来，大大方方迎了上去，先和领导握了手，又把该说的话说了。

果子说完了，一个看上去很威武的姓牟的领导讲了许多鼓励大家的话，让大家到了工作岗位上后，一定要为了保卫边疆、建设边疆多作贡献。

这个时候去什么地方，大家都已经知道，果子也知道。果子分到了天山南边一个叫塔里木的地方。她提出了，她想去准噶尔盆地一个叫下野地的地方，可领导没有同意。理由是要一切行动听指挥，党让干啥就干啥，不能挑挑拣拣。

就在果子捆好行李，准备坐车去南疆时，一个负责人找到了她，说她的工作要重新安排。说她不用去塔里木了。果子马上问，是不是要让她去下野地。回答说不是。果子一下子紧张了，想着是不是出了什么事？

就在果子心乱跳时，负责人指着一辆吉普车让她上车。同时告诉她，她的工作岗位是在一个大机关。这个机关可不得了，在里边工作的都是干部，不是大首长就是为大首长服务的人。这些大首长管着许多地方许多人，包括那个让果子很想去的下野地。

到了新地方要赶紧给冯可雪她们写信，是早就有的想法。但不知道为什么这会儿拿起了笔面对信纸，她的想法却有点变了。接下来不知会发生什么，还是等一段日子再说吧。主要是她觉得她可能不会在这样一个地方待下去的。

不写信了，走到窗子跟前，朝外边看。看到一个人在林荫道走着。觉得面熟，一想，就想起来了，他就是那天讲话的牟首长。

不知为什么,一种直觉告诉她,她能来到这个地方工作,一定会和这个人有很大关系。

队部挨着卫生室。孟正堂住在队部里，开荒队只有一部电话,就放在队部里。里边如果不住上人,电话来了就没有人接,就可能把大事耽误了。

一个房子里有什么动静，另一个房子的人可以听到。比如说,孟正堂如果睡着了,打起了呼噜,冯可雪就可以听到。

以前听到孟正堂打呼噜的声音,听到就听到了,不当个事。可从治好了孟正堂的病以后,再听到孟正堂的呼噜声,就会有了一些别的想法。

打呼噜说明孟正堂睡着了,睡着了就可能会做梦。梦这个东西有一个本事,可以把一个人醒着时不敢做的事,在梦里边做出来。

按说,两个房子紧挨着,想去另一间房子抬脚就可以去。但孟正堂几乎从来不进卫生室的。好像在卫生室里藏着什么可怕的东西,只要他一走进去,就会受到伤害似的。

孟正堂不过来,冯可雪也不过去。冯可雪倒不是怕里边藏着什么,她是怕让别的人看见了,会说闲话。闲话她是不怕,她是为孟正堂着想,不想让别人对他说什么不好的话。还怕孟正堂正在忙工作,过去了会影响他做事。

不过,人没有过去,心却会常常穿过一堵墙,走到孟正堂的身边。一支竹箫常在手里拿着,想着如果孟正堂想听了,只要喊她一声,她就会马上过去给他吹一曲的。但孟正堂几乎连这样的机会都不给。

有些念头,在心里边闪一下,就会没有了。可有些念头,要是有了,那就像得了病一样,一定要去试试才肯罢休。

听到了打呼噜声，冯可雪会听一会儿，听到声音越来越大，知道孟正堂睡着了，不过，还没有做梦。人做梦时，不会打呼噜。

这时冯可雪拿起竹箫，走出卫生室。出门时，没有忘记回去把灯吹灭。

队部的门从来不会从里边锁上的，不管任何时候只要想进去，一推就可以进去的。

冯可雪进去后，顺着打呼噜声走过去，走到了里边一间房子里。里边很黑，比外面黑。

不过，这一点关系都没有，因为这个时候做的事情，是可以不需要光亮的。

拿出竹箫轻轻吹出一点声音，声音一点儿也不大，小得不会跑出这间房子的。声音虽然小，但很有作用。那个很大的呼声，在听到了竹箫的声音后，马上就不响了。

没有打呼噜声了，那个睡着的人一定开始做梦了。让竹箫声继续响着，直到竹箫声溜进了梦里，成了梦的一部分。

竹箫成了梦的一部分，那吹箫的人，不用说也会走进梦里，也会成为梦的一部分。

进到了另一个人梦里的冯可雪，在梦里边做了她想做的事。看起来，她好像做的是件做过了许多次的事。但只有她知道，她有一种快乐却是从来没有过的。

第二天，在队部门口遇到孟正堂，像什么事都没有一样，朝他打着招呼。她注意到了，孟正堂的表情会有一点点不一样。好像有一点点的不自然，他可能想到了夜里做的梦。有一些人就是这样，哪怕是梦里边做了认为不对的事，也会责怪自己的。

天底下这样的人不多。冯可雪想好了，每过一些天，冯可雪就会让一个人做一个好梦。并且打算永远也不告诉他，他的那个梦是怎么做成的。

这一天,木子和老班长结婚了。

结婚是自己事,可自己不用操心。组织全都安排好了。

新房是一间新挖的地窝子,里边的床是红柳编的,没有什么家当,把两个人的铺盖搬过来,往一起一放就行了。

在吃饭的食堂里,大家吃过饭没有走,看两个人结婚。

两个人走了进来,和别的人有点不一样,身上的衣服要新一些干净一些,胸口还别了两朵纸扎的小花。

没有穿别的衣服,全穿的军装。原来说好了,木子要穿旗袍的。可王生康不让穿。说穿上旗袍,像地主小姐。不像话,要穿军装。

没有拜天,也没有拜地,连父母亲都没有拜。只是朝着墙上的领袖画像拜了拜。

王生康代表组织说了几句祝贺的话。

接下来,老金端了一大盘子纸烟和水果糖进来,给大家分了分。就没有别的事了。

从食堂出来,往洞房走。一群人跟着,冯可雪和草子也在里边,她们一直陪着木子。

一群人,边走边开玩笑。不管玩笑开得多么厉害。老班长脸上都挂着笑。

到了洞房门口,一群人站了下来,冯可雪和草子也停了下来。走着时,一直挽着木子胳膊,停了下来后,就把挽着的胳膊松开了。

打开了门,老班长很着急的样子,先进去了。木子在后边,手抓住了门边,回过头,朝着冯可雪和草子扮了个鬼脸。

看到那个鬼脸,知道木子还是很开心的。虽然老班长年纪大了些,看起来老了些,但看得出是个老实人,是个好人。和这样的男人过日子,别的方面会怎么样不说,至少是不会受欺负的。

冯可雪朝着木子竖了一下大拇指,意思是说,她的日子,一定会好。

看着洞房的门关上了,冯可雪和草子才离开了。

回到地窝子里,原来三个人住的地窝子,现在只有两个人住了。看起来一下子大了不少。冯可雪和草子没有马上睡,坐在那里说起了话。

一说说到了后半夜,冯可雪说,不早了,睡吧,明天还要早起。

刚要脱衣服睡觉,外面有人大声喊冯可雪。冯可雪一听是个女人的声音。觉得怪,整个开荒队就三个女人。一个在洞房,还有一个在跟前。怎么会有个女人喊她。再一听,不对,声音很熟。好像是木子在喊她。怎么可能呢?这会儿,她怎么可能从洞房里跑出来呢?

不等冯可雪再想下去,地窝子的门已经推开了,一看,果然是木子跑了进来,头发散乱开了,穿着长袍睡衣。分明是刚从床上跑下来的。再一看,木子脸色完全变了,刚才举行结婚仪式时,脸蛋还是红的了。这会儿,白得像涂了层霜。看到木子这个样子,冯可雪更是不明白了。赶紧问,到底是咋回事?

木子说,不好了,老班长他一下子不行了,昏过去了。

第十九章

原来等别人都走了,洞房里只有老班长和木子了。老班长就有些等不及,让木子赶紧到床上去。木子说,着什么急,以后日子长着呢。老班长说,可我等不及了。也难怪,快五十岁的男人,还没有碰过女人。好容易等到了这个时候，能不急吗？

这方面，木子虽然小，可经验并不少。知道这个事不能急，太急了，好事也会做不好的。就推了一下老班长，让他去洗一下。老班长以为是洗脸了，说又不是早上起床，洗什么脸。木子说，不是洗脸，是洗你的下面。这一说，老班长明白了。赶紧打了一盆水，在门后边洗了起来。

老班长洗的这会儿，木子上到了床上，慢慢地把衣服脱了。脱得一件衣服不剩时，木子没有钻到被子里，而是就那么光光的侧着身子躺在床边。她是想做个好新娘子，用一个好看的姿势迎接她的丈夫，给丈夫一个惊喜。

在门后洗好了，老班长转过身。一眼看到了木子，完全没有想到木子会是这个样子。女人见过，可光身子的女人，身上一块布都没有遮的女人，头一回看到。

他像被雷劈了一样，先是身子一阵震颤，接着脸上的肌肉抽搐着，嘴巴动着，好像要说什么。可是不等话语出口，整个人就站不住了，瘫在了地上。

木子以为老班长想得太激动了，不会有什么事。等一会儿就好了。就没有太在意，还笑着说老班长这会儿，可不该待在地上，要赶紧上到床上才对。

喊了好几声，倒在地上的老班长还是不起来。把声音放大了再叫，还是没有回应，她这才觉得有些不对劲了，就下了床，走过去，打算把他拉起来，把他扶到床上去。说真的，这个时候，木子也没有想到这会是件多么严重的事。

等拉他时怎么也拉不动，推他也像推一个麻袋，一点动静也没有，她这才想到可能坏事了。赶紧把脱了的衣服又穿上，边往外跑边系着扣子。

老班长死了。

死人的事是经常发生的。可不管是什么人，突然一下子死了，生活在他身边的人，都不会把这个事当个小事。

如果这个人的死法，又和一般人的死法不一样，那么就更不会当成小事了。而老班长的死法，好像确实和一般人的死法不一样。

猛一听说，一部分人不信，可想了想，又会有些信了。人激动得太厉害了，血一下子冲进了脑子，是会死的。

还有一部分人猛一听说，不信。想了想，还是不信。越想越不信。太激动了，是会死。可只是看了一眼，就会激动成那个样子，好像不会。

不过，不管信还是不信，都为老班长可惜。洞房夜，多好的时光，还没来得及享受就走了。同时，也觉得木子可怜。刚做人妻，还不知怎么回事，就成了寡妇。

怀着可惜的想法，把老班长送到了营地西边一个土丘上，挖了个坑，举行了一个告别仪式，把他埋了。

把老班长送走后，再把可怜的目光投到了木子身上。木子头缠白布，眼睛红肿。和许多失去了丈夫的女人一样，一脸的痛苦。

老班长是个老革命，不能白白这么死去。至少得要死得明明白白。如果不把这事搞明白，老班长在地下又怎么能安息。

如果是别人有这样的想法，那么也只是想想，顶多和别人闲聊时说上几句。但有一个人有了这想法，事情就不会这么简单了。

这个人就是王生康。

开支部会，说到了老班长的死，王生康说这个事，不能这么完，要搞清原因。

孟正堂有些不愿意，说木子已经说得很清楚了，要相信木子。

王生康说，木子这样的女人见过世面的，不是一般的女人，谁敢说她不会嫌老班长年纪大，用了一个什么办法，夺走了老班长的生命。

这个怀疑让人吃惊，可又不能说这个怀疑一点道理都没有。连孟正堂也没法说服王生康不要这么怀疑。

不管是什么事，都要搞清真相，何况是人命关天的事了。

于是老班长的事，并没有随着他的掩埋而结束。由他一个人提出的怀疑，很快转化成了另一个事件。

谁都不能肯定不是木子故意夺走了老班长的生命，木子就自然地成了一个带谋害嫌疑的杀人犯。

任何一个犯了罪恶的人都可能因为害怕惩罚而逃跑，所以首先得把木子控制起来。

几个人拿着刀枪，跟着王生康，来到了那个洞房。木子正在洗衣服，脸上的泪痕还没有干。

看到几个人那么凶，要带她走，木子一脸的不明白。

有一个地窝子不住人，是个禁闭室。犯了错误，需要反省的人，就会被关进来。

木子被关进去后，门口还有一个站岗的，手里拿着枪。不是为了保护她，主要是怕她跑了。

听说木子关了起来，冯可雪不相信，跑过来一看，木子真的关了起来。跑去找干部。想着这个事，一定是王生康干的。就没有找孟正堂，直接找了王生康。

王生康说，这是隔离审查，审查完了，没有事了，就会放她出来的。

冯可雪说，我了解木子，她不会害人，更不会害老班长。

王生康说，这个事，谁说了都不算数，得让事实说话。

冯可雪说，木子真的是个好女人。

王生康笑着说，你放心，我们做事是有原则的，既不会冤枉一个好人，也不会放过一个坏人。

看跟王生康说没有用，就去找孟正堂。孟正堂说，有些事，我说了也没有用，他是指导员，又是支部书记，我俩意见不统一了，就得听他的。

看跟谁说都没有用，只好去跟木子说。

不能进到禁闭室里说，只能隔着门说，还不能说时间长，说一会儿，看管的人就让冯可雪走。说这是规定。

其实也说不了什么，就是安慰一下木子，说没有什么事，很快就会出来了，不会有事的，什么事都不会有的。

木子说，我真的没有故意害死老班长。

其他人都忙着开荒搞生产，王生康也忙，忙着审问木子。每天带着肖海去禁闭室一次。

王生康问，让肖海做记录。

对木子，肖海一直喜欢。不止一次想过娶她。可因为他年轻，轮不上他。只能是在心里想想。老班长娶她那天，他很难受。听到老班长死了，他愣了一下后，难受的同时，也有点为木子高兴。因为，没有老班长，木子就自由了，就可以有新选择了，至少可以找一个不那么老的吧。

心里边一直有木子的位置，所以听到对木子的怀疑，肖海觉得可气又可笑，木子是什么人，他以为他很清楚。让他跟着一块审问木子，他不愿意干。尽管只是让他做记录，也不愿意干。他实在不愿意看着木子被审来审去的样子。

不愿意干，也得干。他做不了自己的主。

审问的过程，并不复杂。先让木子把事情的过程讲一遍。木子讲完了，王生康就会说，你要说实话。

木子说，我说的是实话。王生康就会说，你说的不是实话。

王生康的口气很肯定，好像那些实话是什么，王生康已经知道。已经在心里边清清楚楚，只要木子说出的话，和他心里边的那些话对不上，他就认为木子没有说实话。

一个说自己说的全是实话，另一个偏要说听到的不是实话。所以每一次审问都没有结果。几天下来，审问还是没有一点儿结果。王生康有些恼火，越来越没有耐心了。说话的声音变得越来越大，还很没有风度地拍起了桌子。

嫁人有两种方式：一种是等别人看上自己，别人说要娶她；还有一种是她看上了别人，给别人说，我嫁给你吧。别人如果说行，就可以把自己嫁出去了。

草子想用第二种方式把自己嫁出去。这个想法，在木子出事后，变得更坚定了。她怕干部给她找个又老又丑的男人。

并且，这个想法实现起来，草子觉得并不难，因为草子已经看上了一个人，这个人就是老金。那天在草地上老金想干那个事，草子没有让他干，他就没有干。说明这个男人是个不坏的男人。其实他真的是要强硬干点什么，她也不会一点儿面子不给的。

天天都有男人来小卖部买东西，来一个，草子就会把这个人和老金在心里比一下。比的结果好像没有一个能比老金强的。

草子就对老金说，娶我吧。

听草子这么说，老金有点意外。不光是意外，还有些激动。

不等老金说行还是不行，草子往前跨了一步，抱住了他的脖子。她知道，这个时候要做什么事，才会让这个男人下定决心。

这个时候正是半上午，大家都在地里干活，没有人来买东西。草子把腿朝后伸了一下,用脚把门关了起来。

屋子里飘荡起了春天野草的气味。像喝醉了酒一样,老金对草子说,我要娶你,一定要娶你。

问了几天,还问不出结果。冯可雪又一直求孟正堂,给木子说好话。再见到王生康,孟正堂说,问不出就算了,一个女人,不要和人家过不去。

听孟正堂这么说,王生康不愿意了,说这不是女人不女人的事,这是人命关天的事,不能让我们的同志没有死在战场上,而死在一个女人手上。

孟正堂说,再给你三天时间,再问不出什么来,你就得放人,不能老把人家当坏人关着。王生康说,我会抓紧时间的。

再审问木子,王生康想出了另一个办法。

王生康说如果只是看了一下,老班长就不行了。那么,其他的男人,也会像老班长一样,看了一眼,就不行了。

木子说确实是这样的。

王生康指着肖海对木子说,那你就脱了衣服,让他看一眼,看他会怎么样。不要说会死了,就是昏过去了,就算你说的是真的。

肖海一听,急了,说,这可不行,这可不行。

木子说,他会没有事的。

王生康说,他为什么没有事?

木子说,他年轻,身体好。

王生康说,那好吧,那就当着全开荒队人的面,脱光你的衣服,看会不会有人出事。

木子说,这怎么能行,你这不是让我丢人吗?

王生康说,你还怕丢人呀,天下的女人,都怕丢人,你也不会怕的呀。

木子说，你把我说成什么样的人了。

王生康说，你以为你是什么人，你以为让你穿上了军装，你就不是原来的你了。有些脏灰，是擦不掉的，也是洗不掉的。

木子的脸气得青了起来。

王生康说，明天早上再来问你，你要是不说，就按我说的，当着全开荒队的人，把你的衣服脱了，让大家看看，你有多大能耐，可以让男人看一眼，就会把命丢了。要是大家信了你，就不再问你了，要是大家不信，那你就得一命抵一命。

出门时，王生康走在前边，肖海走在后边，快出去时，肖海说，木子，真要是干了什么，你就说出来吧，主动坦白，会从宽的。

木子说，连你都不信我啊？

肖海说，不是我不信，是你得让大家信。

果子工作一点儿也不紧张，首长看过的文件，不再看了，暂时没什么用了，就会送过来，让她放进一个柜子。当然放进去前，要登记一下，编上号和目录。这样下次要再找这份文件，一看登记本就可以找出来了。

不工作时，就从办公室里回到了宿舍。宿舍里住了好几个人，都是机关的，但部门不一样，相互都不太熟。不太熟就没有多少话，就各忙各的。

吃过饭没有事了，果子拿着竹箫走到院子里。院子很大，有一片地方长着树和草，还有些木头的凳子。随便找一条凳子坐下，拿出竹箫想着一段喜欢的曲子就吹了起来。

一些路过的人听到了，有的会站下来听一会儿，有的会边走边听。还有的人会走得离果子近一些听。不过，不管别人用什么方式听，都不会影响到果子的吹奏。这会儿的果子不管眼睛里还是心里都没有别人。

不过，这一天黄昏，吹完一支曲子睁开眼睛，看到了一个人，她不能不马上站了起来，向这个人低头弯腰打招呼。

因为这个人就是牟首长。

天亮时，别人都去下地干活了。王生康喊上肖海去做另外一件事。

走在路上，王生康说，木子再不说实话，今天晚上就开大会，让她给全开荒队的人说明白。

肖海说，指导员，这样是不是不太好？

王生康说，这个时候，你可要站稳立场了。

肖海说，我知道。

离禁闭室不远，看到了哨兵。问木子吃饭了没有。哨兵说，放了个馍馍进去，不知吃了没有。原来怕出别的事，哨兵没钥匙。送饭用一个篮子，从天窗吊下去。

钥匙在王生康手里。只有他才能打开门。

和往常一样把门打开了，可和往常不一样，没有看到木子蹲在角落里。

再一看，木子悬挂在了房梁上。她把腰带系在了脖子上，利用屋子里一个小板凳，干了一件没有办法可以改变结果的事。

土墙上，有一个很大的字，是用手指头写出来的。

那个字是一个冤字。

没想到木子会死。冯可雪和草子只是流泪，说不出话。

孟正堂脸色铁青。肖海像傻了一样。

我们大家知道了这个事，都有些难受。只要一想，一个美丽的女人，再也不能说话了，不能笑了，没法不难受。

只有王生康好像没当个事,还说,怕受处罚,就死,这是畏罪。

那天早上,开荒队的人把木子放进了一口棺材,一同放进棺材的遗物还有一根竹箫。

一群壮汉,又把棺材抬起,抬到了西边的土山上,埋在了老班长的旁边。

他们是夫妻,是该埋在一起。

正是五月,野花遍地开。冯可雪和草子采了许多野花,放在了木子的坟头上。之后,两个人用竹箫给她吹一支送行的曲子。

一个开荒队连着死了两个人,事情不能不报告到上面。上面知道了这个情况,就派了人下来调查。

一开始王生康不认错,说木子不是他逼死的,是畏罪自杀。

可老耿站了出来,说那天夜里,把木子和老班长送进了洞房后,其他人走了就走了,没有再回来。可老耿悄悄地回来了,走到了地窝子的天窗跟前,想听到些什么和看到些什么。

听倒是没有听到什么,但确实是看到了木子把衣服脱光了,确实看到了老班长还没有碰到木子,只是看了一眼,就不行了,就一下子倒在了地上。

当时他跑开了,一直没有把这个事说出来,是怕说出来别人会骂他,笑话他。

老耿还说,要是早知道木子会为这个事去死,他一定早早就出来作证了。他真的是对不起木子,他要是再不把真相说出来,他会一辈子心不安的。他还担心,他要是不说出来,木子会变成鬼来抓他的。

老耿证明了木子的清白。

肖海也说了实话,说王生康为了逼着木子说出是她害死老班长，吓唬她说，让她脱光了衣服，给全开荒队的人把事情的经过说出来。

王生康没法再说木子不是他逼死的。

来调查的人，把情况汇报了上去，牟首长知道了，发了脾气，亲自来到了开荒队处理了王生康的事。

王生康被撤了职，不让他当支部书记了，也不让他当指导员了，让他到了一个排，去当了排长，还是个副的。

王生康心里不服气，可一点办法都没有，只能接受对他的处罚。

新的书记和指导员还没有派来，就让孟正堂兼着。开荒队的事，到了这个时候，才是真正由孟正堂说了算了。

牟首长给大家讲了话，说，顶多还有十天，就会有一群女兵来到这里。

牟首长说谁和谁好，组织上不能干涉，婚姻的事，一定要自己说了算。解放了，做主人了，主人连娶老婆的事都不能自己做主，还叫什么主人。

牟首长的话还没有讲完，我们就鼓起了掌。

果然到了第九天，就来了一群女兵。一个个年轻得不行，看上去顶多也就是二十岁。

这一天，开荒队像过节。

这一天，我们再说女人，就很少说到冯可雪和草子了。不管什么时候，新鲜的东西，总是会更吸引人。

第二十章

一下子来了那么多女人，冯可雪和草子不那么显眼了。不显眼了，却没有一点不高兴。

男人太多，女人太少，就像太阳和水。男人是太阳，一群男人是一个大太阳。女人是水，一个女人是一滴水。一滴水两滴水经不住太阳晒，只有许多滴水聚到了一块儿，成了湖成了河，就不会被蒸发了，就可以浇灌土地了。太强烈，水会经不住烘烤，弄不好就会被蒸发了。

荒野上有了一片女人湖，有了一条女人河，荒野看上去真的不那么荒了。这样的风景，荒野上的人，谁看了都会快活的。

好像说不通，女人多了，风景好看了。可看自己的人，难免就少了。不管什么样的女人，都想被更多男人看，被更多男人抢。冯可雪和草子又怎么可能不一样。

一般情况下，可能是这样的。但对冯可雪来说，情况有些不一样。没啥别的原因，主要是她不想再被看了，再被抢了。因为，心里边，已经有一个男人了。

一个女人心里边只要有了一个男人，那么四周的男人不管有多少，她都不会去在意了。并且还可能嫌男人太多，给她带来麻烦。并不奇怪，再多男人，能一块过日子的，只能是一个。

一块儿出来的五个姐妹，这会儿，在这片荒野上，只有两个了。这两个不能不比以前更好了。

女人好，好的样子，就是什么话都说，一点儿也不藏着掖着。

草子说，老金说要娶我。

冯可雪说，行，那个男人行，聪明能干，会算账。

草子说，可只说娶，没说什么时候娶。

冯可雪说，再不说，不让他碰你。

草子说，我知道了。

草子说了自己的事，冯可雪不能不说。可要全都说出来，有点难。再难也得说，也想说。一些事，不能藏在心里，会把心憋坏。再说了，草子也不是外人，让她知道了，不会有什么不好。

草子看冯可雪没说，等不及了，直接问冯可雪和孟队长怎么样了。

冯可雪说，你看出来了？

草子说，傻子也能看出来，你有多喜欢他。

冯可雪说，还看出啥了？

草子说，只看出你喜欢他，别的没看出啥。

冯可雪说，其实，我和他已经结婚了。

草子睁大了眼睛，看着冯可雪。

冯可雪说，不过，是在梦里。

草子说，吓我一跳，梦不算，说明不了啥。

冯可雪说，这个梦和一般的梦不一样。

草子说，我听不明白。

冯可雪说，我一说，你就明白了。

草子听完了，说，光我明白不行，你得让孟队长明白。

也想让孟队长明白，可又怕孟队长明白了，连个梦都没有了。一个人真的喜欢上了一个人，只要能在一起，真的不会在乎是一种什么方式了。

可真想在一起，能天天在一起，月月在一起，年年在一起，并不是任何方式都可以做到的。也正是这个原因，男人和女人一好，就不由得会往“结婚”两个字上想。

冯可雪也一样，也在想，并且是越来越想。这几天，看到许多女兵来了，就想得更厉害了。

不是怕这些女兵来了，会把她比下去。

要说年纪，和她比，她们会小一点。可要说脸盘，要说身段，说气质，她却不会被比下去。那些女兵，全是农村出来的，没见过世面，啥也不懂，土里土气。如果用苹果形容那些女兵，还是青苹果，还是涩的，酸的。而冯可雪和草子，就是红苹果，已经熟透，不管是看还是去吃，都让人喜欢。

也不是怕说出来，会被孟正堂拒绝。虽然在天山的大峡谷里被孟正堂拒绝过。可那是不一样的。这些日子，知道了孟正堂是什么人。你如果说，我陪你睡一觉，他一定会说不，可你要说，娶我吧，我要和你过一辈子。他一定不会说不。就算他不愿意，他也会说出一个不会让你太没面子的理由。

这也不怕，那也不怕，冯可雪还等什么，她完全可以跟孟正堂直接说啊。可她为什么不说呢？是不是他还是有什么东西让她怕呢？

确实，冯可雪是有一个怕。不是怕孟正堂说不，倒是怕孟正堂说行。

因为，和那些青苹果比，不管看起来有多少方面都不会比下去，但有一个东西去比，那冯可雪和草子是不能去比的。

这个东西，看不见，却常常会比那些看得见的东西还重要。

这个看不见的东西，除了冯可雪和草子外，确实还有人也看见了。比如说，那个老金，他在看到了那个东西后，就决定不再和草子好了。

草子还不知道，看到老金来了，还很高兴。还想着，等一会儿，就把结婚的日子定下来。等一会儿，是想让老金也高兴了，再说那高兴的事。

知道该怎么样让老金高兴，不等老金把手伸进她的衣襟里，自己就搂住了他的腰，把软乎乎的身子绵绵地贴了上去。

可老金没有像往常一样，急得像狗见了骨头一样，急忙把草子摁倒在了小卖部的木箱子上。

老金把草子的身子推开，很坚决地说，我想了好几天了，咱们不合适，以后不要再来往了。

草子问有什么不合适的？

老金没有把那个东西说出来，只是说，你就不要问那么多了，这个事就这样了。

不想草子再问那么多，老金说出了他想说的话后，转身就离开了。

知道牟首长爱听箫，会听箫，没有事了，就会去院子里的那个亭子去吹。

不是每一次去吹，都能见到牟首长，可五次里，至少会遇到牟首长三次。

不是光吹竹箫，有时也会说几句话。

看牟首长散步时总是一个人，觉得怪，看牟首长这个年纪，散步时身边是该有一个人陪着的。

忍不住问，首长，怎么不见你的爱人和你一块儿散步啊？

牟首长说，她已经牺牲了，好几年了。

心咚地一跳，马上说，对不起，首长，我不知道……

牟首长说，没什么，解放全中国，许多人都失去了亲人。

也不光是果子问，牟首长也会问。

牟首长问果子多大了，怎么会吹竹箫，又怎么参加了革命。

早知道这些话，迟早会被问到，早就有了准备。回答起来，就很流利。

又问工作怎么样，有没有什么困难。

果子说，谢谢首长关心，工作很好，没有困难。

过了好几天，没有见到牟首长，再见到牟首长，问牟首长去了什么地方。

牟首长说，去了下野地，那里发生了一件事。

果子问什么事。

牟首长说，一个女兵自杀了。

果子说，为什么？

牟首长说，一个老兵死了，怀疑是她害的，为了证明清白，她就死了。

果子说，太可惜了。

牟首长说，对了，她和你一样，也会吹竹箫，吹得也很好听。

果子心咚地一跳，赶紧问，她叫什么？

牟首长说，好像叫什么木子。

果子的脸一下子白了。

牟首长说，你怎么了？

果子说，没什么，只是为这个木子难过。

本来还想多问几句的，怕问多了，牟首长会对她的身份产生怀疑，话到了嘴边又咽了回去。

这天夜里，果子没有睡好，一个劲儿地流泪。拿起笔，打算给冯可雪写信。可是信纸湿透了，还是没有写上一个字。

果子把信纸揉成一团，心里边说，木子，走好，冯可雪，多保重。对不起，我没有给你们写信。原谅我吧，好姐妹。不是我不写，不是不想你们，是我没有办法，因为，我已经不是果子了，我有了一个新名字，我叫吴果。

看到草子脸色不好，问草子发生了什么事？

草子说，老金说话不算数。

冯可雪说，他说不要你了。

草子说，是的。

冯可雪说，走，咱们去找他。

去了老金的房子。他在，但不是一个人，还有一个女人，是新来的女兵。

冯可雪让那个女兵走了，说有事和老金谈。

不用问,就知道冯可雪要来谈的是什么事。老金说,该说的,我都给草子说了,再没有什么可说的。

冯可雪说,你是没有什么可说的,可我们还有要说的。

老金说,谈对象这个事,没有说一谈就会成的,谈不成也是正常的。

冯可雪说,谈是正常的,可你不光是谈,你还干了别的事。

老金说,你不要胡说八道,我和草子只是谈对象,没有干别的。

冯可雪说,干没有干,你心里清楚。这个事,你要这么干,我们就去找孟队长说理。他要说,你可以这么干,我们就啥都不说了,你爱干啥就干啥去。

老金说,去就去,有什么,我说没有,你们说有,不能乱说,得有证据。

没想到老金会耍赖,冯可雪看到屋子角落里有一个盆子,盆子里扔了一条刚换下来,还没有来得及洗的短裤。

冯可雪走过去,一把抓起来,塞到草子手上。说,这就是证据,走,去找孟队长,看孟队长信你的话,还是信我们的话。

看到冯可雪和草子就要走出门了,老金害怕了。他知道这两个女人,可不是一般的女人,什么事都经历过,他还知道真的到了孟队长那里,几句话一说他就会露出马脚。要是孟队长知道他已经把草子睡了,又不要草子,不知会怎么惩罚他的。

这么一想,他的腿软了。腿一软就跪在了地上。跪在了地上,带着哭腔求冯可雪和草子放过他。他错了,他不该骗草子。不该把草子睡了,又不要草子了。冯可雪说,知道怎么改了吗?老金说,只要不去给孟队长说,你们说怎么办就怎么办。冯可雪说,还有什么可说的,赶紧把草子娶了。

没有想到老金说,实话告诉你,刚才出去的那个姑娘,和我已经好了，求你们成全我吧，我一辈子会记住你们的大恩大德的。

冯可雪说,什么,你把人家也睡了。

老金说,我也没有办法,她说很喜欢我,非要嫁给我。

冯可雪问草子,草子,你说,咋办?

草子倒没有很生气的样子,看着老金,像是看一个东西,而不是一个人。

没有说咋办,只是把手中那条短裤,扔到了老金的头上。只说了一个字,走。

草子走出门,冯可雪跟着出去。问草子,怎么,就这么放过他了?

草子说,这样的男人,不嫁反而好。真过到一起,不知还会做出什么事,让我恶心。

冯可雪说,就是,就当让猪咬了一口。

草子说,男人,好像都是猪。

冯可雪说,别这么说,好男人,还是很多的。

确实好男人是很多的,比如说,在冯可雪心里边,孟正堂就是一个。

卫生室挨着队部,要见到孟正堂,和孟正堂说点什么事,看起来容易,实际上并不容易。不是不想见,不是没什么可说的。是孟正堂实在太忙了。原来就很忙,把王生康撤职了以后,工作都压在了他一个人肩上,他就更忙了。

别人下地干活了,卫生室里没有什么人。冯可雪就会去做一件事。走进孟正堂的房子,帮他把脏了的衣服被褥洗干净,把房子的地面扫一遍,把桌子上的杂物归置整齐。当然,还有挂在墙上的那把马刀。她会慢慢地从墙上取下来，用布擦去上面的灰尘,让它重新变得锃亮。

这个事，没有人让她去做，可她去做了，也没有人说什么。她是卫生员，负责开荒队的卫生。每个人的卫生她都该管，包括孟正堂队长。也就是说，给孟正堂打扫房间，洗衣被，是她的工作。

不过，这个事，别人看来是工作，她却没当工作。因为，只要一进入孟正堂的房子，就会闻到一种气味，这种气味，在别的地方闻不到，只能在这间屋子里闻到。它让冯可雪的身体变轻了，轻得好像能飘起来，能飞起来。让她那说不清的愿望得到满足。

不想让别人看见，不等于别人看不见。

有一个人，夜里值班走过营地时，看到了一个黑影走进了一间房子。他知道这间房子里住的是什么人，他担心会发生什么事。就在房子不远处站住了，站了很长时间，没有发生什么事，那个人又走了出来。借着月光他认出走出来的人是谁。这个人正好和王生康一个排，是他的部下，他就把这个事给王生康说了。

王生康知道了这个事，当然就不会当一件平常的事来对待了。

第二十一章

就在被别人看见的那个夜晚，走进了孟正堂房间的冯可雪，没有看到躺在床上的打着鼾声的孟正堂，而是看到坐在凳子上的孟正堂。

他的面前，放着那把马刀，当然，他的脸色也很难看。

冯可雪愣了一下，不知说什么好。想过，可能会有这么一天。可不知道会是哪一天，也不知道会是什么结果。

孟正堂说，是不是这样进来过好多次？

冯可雪还是不知说什么好。

孟正堂说，我做的那些梦是不是不是梦？

冯可雪还是不知说什么好。

不说话，有时也是一种表达。也能让人知道那没有说出的是什么。

孟正堂一下子拿起了马刀，走到了冯可雪跟前，把马刀举了起来。

孟正堂说，你知道吗？你这是在害我呀。

冯可雪说，如果你真的觉得我是害了你，你就砍下我的头吧。我不会怨你的，不但不会怨你，还会永远感谢你。因为，是你让我知道了喜欢一个人有多好，能和爱的人在一起，有多么幸福。

孟正堂说，我是队长，我这么做了，还怎么有脸去管别人呢？

冯可雪说，你不要想那么多，这只是个梦，梦只有自己知道，别人是不知道的，你看，这么多天过去了，除了你自己，没有人知道啊。

孟正堂说，要真是个梦，多好啊，那样的梦，谁都想做啊。

冯可雪说，只要你想做，你还可以做。

孟正堂说，可我已经醒了，做不成了。

冯可雪说，这个梦，醒着也可以做，好人就该有好梦。

孟正堂放下了马刀，看着冯可雪，有些不知说什么做什么的样子。

马刀很锋利，可有时候却不能把乱麻砍断。倒是竹箫有时会比马刀勇敢。冯可雪走到了孟正堂面前，把那马刀轻轻地拿下，放到了一边。而把竹箫举起来，凑到了唇边，让它发出了低低的声音，那声音像催眠曲一样，一会儿就让孟正堂不得不闭上了眼睛。

闭上了眼睛，不等于睡着了。没有睡着，不等于不能做梦。真的和冯可雪说的一样，醒的梦，比睡着的梦还好。

原来有一种快乐，像酒一样，能把人灌醉。醉得好像昏了过去，死了过去。

某个时候，一个男人，千军万马不能把他擒拿，但却被一个弱女子征服。不是男人不够英雄，实在是女人的柔情不可抵挡。

这一段日子里，几乎每过个五六天，就会响起举行婚礼的鞭炮声。随着一个个小家的建立，独门独户的地窝子慢慢多起来，军营的特征不断失去，开荒队正在变成一个鸡飞狗跳炊烟乱冒的村庄。

所有人的婚礼草子都去参加了，只有老金的婚礼没有去。没有别的原因，只是不想见到老金，她不想让自己恶心。

除了冯可雪，没有人知道她和老金的事。她完全可以不把这个事当个事，该怎么活就怎么活。自己也是这么想的。

她想，她要再找个男人过日子。

可她忘了，还有老金知道这个事。其实她没有忘，主要是她想着这个事，老金是不会给别人说的。

但她没有想到，老金娶了新媳妇，太高兴了，喊了几个哥们儿喝酒。喝多了，说到了女人。

老金刚结了婚，有经验，都让他说。

高兴，又多喝了酒。就啥也不管了，想说啥就说了。说天下最舒服的事，是和女人睡觉。说同样是女人，睡起来，舒服是不一样的。

说开荒队的女人，睡起来最舒服的只有一个。

不想说出名字，哥们儿逼着说，就说出来了。

老金说出了草子的名字。

问他咋知道的。

老金不高兴了，说你们都是猪吗，这么简单的问题还要问。

大家就不问了，用不着问了，全明白了。

老金还说了一句,草子是个烂货,谁想上都可以。

真有一个男人,在黑夜里拦住了草子,要和草子舒服一下。草子当然不愿意,这个男人说,你就不要装了,老金可以睡你,我为什么不行。草子说,你不要胡说八道。这个男人说,你不要不承认,老金自己都说了,说你是个烂货,谁都可以上。

就算草子什么屈辱都经历过,都忍受过,也不可能遇到这样的事,听到这样的话不生气。她知道,从此以后,她在下野地的开荒队,想要过上她想过的好日子,是有些不大可能了。

一夜没睡着,天快亮时,一阵寒风吹过了身体。她哆嗦了一下,心里边说,这个老金真的不是个男人,太不像话了。

知道冯可雪夜里进了孟正堂的房子,让王生康一下子兴奋了起来。他知道这件事也许不会要一个人的命,但可以让一个人从此没有好日子过。

怕这个事不是真的,王生康辛苦了好多天,藏在队部前面的小树林里。连着看到了三次冯可雪半夜走进了孟正堂的房子,他才完全相信了。

光他看见了,相信了,还不行。这件事,得让更多的人看见,更多的人相信。

要办成这件事说起来一点儿也不难,只要带几个人守在孟正堂的房子四周,等到冯可雪走进去后,再等一会儿,等到里边可能有什么事,就冲进去,当场活捉,人证物证全拿到手。

说起来一点儿也不难,可要办起来却有些难。难的是他找不到可以跟着他干这个事的人。他知道许多士兵跟着孟正堂出生入死,和孟正堂的情感胜似亲兄弟。去找他们干这个事,不但不会干,还会马上去报告给孟正堂。这样结果不但达不到目的,反而会让他受到牵连。

不过，不管是什么事，只要想干，只要去想，总是能找到办法的。

不说是什么人，只说是有一个人，夜里进了孟正堂的房子，不说干别的事，只说是可能要暗害孟正堂。为了孟正堂的安全，必须要赶在这个人进到房子里之前，把这个人抓住。

这个办法果然有效，至少是几个人听到是这样一个事，全气得不行，表示坚决跟着王生康把想要暗害孟正堂的人抓住。

几个人不但是当过兵，还当过侦察兵，潜伏活捉是他们的拿手戏。没有费什么劲就在几天后的一个夜里把冯可雪抓住了。

除了王生康外，没有人想到抓住的人是冯可雪。

于是几个人在王生康的带领下，开始了对冯可雪的审问。

可不管怎么问，冯可雪就是说，孟队长感冒了，我去给他送阿司匹林。

在冯可雪的口袋里，真的装了几片阿司匹林。

问冯可雪送药为什么不在白天送，要在半夜去送。

冯可雪说孟队长白天一直在地里忙，没有时间给他送。

这个话显然大家不信，因为吃过晚饭后，都看到了孟队长在队部门口散步，好多人都和他说话，一点也没有感冒的样子。

王生康又说，有人看见你多次半夜去孟队长的房间，你不会是每次都是送药吧。

冯可雪不知该说什么了。

很容易听出冯可雪在说谎，一个人只要说谎，就是把什么东西藏了起来，不想让人知道。联系到冯可雪的个人经历，再想想老班长的死，都会觉得这个事情有些严重。

为了孟队长的安全，一定要让冯可雪说出真相。

冯可雪当然不会说。

不过，就算冯可雪什么都不说，这个事情还是很快就传遍了开荒队，并且有了各种各样的说法。说法像风一样，在开荒队刮来刮去。和所有此类的事情一样，等那些说法刮进了孟正堂的耳朵，已经没有一个人不知道了。

这个事，是草子给孟正堂说的，他们一直不停地问冯可雪，让冯可雪说出真相，冯可雪不说，就不让冯可雪走。

草子就去找孟正堂了，把事情给孟正堂说了。她去找孟正堂，只是不想让别人再问冯可雪了，怕把冯可雪逼出什么事。

审讯还在进行，大家问冯可雪，去了孟队长房子，以前干了什么，这次去，还想干什么？

冯可雪像霜打过的茄子，耷拉着头，一句话也不说。不想说真话时，或者说，说了真话，别人又不信时，最好的办法，就是什么都不要说了。

但这个时候，冯可雪什么都不说，不是王生康一个人不愿意，而是有很多人都不愿意了。现在许多人都支持王生康的做法，因为他们不希望他们的孟队长受到任何伤害。

为了孟队长，不能放过冯可雪。大家都这么想，也都在这么做。

许多人把冯可雪围了起来，你一句我一句地问着冯可雪。倒是王生康没有事可干了，拿了一杯子水，边喝边站在一边看。

对他来说，冯可雪讲不讲，已经不重要了。反正全都知道了，反正你不讲，也能猜想得到。

猜想有时比真相影响更大。

看到许多人都生气了，都对冯可雪有些不客气，王生康站了出来，说，我看这个事，就算了吧。冯可雪去的不是别人的房子，是孟队长的房子。只要她不是想暗害孟队长，我看就没有必要再追究了。

其他人却不听他的，他已经不是指导员了，只是一个副排长，这个事他是管不了的。其他人说，为了孟队长的安全，还是得让她说清楚。如果不是要害孟队长，又不是送药看病，那她半夜进去干什么呢？

王生康说，你们这些人怎么能这样呢？这样不是不给孟队长面子吗？行了，我看这个事就这样算了，大家都回去干自己的事吧。

王生康的话音还没有落下，另一个厚重的声音响了起来。

这个事不能就这么完了，大家想知道是怎么回事，就该让大家知道。

大家顺着声音看过去，看到了孟正堂，他正站在王生康的身后，表情很平静。

别的人都不知该说什么，只有王生康表功似的，对孟正堂说，孟队长，他们非要问冯可雪半夜去你房子干什么去了，我不要他们问，他们还不愿意，非要问，真是太不像话了。

看了一眼王生康，又看了看大家，孟正堂说，大家这么做，我知道，大家是关心我，我感谢大家。如果大家真的很想知道冯可雪半夜去我房子干什么去了，我也可以告诉大家。冯可雪和我正在谈对象，白天大家都忙着工作，没有时间，我就让冯可雪同志忙完了工作，再到我的房间来商量我们结婚的事。

说着，走到了冯可雪跟前，把虚弱的冯可雪扶了起来，又对冯可雪说，为什么不告诉大家，谈对象又不是什么见不得人的事，说出来，大家一定会为我们高兴的。

再转过脸，看着大家。孟正堂说，同志们，谢谢大家的关心，到时候，请大家吃喜糖啊。

听了孟正堂的话，所有的人都不吭声了。有些不好意思地低下了头，转身离开了。王生康更是走得快，好像逃跑一样。

只剩冯可雪和孟正堂了，冯可雪靠着孟正堂，一句话也说不出来，只是一个劲儿地流眼泪。

几乎就在同时，开荒队的人都知道了，孟队长要娶冯可雪当老婆了。

那时候，果子也正在经历着人生的一次抉择。一个大姐模样的女同志，喊住了果子，说有一件事要给果子说。果子就进了她的办公室。

大姐问果子有没有对象。

果子说我没有对象，一听果子没有对象，她马上说，那太好了，我给你介绍一个怎么样？

果子万万没有想到这个说媒的，说出的名字会是牟首长。

一听是牟首长，果子愣住了。看到果子发愣，以为果子不愿意。马上就说起了牟首长的好话。说那么多首长，像牟首长这样的首长真的是不多的，从来没有一点架子，对人和气得不行。

不是果子不愿意，是果子从来没有把自己和一个首长往一起想过。她只能说像她这样一个女人，没有什么本事和能耐，配不上首长。

大姐说，女人不要什么本事，只要模样好，懂事理，就是好女人。

虽然没有一口答应下来，但却没有说不。大姐说，不用马上作决定，给你两天时间，到时候我再来找你。

第二十二章

没有成夫妻，可老金还是领导，还直接管着草子。不管怎么说，在小卖部干活，要比在大田里干活轻松许多。风吹不着，烈日晒不着，还不用流太多的汗。草子也是这个原因，老金结过婚的第三天，走进了小卖部，草子朝着他笑了笑，向他表示了祝贺。

不过，老金没有太高兴，反倒叹了一口气。草子觉得奇怪，问为什么叹气。老金说，一个生瓜蛋子，啥也不懂，没意思。

什么意思，草子听明白了。看着老金，不知说什么。

没想到老金一把抱住了她，要和她干那个事。

这怎么能行，当然是要推开的。推的时候，老金说，你要是不愿意，就不要在小卖部干了。

听老金这么说，草子就没有再推辞。

过后，老金长舒了一口气，把裤腰带系上时，对草子说，早知道是这样，我就娶你不娶她了。

当时听了这话，草子就不那么恨老金了。

又过了几天，老金又来了。这次来，草子不但没有推，还主动搂了搂老金。

两个人好，是相互的。男人和女人好，就算是什么都给不了，给不了钱，给不了房子给不了地，至少也要给几句好话的。可这个老金，却在别人面前用难听的话糟蹋草子。这不能不让草子很伤心。

老金再一次来，草子问他为什么要说她的坏话。老金说他喝多了，不是故意的。

老金去抱她，草子推开了，草子说，再不可能了。

草子不能让这样一个男人想得到什么就得到什么。得让他明白有些话是不能随便乱说的。

老金说，你是不是不想在小卖部干了。

草子说，我不能干了，你也干不了司务长了，我会把你干的事，全都告诉孟队长，反正我已经到了这个地步，没什么可在乎的了。

老金说，孟队长不会信你的话。

草子说，那我就跟你老婆说。

老金说，她也不会信。

草子说，我只要说，你屁股上长了个什么样的痣，她一定会信。

老金不说话了，转过身走了。

一般情况下，一个男人和一个女人要结婚了，大家都会为他们高兴。但知道了孟正堂要和冯可雪结婚的消息，情况却有点儿不一样。

孟正堂不但是个能带领我们不断打胜仗的领导，还是个几乎没有什么缺点的英雄。能够配上这样男人的女人，不但要长得好看，更要善良纯洁。

因为冯可雪虽然相貌长得好看，也很善良，但她曾经有过的一段生活，却像是一片白雪上，落下了几个泥巴点。

要阻止孟正堂和冯可雪结婚，是很多人的想法，用不着王生康出马。老耿和几个人商量了一下，就去找孟正堂，给他讲不能娶冯可雪的理由。

可孟正堂这会儿，一点儿也不像好领导，他根本听不进群众的意见。不但明确表示不接受，还让大家少管他的闲事。说他已经想好了，除了这个叫冯可雪的女人外，他不会再娶别的女人了。

看跟孟正堂说不通，就去跟冯可雪说。看到这么多人来找她说这件事，冯可雪不能不格外重视。在认真听大家说完了以后，她很懂事地说，我知道大家不是和我过不去，而是为了孟队长好。只要为了孟队长好的事，我一定会去做的。

草子上厕所，看到门口放了一把扫帚，知道里边正在打扫，没有进去。站在门口等打扫完了再进去。

过了好大一会儿，打扫卫生的人走了出来。草子认出了他是谁，他就是原来在马号喂马的老郭。很早以前，因为发现了他和果子有亲热举动，就被王生康罚去打扫厕所。不但是打扫男厕所，连女厕所也一块儿打扫。

看到草子已经等在了门口，赶紧低下了头，说了一声对不起。那个样子，看上去不知有多可怜。

从进了厕所再出来时，看到老郭坐在不远处的树下抽烟，就走了过去。要知道，果子害得他不但要扫厕所，还害得他很有可能连老婆都找不上了。这时的开荒队差不多二百个男人，可女人只有一百个不到。一定会有一些人不能很快找到老婆。其中犯过错误的很有可能永远都找不上。

果子是自己的姐妹，姐妹做的错事都有一份责任。果子不知去了什么地方，没有机会来弥补自己的过失，她是不是可以为果子做点什么呢？也算是不枉姐妹好了一场。当然，也是给自己的生活一个改变。这么想了后，草子的脚步就转了方向，朝着树底下的老郭走去。边走边想怎么跟老郭把想法说明白。

看见草子，老郭一下子站了起来，拿起了打扫厕所的工具急急忙忙地走了。草子想起了一句俗语，一朝被蛇咬，十年怕井绳。

看着老郭的背影，草子想笑，可不知为什么，却一点儿也笑不出来。因为，她又想，谁能说，不是另一个原因，比如说，他也嫌自己脏。

等冯可雪回话，等了几天，也不见冯可雪来找他们。老耿和几个人就又找到了冯可雪。跟冯可雪说，有一个女的，和孟队长太相配了,希望冯可雪能把这个女的介绍给孟队长。

他们这么做,不是故意和冯可雪过不去。他们知道,别人去给孟队长说,孟队长不但不会听,还会很生气。只有冯可雪去说这个事,才有可能说成。当然,前提是冯可雪得态度坚决地不嫁给孟队长才行。

老耿他们给孟队长看上的那个女人,叫娟子。这以前,冯可雪没有太注意她,一下子来了那么多女人,有点注意不过来。听老耿说过以后,就去看那个叫娟子的女人。

也是有些巧,这一天娟子感冒了,来卫生室看病。冯可雪就把她看了个仔细。男人看女人,一般来说比女人看女人要准。娟子是个大眼睛的姑娘,眼珠子转来转去,灵活得很,好像会说话。皮肤不是很白,可很光滑,泛着亮。只有一点不好,下嘴唇凸出了一点,有点地包天,民间也叫老婆婆嘴。

想再看清楚些,本来治这个感冒给几片药就行的,可冯可雪却说,要打针。

娟子把胳膊挽了起来,让冯可雪打。冯可雪说不打胳膊,要打屁股。娟子还有点不好意思,四下看了看,看没有别的人在,就解开了裤腰带,露出了大半个屁股。冯可雪把打针的过程稍稍延长了一会儿,认真打量了娟子的屁股,它不但圆,还很结实,一看就能生能养。还能看出来,这个娟子,是个男人从来没有碰过的大姑娘。

打完了针,冯可雪还和娟子聊了一会儿天。问了一些娟子家里的情况,还问了娟子有没有对象。娟子说没有。还说,挺怪的,来开荒队这么多天了,别的姐妹都有人追,就我没有人理,可能是我长得太难看了。冯可雪笑了,说,不是你难看,你是太好看了,别人知道配不上你,怕追不上你,就不追了。娟子说,我好看啥,和你一比,我都丑死了。冯可雪说,你是真好看。娟子说,我们姐妹都说，开荒队的女人，就数你好看。

冯可雪说，我比你大一点，就认我个姐吧。娟子说，好啊，有你这个姐，看病多方便，是我的福气。冯可雪说，对象的事，别急，姐会给你介绍个好的。

下野地没有春天，雪一化，草一绿，太阳就厉害得不成样子。刚从土里边钻出来的庄稼苗，嫩得像水一样，经不起晒，一晒蒸发掉了，蔫头耷脑的，一副活不下去的样子。这个时候，水就像油一样，没有水，这一年的汗就白流了，就会啥收成都没有了。

冬天修的大渠这个时候用上了，孟正堂每天都要在渠堤上走一阵子，看着渠水跳舞一样翻着波浪，听着渠水唱歌一样发出的声响，他有些情不自禁地哼起了小曲。

不过，过了几天，再走到水渠堤岸上去，孟正堂却哼不出了小曲。不是不想哼了，是没有心情哼了。因为水渠里的水既不跳舞了，也不唱歌了，水少得连渠底都快盖不住了。根本没法再从支渠和毛渠进入庄稼地了。而这个时候，还至少有一半的庄稼地没有浇。

怎么会突然没有水了，这可是个大事。二话不说，骑上马，带着几个人，顺着水渠往上游跑，去找水渠里没有了水的原因。

跑出了有十几里地，找到了原因。

不是河里没有水了，河里还有水，还在往水渠里流。水渠分龙渠和支渠。一条龙渠连着好几条支渠。有一个水闸，管着龙渠里的水往哪条渠里流，流多还是流少。也就是说，有人把通向开荒队支渠的闸门给关了，让龙渠里的水全流到了另一条支渠里。

是的，一点儿也没有错。本来该流到开荒队的水，流到了另一个地方。那个地方也是庄稼地。只是这些庄稼地不是开荒队的，而是沙草村的。沙草村是一个村庄。生活着一群从各处逃荒来的农民。沙草村有一百年的历史了，有老老少少村民二百多人，和开荒队的人数差不多。村长叫刘大树。

找到了原因，按说事情就好办了。只要把关着的闸门提起来，让龙渠的水再流进支渠就行了。孟正堂起初也是这么想的。可当他让手下的人去把闸门打开时，却发现这并不是件容易的事。

因为在闸门四周站着十几个庄稼汉子，他们手里拿着一种叫坎土曼的农具。只是这个时候他们拿着农具站在这里，并不打算干什么农活。一大早刘大树就让他们来到这里，给他们说，谁要是动闸门就和谁拼命。

孟正堂当然不怕拼命，这么多年一直在拼命，多么凶险的场面都经历过。几个拿着农具的农民实在不算个什么。

可孟正堂手下的人没有能把那个闸门提起来。不是他们力气不够，也不是他们不够勇猛，要是孟正堂能下命令，不管使用什么手段，只要能把闸门打开。那他们不用五分钟就会解决问题。但孟正堂看到十几个农民护住了闸门，并做出了以死相拼的样子后，他摆了摆手，让自己的人退到了一边。孟正堂不能不这样做，因为他知道眼前的这些人不是敌人，而是称为兄弟的农民。而以往他们抛头颅洒热血，就是为了让这些人过上好日子。他不可能为了争水下达向他们进攻的命令。虽然他们有锋利的马刀。

只有一个办法，说服刘大树，让他愿意把闸门打开。

刘大树站了出来。四方脸，大脑袋，身体壮实。很有村长派头。

孟正堂说他们是给国家种地，说如果不赶紧浇上水，好多庄稼就得死掉，国家就要受损失。

刘大树说，今年缺水，要不也不会把开荒队的闸门关住了。

还说，道理他都懂，可开荒队是为国家种地，是国家养的人，就算庄稼旱死了，国家也不会让开荒队的人饿着，冷着。还是一样会有饭吃，会有衣服穿。可沙草村的人就不一样了，庄稼要是旱死了，就没有收成，就会吃不上饭，就会穿不上衣服。早些年发生过这样的事。

别看刘大树是个农民，可还挺会说，说的好像还挺有道理。可孟正堂不能一听刘大树这么说，就算了，不要水了。他让刘大树放心，现在新社会了，不会再有人饿死了。说只要把水放给开荒队，以后沙草村有什么困难，开荒队是可以帮忙的。

刘大树说，那就先帮个忙吧，等我们浇完了，就把水放下去，让你们浇。

问什么时候能浇完，刘大树说，还得个七八天吧。

孟正堂一想，再过个七八天，地里的庄稼至少得有一半会干死。可眼下好像也没有什么好办法，能说服这个刘大树把水让出来一些。

既然不能来硬的，那就往软的方面想。一看快中午了，就说请刘大树吃饭。说开荒队是沙草村邻居，大家早就该成为好朋友好兄弟。刘大树说请我吃饭，我也不会给你们水的。孟正堂说，不说水的事了，就交个朋友，你就去开荒队看看，给我们指导指导，种庄稼你是内行，我们要向你学习。

这一说，说得刘大树有些得意，人家公家的人给你面子，不能不要。于是就跟着孟正堂去开荒队吃饭了。

请刘大树吃饭，不能太随便，安排人去打了野鸡和野兔。食堂做饭要做一会儿，孟正堂说先带刘大树参观一下。

参观到了小卖部，草子在。进小卖部前，孟正堂就想着给这个村子送点什么。进去一看，有香烟有酒，就让草子拿了一条烟两瓶子酒。看得出来，这些礼品让刘大树有些意外和惊喜。

从小卖部走出来，正好赶上收工，好多人从大田走回营地。一群女兵说说笑笑走过来，看到了孟正堂全站了下来，向孟队长问好。只问孟队长好，没有问刘大树好。孟队长说，这位是沙草村的刘村长，是咱们的邻居。女兵们很懂事，马上给刘村长打招呼，向他问好。

问过好，女兵又往前走，走出好远了。刘大树还在看。边看边说，这些妮子，真是水灵，多好。

有了那些礼品，又有一桌子野味。几杯酒下了肚，刘大树就和孟正堂称兄道弟了。不等孟正堂说什么，到了酒快喝完时，刘大树自己说，我回去给村里人好好说说，把闸门打开，让你们的庄稼也能喝上水，只是兄弟有了难处，不能不管。

以为刘大树回去，马上就会给开荒队打开闸门，没有想到等了一天，还不见有水顺着渠道流过来。

再去找刘大树，刘大树说，没有办法，回来给村民说了，村民不愿意，说要等村子里的庄稼全浇透了，再把水放给你们。

孟正堂说，你不能这样子，你不是说咱们是兄弟吗？

刘大树说，没办法，我和你不一样，你是上级任命的，说了算。我这个村长，大家选出来的，要是不听大家的，我就干不成村长了。

孟正堂说，你这么说，水的事就没有指望了？

刘大树说，也不是没指望，有一个办法，可能能行。

孟正堂问是什么办法？

刘大树说，想办法让咱们变成亲戚，变成了亲戚就不一样了，就成了一家子了。

孟正堂说，怎么样变成亲戚？

刘大树说，容易得很，我看了，你们那里有不少女人，我们村有不少光棍，你们能嫁过来几个，你们就是娘家的人了，不就成了一家子了吗？

孟正堂瞪大了眼睛看着刘大树，怎么也没有想到刘大树会想出这么个办法来。

刘大树能想出这么个办法一点儿也不奇怪，他有个弟弟三十多岁了，还没有找上老婆。主要是村里人都知道他有一种病，一犯病，就口吐白沫，死过去一样，人事不知。没有一个女子肯嫁给他。不管这个女人长得有多丑。

没有想到刘大树会想出这么个办法，可仔细想想，也不是一点儿道理也没有。可开荒队的光棍汉比沙草村要多得多，哪里有女人可以再嫁到外边去。

看孟正堂一个劲儿摇头，说不行不行，这个办法不行。刘大树说，要不，就嫁一个过来。这话让孟正堂警惕了，马上问，是不是你还没有老婆。刘大树说，我有，是我弟弟还没有。孟正堂明白了，刘大树是想给他弟弟找个老婆，并且是想从开荒队找个女人。

如果真把一个女人嫁给了刘大树的弟弟，开荒队就真的和刘大树成了亲戚，那水的问题也许真的就可以解决了。种庄稼离不开水，庄稼要经常浇水才能长得好。要是在水的事上刘大树老给找麻烦，会对开荒队的生产发展影响很大的。

看来让一个女兵嫁给刘大树弟弟是对开荒队有好处的。只是这个事不像别的事，不是一条烟两瓶子酒，花几个钱买下来送给他就行了。万一没有女兵愿意嫁给刘大树的弟弟怎么办呢？这些女兵都是从农村出来，让她们回头再嫁给农民她们肯定是不乐意的。这个事就算孟正堂想这么办，可能不能办成他没有把握。孟正堂只能说，你弟弟的事我们应该帮忙，可这个事能不能办成我还没有把握。刘大树说，你只要办，一定能办成，我知道，你们公家人，最听领导的话了，领导安排的事，就是上刀山下火海，都不会说不字。

孟正堂说这个事不是别的事，要有合适的人才行，给你的弟弟找媳妇，也得挑个好的呀。没想到刘大树马上说，我看，用不着挑了，那个小卖部里卖东西的姑娘就行。

看来这个刘大树早就盘算好了。

只是不知道草子会不会愿意嫁给刘大树的弟弟。

不过，不管草子愿意不愿意，孟正堂还是先答应了下来，只是答应下来的条件是刘大树必须给开荒队开闸放水。

刘大树说，行，我开闸放水，不过，三天里这个事没有结果，我还会把闸门关上的。

第二十三章

很顺利，果子和牟首长结婚了。

没法不顺利，什么都有人安排，一点儿也用不着果子操心。果子只要脸上带着笑，一步步往前走就行了。

走到了床边，果子有点不知该怎么走了。

不是果子装的，果子当然知道接下来会发生什么事。只是果子不知道，这个时候，她应该是被动一点呢，还是主动一点呢。太被动了，会让牟首长扫兴，太主动了，又会显出她的经验，让牟首长怀疑她的经历。

从长远去想，还是要被动一些。不过，就算是被动一些，也不能让牟首长扫兴。

果子先给牟首长吹了一曲竹箫，然后放下了竹箫，脸上带着红红的羞色，靠近了牟首长。

果子的样子一直很被动，可她却在被动中把握着细微的变化，正是这些变化让牟首长很激动，很高兴。

婚后第三天,牟首长说要去农场看看,问去什么地方,牟首长说去下野地。

说到下野地,马上想到了开荒队。想到了开荒队,自然就想到了冯可雪她们。真想跟着牟首长说,跟着他去下野地,去开荒队。

可果子只是想了想,什么都没有跟牟首长说。

她知道,不管她有多么想冯可雪她们,她也不能给她们写信,更不能去看望她们。

想到这,果子心里边有些难受。

难受还不能让牟首长看出来,还要很轻松的样子,问去干什么。牟首长说,有人写了告状信。

果子问告什么状?

牟首长说,说有一个开荒队的队长乱搞男女关系。

孟正堂想,给草子直接去说这个事,不太好说。把冯可雪找来了,让冯可雪去说。冯可雪说,不太好说,村长的弟弟长得什么样子都不知道,怎么去说。

只能给冯可雪说明白,这个事不光是婚嫁的事。关系到部队和地方的团结,关系到子弟兵和老百姓的鱼水情。说具体点,还关系到开荒队庄稼能不能丰收,事业能不能发展。

这么多关系听得冯可雪有些糊涂,可有一点她知道,这是一件极其重要的事,不然的话孟正堂不会安排她去办这样一件事。再说了,不管是什么事,只要是孟正堂安排的,她都会全力去做。

怕草子不愿意,冯可雪给草子说以前,要怎么说,好好想了想。一是要说,让草子去,不让别的女人去,不是和草子过不去。主要是村长看上了草子,点了草子的名。二是一直想报答开荒队,报答孟队长,这正好是个机会。

没想到，草子一听，没多问。只说，只要不是个死人就行。

没想到这么顺利，孟正堂很高兴。给草子说，谢谢你了，你永远都是开荒队的人，待着不顺心了，想回来，啥时候都行。草子说，这不用你说，冯可雪是我姐，只要她在开荒队，开荒队就是我娘家。

第二天，就去了沙草村。去看村长的弟弟什么样。一看，长得还挺周正。草子没多想，只是觉得这样一个男人，不该娶不上女人。村长弟弟一看草子，更是欢喜得不行。

都没有别的话了，马上定下了日子，十天后，就把人嫁过去。

这个相亲，不同一般，孟正堂亲自带着冯可雪和草子去的。相完了亲，孟正堂对刘大树说，告诉你，草子嫁过去，可不能让她受委屈。还有，不能人嫁过去了，你说话不算数了，你要是说了不算，在水的事上再卡我们，我就让草子回开荒队。

刘大树说，孟队长，你放心吧，水的事，不会再难为你了。只要渠里有水，就不会让你们的庄稼渴着。

别说，刘大树还真说话算数，接下来的日子里，流往开荒队的水，一直再没有断过。当然，草子也在定下的日子里，嫁到了沙草村。

跑的跑，走的走，死的死，嫁的嫁，当初的五个姐妹，还在开荒队的，只有冯可雪一个人了。

一个人在房子里，冯可雪没法不去想一些事，一些事只要想起来，冯可雪没法不难受。不想让自己难受，冯可雪不想一个人住。就对娟子说，让娟子搬过来一块住。娟子很愿意。和四五个人挤在一间地窝子里，干什么都不方便。

让娟子和自己住，不光是不想一个人住，还有另外的想法，怕娟子被别的男人追走了，和娟子住在一起，等于是把娟子保护起来了。

把娟子保护起来，不是为了别人，只是为了孟正堂。

孟正堂一直忙得不行，连说话的机会都没有。好多次半夜想去孟正堂的房子，但想了想还是没有去。这个事已经被别人知道了，她不能再去了，再去，别人就会拿这个事去抓孟正堂的小辫子。

冯可雪好不容易找了个机会，看吃过晚饭后没有开会，就去了队部。

冯可雪对孟正堂说，你是不是要考虑一下个人的事了。

孟正堂说，是该考虑了，这样吧，收完了麦子，咱们就把事办了，有什么要准备，你去准备就行了，其实也没什么准备的，你只要准备当新娘就行了。

冯可雪说，今天我就是想给你说这个事，我不能当你的新娘了。

孟正堂说，为什么？

冯可雪说，我不配。

孟正堂说，为什么？

冯可雪说，你该找个更好的。

孟正堂说，在我看来，没有比你更好的了。

冯可雪说，有一个比我好。

孟正堂说，除了你，别的人我不会娶。

冯可雪说，你不能逼我。

孟正堂说，可要娶谁，得我说了算。

冯可雪把娟子带到了孟正堂面前，对孟正堂说，这是我妹妹，你看看。孟正堂看了一眼。冯可雪说，是不是比我好。

孟正堂说，不能这么比。

娟子坐了一会儿，没有说什么话，冯可雪让她先走了。她走了以后，冯可雪和孟正堂继续说着娟子。

冯可雪说，你就娶了她吧，娶了她，会有福气的。

孟正堂说，天下好女人多得很，我只能娶一个。

冯可雪说，在开荒队，我看了，她是最好的。

孟正堂说，我知道该怎么做，这个事，就这么定了，你就不要再说那么多了。

不让说，也要说，冯可雪说，你这么看得起我，你对我这么好，我知足了。这一辈子，我算没白活。可我不能嫁给你，真的不能。我是什么人，我经历过的事，你是知道的，你娶了我，你的部下，很多人，都会骂我，说我是坏女人，勾引了你，害了你。也会说你的，说你瞎了眼，找了个烂货，大家看不起你，就不会服你，你是队长，大家都不听你的了，荒还怎么开？生产还怎么搞？开荒队就完了。

冯可雪的话，让孟正堂有点吃惊，娶个女人，这么复杂，他还真没有想到。没有想到，被冯可雪提示了，就不能不想一想。就没有再说非娶冯可雪的话。

冯可雪说完了，没有马上让孟正堂表态。她看出来了，自己的话，还是让他多想到了一些问题。

冯可雪说，你想想，明天再给我说。

看到孟正堂不再那么固执了，冯可雪有点高兴。可刚高兴了一会儿，就有些高兴不起来了，因为娟子那边有了新情况。没有想到她还没有开口，娟子就说，有个男人来找她了，说看上了她，要娶她。问她是谁，她说是王生康。问娟子怎么样。娟子说我看这个男人长得挺好，还是个副排长，条件挺不错的。冯可雪说，这么说，你打算嫁给他了？娟子说，我想，他要是真娶我，我就嫁给他了。冯可雪说，这怎么行，不是说好了吗，你是嫁给孟队长的。娟子说，刚才在孟队长那里，我看他对我凉凉的，一点儿意思也没有,他还是喜欢你的,还是你嫁给他吧,我还是算了。冯可雪说,娟子,我不是害你,真的是为了你好,孟队长是个好男人,那个王生康,我告诉你,不行的,别看他长得眉目清秀,心狠着呢。我有一个姐妹,就是被他逼死的,他原来是指导员,犯了这个错误,才把他下放去当副排长的。你不能嫁给他的。娟子说,你说的是真的啊?冯可雪说,我是你姐,还能骗你呀。娟子说,我听你的。冯可雪说,想让你嫁给孟队长,不是我一个人这么想,开荒队许多人都这么想。娟子说,我也没啥本事,大家咋这么看重我。冯可雪说,女人长得好看,就是本事。娟子说,可你更好看。冯可雪说,妹子,有的女人好看,光是脸上,还有的女人好看,不光是脸上,还有身上,还有心里边。娟子说,你就别夸我了,反正我听你的,出门在外,身边没有亲人,我就把你当亲人了。冯可雪说,那个王生康再来找你,你别理他。

第一眼看到娟子,心很紧张地跳了一下。这以前,那么多女人,心没有这么跳过。去给娟子说要娶她时,心跳得更厉害。怕娟子会说不。

听到娟子没有说不,王生康高兴了。好久没有高兴了。没法高兴,犯了错误,撤了职,很丢人的事。不过,心里不服,他那么做,也是为了工作,为了革命。为这个事,他给上面写了信。明明孟正堂和女人睡了觉,啥事没有,实在不公平。不过,要是能娶上娟子,倒也是一种补偿,让他能平衡一下。因为,在他看来,冯可雪是比不上娟子的。说模样,娟子不差不说,主要是娟子是黄花大闺女,身子是干净的。就这一点,就把冯可雪比下去了。说真的,知道孟正堂要娶冯可雪,他不难受。倒是真希望孟正堂能把冯可雪娶上。娟子一来,他就看上了。可不敢说,就是这个原因。真是没有想到,一说,娟子就愿意了。看来,人不会总是倒霉的,老天长着眼呢。

怎么也没有想到，还没高兴两天，情况就有了变化。再去见娟子，娟子还是那个娟子，可态度变了。娟子说不能跟他好了。问娟子为什么，娟子说，我姐让我跟别人好。问娟子，你姐是谁？娟子说，是冯可雪。一听是冯可雪，牙根发痒，这个臭女人，真成了对头了。再问娟子，让你嫁给谁？娟子说，嫁给孟队长。

一听是嫁给孟队长脑袋更大了，马上说，不行，你不能嫁给他。娟子说，为什么不能？他告诉娟子，孟队长看上的是冯可雪，你嫁给他算什么。娟子说，那冯可雪姐为啥还让我嫁给他。王生康说，她这是坑你，你可不能上她的当。娟子说，冯可雪是我姐，她不会坑我的。王生康说，你知道冯可雪是个什么人？她压根儿就不是个好人。娟子说，你可不要瞎说。王生康说，你可能还不知道她以前是干什么的。娟子说，是干什么的？王生康说，听说过窑子吧。娟子说，不知道。王生康说，就是女人在里边，不干别的事，就是等着伺候男人。男人来了，和男人干那个事，干完了，让男人给钱。不过，现在新社会了，没有窑子了。娟子说，你说，冯可雪姐干过这个，我不信。王生康说，不信你去问她。

真去问了冯可雪。冯可雪不想说那些事，去说那些事，就像往伤口上撒盐。可她不能骗娟子，有些事，可以不讲，但要讲，就得说实话。冯可雪说，妹子，姐是有过那么一段日子，现在想想，像个噩梦……

说着说着，冯可雪的眼泪流了下来。听着听着，娟子的眼泪也流了下来。到了最后，娟子说，我还会把你当姐姐的。

冯可雪说，你还是要嫁给孟队长，不能嫁给王生康。

娟子坚决地点了一下头。

牟首长来到了下野地，来到了开荒七队。

一见到牟首长来了，王生康就知道和他写的信有关。作为一个党员干部，有什么问题及时向上级汇报是没有错的。并且又有了新情况要向牟首长汇报。

牟首长还没有进队部，还没有见到孟正堂，就被王生康半路拦住了。王生康又说了一条孟正堂的新错误，说孟正堂本来在和冯可雪谈对象，并且已经发生了关系，可看到了更年轻更单纯的娟子后，就不想再要冯可雪了，又要去娶娟子当老婆。完全丧失了一个革命干部应有的基本品质。

听了王生康的话，再见到孟正堂，牟首长脸色不好看。也不拐弯，不绕圈子，让孟正堂说明白到底是怎么回事。

牟首长不是别人，他是组织，是上级。不能说假话，有什么得全部说出来。说完了以后，孟正堂说，我真的是想娶冯可雪当老婆。可冯可雪不愿意，说啥也不嫁给我。

牟首长说，人家不嫁给你，你也不能硬娶别人。

孟正堂说，是啊，这个道理，我当然明白。首长，你能不能给冯可雪说一声，给她做做工作，让她嫁给我。

牟首长见到了冯可雪，问冯可雪是不是不愿意嫁给孟正堂。冯可雪回答得很干脆，说，是的，我是不愿意嫁给他。再问冯可雪想嫁给谁，冯可雪说我谁也不想嫁。

问过了冯可雪，又问娟子。问娟子到底是愿意嫁给王生康，还是孟正堂。娟子说，我愿意嫁给孟正堂。

该问的问过了，找到王生康，对王生康说，那个娟子，你就不要再想娶她的事了。王生康说，她是愿意嫁给我的。牟首长说，我问她了，她说想嫁给孟正堂，不想嫁给你。王生康说，她是看孟正堂是队长，怕不嫁给他，会受到打击报复。牟首长说，你说的不对，孟正堂没有逼娟子。这个事，就这样了，你还是好好工作，犯了错误没有什么，只要改了，还是好同志。

再回到队部。跟孟正堂说，别娶冯可雪了，还是娶娟子吧。孟正堂问，为什么？牟首长说，不为什么，冯可雪说了，不想嫁给你。娟子说，想嫁给你。你只能娶娟子。孟正堂说，冯可雪说的不是心里话。牟首长说，你进到人家心里看了，你怎么知道人家说的不是心里话。我看这个事，就这样了，那个娟子我看了，很不错的。个人的事，别太费心了，这样会影响你的精力的，你还是要把心思用在工作上，还是要想办法把生产搞上去。

一件看起来很复杂的事，就这样让牟首长一下子给解决了。

个人的事情解决了，牟首长让孟正堂带着他去看新开出的荒地。荒地不再荒，麦苗已长高，高过了膝盖。走在田块之间，像走在画里边。

牟首长蹲下来，仔细看麦秆麦叶。牟首长说，快抽穗了，灌浆期不能缺水，一缺水，就没有丰收了。

孟正堂说，首长，你放心，水的事，我们已经彻底解决了。

牟首长说，好多农场，因为水，和地方的老乡发生了冲突。

孟正堂说，我们这也差一点。

牟首长说，你用了什么高招。

牟首长说，那个村长的弟弟没老婆，在开荒队找了个老婆，现在成亲戚了。

牟首长说，倒也是，成亲戚，事情好办了。

从地里回来，吃饭的时候，问牟首长要不要听竹箫。牟首长说，算了，不用了，我现在可以经常听到竹箫了。

孟正堂没有问，牟首长主动说了，说他找了个老婆，也会吹竹箫，吹得也很好听。

牟首长回到了家里，给果子说了在下野地遇到的事。一般的事，果子听了，也就听了，不会多问什么。可不知为什么，说到下野地的事，尤其是说到开荒七队的事，果子不但听得仔细，还问个不停。问到后来，问得牟首长都有点烦了。说这些事和你也没有什么关系，你知道那么多干什么？果子也不知怎么回答。只是说我就是想不通那个叫冯可雪的为什么不嫁给孟队长。牟首长说，那个女人和一般女人不一样，看得出来，她是喜欢孟队长的。可能是因为她当初有过一段不好的经历，不想让这个事影响了孟队长。听牟首长这么说，果子不再问了。可她只是嘴上不问了，心里边还在问，问谁呢？问冯可雪，知道冯可雪听不到，还是要问。问到后来，就为冯可雪担心起来。不管在什么地方，一个女人活下去，要活得好一些，实在是不能离开一个好男人的。暗暗叹了一口气，恨自己不能在开荒队，不能当面劝冯可雪嫁给孟队长。

好姐妹就是这样，光自己活得好还不行，要姐妹也活得好才会真的高兴起来。

刚向牟首长保证浇灌庄稼的水不会有问题，问题就来了。浇水的人来报告说没有水了。怎么会呢，不信。去渠道上看。一看，果然水渠里没有水了。跑到上游一看，闸门又关上了。这个刘大树，怎么说话不算数呢？

去村子里找刘大树。看到刘大树正和草子吵架。

草子虽然人嫁过来了，可心还没有过来，还在开荒队。明白自己嫁过来，不光是找个男人过日子，还有一个任务是要完成的。这个任务是要常去那个闸门看看。去了，一看，闸门关上了，水流不到开荒队了。就去找刘大树。刘大树说，你是沙草村的人，要为沙草村着想。草子说，我的娘家是开荒队，你不能做坑开荒队的事。刘大树说，什么娘家，没有爹也没有娘，算不上娘家，你就别当真了。草子说，你快去开闸放水，你要不去，我就回娘家了,再也不回来了。说着,真的回去收拾起了东西。

刘大树的弟弟跑出来,给刘大树说,哥,你快去开闸门吧,她真的要走了。这些天,有了草子,弟弟好多了,脸上老挂着笑,而过去犯的那病,自从草子来了以后,就再也没有犯过。

看草子真要走,刘大树也怕了。只好过去跟草子说,好了好了,别耍小孩子脾气,我这就去把水闸打开。

看到孟正堂走过来,刘大树主动迎上去,大声地说,真是太气人了,不知是哪个家伙把水闸关上了,我这就去打开,耽误咱们开荒队浇水了,真是对不起了。

刘大树以为孟正堂不知道情况,其实孟正堂站在院子外边,听到了他和草子吵架。不过,他就像什么都不知道一样,说没有什么,他只是看看草子。草子看到孟正堂来了,很高兴的样子。一定要留下孟正堂吃饭。孟正堂说太忙了还是下次吧。草子看留不下孟正堂吃饭,就对孟正堂说,让他回去给冯可雪捎个话,问她好。孟正堂也让草子常回开荒队看看。

孟正堂走出了几步,又回过头,朝着草子挥了挥手。心里边想,看来,有了草子,那个水闸不会再关上了。

第二十四章

故事进行到了这个时候,似乎有些差不多了。五个女人都好像有了各自的归宿。好像每个人都不会再有什么新的故事了。

对了,有一个女人该说说了。那就是枝子。

枝子和刘二狗跑了,这一跑就再没有影子了。不过,就算没有影子了,他们也不可能跑到天上去。其实他们一直就没有离开过那条山谷。山谷里有水有草,活起来一点儿也不难。

不但活了下来，还活得很不错。刘二狗有枪，一开始，用枪打猎，不愁没吃的。山上有树，有草，盖个房子很容易。不愁没住的。在山里走来走去，遇到一些牧人，他们说着听不懂的话，可心肠都好得不行。先当客人，几碗酒一喝，就成了朋友，成了兄弟。牧人有羊有牛，老被狼来祸害。让刘二狗帮他们打狼。刘二狗的枪法好，狼只要来了，几乎没有能跑得掉的。打死两只狼，就给他一只羊，打死五只狼，就给他一头牛。没过半年，刘二狗和枝子就有了一群羊和一群牛。

不但有了牛有了羊，还有了孩子。头一年生的孩子是个男孩子，过了两年又生了一个，是个女孩子。

日子过得好，会把一些事忘掉。可对枝子来说，有一些事，有一些人，却怎么也忘不掉。没有事时，和刘二狗闲聊，说着说着，就说到了几个姐妹。说想她们，说想她们时，还不由得会掉几滴泪。

山里东西很多，可有些东西山里没有。比如说盐和茶，还有布和粮食。隔一段日子，牧民就要出一次山。骑上马，带上牲畜和走兽的毛皮，走一天或两天，去换一些生活必需品。刘二狗也一块儿跟着出去。牧民也愿意他一块儿去。他会说汉语，交换起东西来，会更方便。

只要刘二狗出去，枝子都会说一句话。别忘了，打听着，我那几个姐妹，也不知怎么样了，真是太想她们了。

和一群牧民骑马走在一起，没人能认出他是谁了。一脸的大胡子让他完全没有了当兵时的样子。就算是一块儿打过仗的兄弟遇上了，也不会知道他是谁。别说，还真的在一个小镇遇上了一个兄弟。他就是司务长老金。

老金正在小镇上采购东西，一群牧民也来买东西。刘二狗一眼就认出了司务长老金。一点儿也没有想到，站在那里看着老金，不知说什么好。老金觉得一个人老盯着他看，就抬起头看了一眼，一看是个牧羊人，不认识，就不再理刘二狗了。

老金不理他，他不能不理老金。好多事，一下子想起来。枝子的嘱咐，更是没有忘。刘二狗主动凑了上去。刘二狗说，你不认识我，我可认识你。听刘二狗开口说话，老金又理刘二狗了。

老金说，你会说汉话啊。

他把刘二狗当哈萨克了。

也难怪，在山里边和牧人一块生活，受他们影响，连穿着都变了。

刘二狗说，说不好。

他说话时，故意不好好说，故意说得很生硬。

老金说，你认识我，你怎么会认识我，真是奇怪。

刘二狗说，你们是不是去过天山峡谷，在里边打过土匪。

老金说，是啊，你怎么知道？刘二狗说，我在山上放羊，看到你们了。

老金想了想，是有这回事。在天山里，往外走时，常遇到山坡上有放羊的人。

刘二狗说，和你们一块儿的，还有几个女的，长得可真好看。

听这一说，老金更相信了，马上说，谢谢你们了，最困难的时候，你们还帮了我们的忙啊。

刘二狗忙说，应该的，应该的。你们后来去了什么地方，你怎么也在买东西？

老金说，从山里出来后，我们就不打仗了，去开荒了。离这不远，往北走，有个三十里地就到了。

刘二狗说，那几个女的，还跟着你们呢？老金说，五个女子，现在只剩一个了。

刘二狗说，怎么只剩一个了？

老金说,一个跟着逃兵跑了,一个跑回了城里,一个上吊自杀了,一个嫁给了农民,只剩了一个,当了卫生员。

刘二狗又问,谁死了?

老金说,木子。

刘二狗又问,谁去了城里?

老金说,果子。

刘二狗又问,谁当了卫生员?

老金说,冯可雪。

问完了这些,再没有问,因为不用问,也知道谁嫁给了农民。也不能再问了,老金被问得有些不耐烦了。说,你问这些干吗,你一个放羊的,咋还操心这些事。刘二狗咧了咧嘴,没有再说什么。也没有什么可说的了,想知道的全知道了。

刘二狗回去给枝子一说,把枝子激动得不行,也难受得不行。再一次出山换东西,非要骑着马跟着一块儿出来。

出来后,到了小镇,别的人去换东西了。枝子和刘二狗却往北边走了,走向三十里外的一个地方。

这天下午,有两个哈萨克族牧羊人,一男一女走进了开荒队。看不清脸的样子,不是光线不好。主要是男人脸上长满了胡子,女的用大纱巾蒙住了脸,没法看清。起先不知道他们来干什么,只看到他们骑着马在营地里乱转。

有一阵子还转到了木子的坟前。在坟前还停了一会儿。

离开了木子的坟,两个人没马上离开,而是走进了营地,停在了一间房子前边。

那间房子的门上挂了个白色的布帘子,上面印一个红色的十字。

男的没有进去,站在门口守在马的旁边,只有女的一个人进去了。

不用说，她是得了什么病，要进去看看病。没有人注意到这件事，因为经常会有地方上的农民和老乡来开荒队看病。

那个女人进去后，待了很久。直到天快黑了才走出了那间房子。

两个人走了后，又有人来看病。看到冯可雪脸上还有泪痕，问冯可雪怎么了？冯可雪擦了一下眼睛说，没事。

成了首长夫人的果子，走在院子里，好多人都朝她打招呼。牟首长官那么大，在外边前呼后拥，可回到家里，一点架子也没有。常常会有些心疼她的举动和话语，让果子感动得眼睛不由得会湿。果子做不了别的，只能在妻子该尽的义务方面，尽量做得体贴细微，让男人明白一个女人能给的好，有多么大，多么重要，是不能随便得到的。就会反过来对女人格外看重。

女人的好，很多。可有一样好，男人很看重。男人要想传宗接代，男人得靠女人，靠女人给他们生孩子。女人要真想让男人高兴，就得给男人生个孩子。

也就是说，这会儿，果子最大的心愿，就是给牟首长生个孩子。女人生孩子，天生就会，按理说很容易的。可果子却一点把握没有。没有把握不是怀不上孩子，而是怀上了，怕会在肚子里待不够天数，就变成一摊血水流出来了。这不是乱想，是同样的事情在她身上发生过，那会儿，怀上了孩子，不能生下来，就想办法流掉。流了两次，就成了习惯性的了。

果然，不久就怀上了牟首长的孩子，可没过五个月，就没有了。住了一个月院也没有能保住。牟首长没有责怪果子，还安慰果子，说这次不行了，还有下次。果子不能告诉牟首长原因。只能是对牟首长更好。

发现丈夫有病，是在一次吵架时，很小的一件事，吵了起来，他就犯病了，口吐白沫，倒在地上，人事不省，好像死了一样。把草子吓得不行，喊来了刘大树。刘大树说，没事，过一会儿就好了。真的是没过太长时间，丈夫就醒了过来。不过，草子再看丈夫，就觉得不是原来的样子了。

冯可雪来看她，草子就把这事说了。冯可雪说，这个刘大树太坏了，要是一开始说了，就不会让你嫁过来了。草子说，干脆跟他离了，回开荒队去。冯可雪说，你一回去，刘大树肯定气死了，就会关上闸门，不给开荒队水了。听冯可雪这么一说，草子也就不再说离婚回开荒队的事了。

一开始骗了草子，怕草子生气，真的离婚了，回开荒队去，刘大树有点主动巴结草子，尽量让草子高兴些。村子里原来的妇女主任不干了，要换个新的，刘大树就让草子当了妇女主任。要说识字，草子识的字比村里女人多，要说见世面，草子也比村里女人见得多。还有长相，那就不用说了。当妇女主任，对草子来说一点儿也不困难。上到土台子上说话，比刘大树还能说，说得还好。正好全国在搞扫盲，村子里就办起了一个扫盲班，让草子当起了老师。

草子一下子忙了起来，成了村子里很有面子的人。这样一来，丈夫有病的那个事，她就不再去想那么多了。就在这个时候，谁也想不到的一件事发生了。春天到了，丈夫想编几个筐子用。去野地里割柳树条子。柳树多半长在渠道边上，正割着柳条子时，丈夫的病犯了，晕倒在了渠里。被很浅的渠水给淹死了。别的人，都觉得是个大灾，为她难受得不行。大家早把她当成村里人了，而且还是个重要的人。都跑来看她安慰她，却不知道她其实并没有那么伤心，因为对这个丈夫，实在还没有产生一点和爱相关的情。但她还是流下了眼泪，和村里人一起把丈夫埋掉了。

按说这个时候,她完全有理由回到开荒队了。冯可雪来了,带来了孟正堂的话,说要是真的在沙草村待不下去了,可以回来。可不知为什么,这个时候的草子,倒不太想离开沙草村了。人在什么地方都活,沙草村的人这么看得起她,让她当妇女主任,还让她当扫盲班老师。她这样的女人,能活到这个份儿上,从来没有想到过,她不能给脸不要脸。

听说草子还要在沙草村待下去,沙草村的人高兴,开荒队的人也高兴。沙草村人高兴,是把草子当个人物,草子能干别的村妇女主任干不了的事。开荒队的人高兴,是不用再担心渠水流不到庄稼地里了。

开荒队有了一台拖拉机,草子说了一句话,拖拉机就开进了沙草村,用了一个上午,就把沙草村的地翻耕了一遍。把沙草村的人都看傻了,连着好几天,大家见了面都在说拖拉机耕地的事。都说草子实在是太有本事了。

还有一个夏天,天实在旱得太厉害了。刘大树来给草子商量,问能不能把给开荒队的水截一部分下来。草子说,你要是敢少给开荒队一滴水,我就马上走人。听草子这么一说,刘大树再也不敢说少给开荒队水了。

刘大树这么听草子的话,还有个原因,就是有一天刘大树的老婆回娘家了。刘大树跑进了草子的房子。看到刘大树进来,草子没有说什么就让他进来了。进来以后的刘大树,抱住了草子,草子没有动。只是看着他,看得刘大树发毛,连声说,以后,不管什么,你说了算。草子说,不能和开荒队过不去。刘大树说,再不会有半点过不去。草子想了想,叹了口气,就让刘大树把她摁倒在了床上。从这以后,刘大树和草子的位置就换了个。刘大树再说话办事,要看着草子的脸色。

事情到了这个份儿上,不是村长的草子,实际已经是沙草村说一不二的人了。

娟子和孟正堂结婚,忙的却是冯可雪。

新房怎么布置,全是冯可雪安排的。从铺的褥子到盖的被子到毛巾盆子，都是冯可雪带着娟子去县城买的。到了结婚那一天，冯可雪还用红纸剪了好几个喜字，分别贴在了门上和窗户上。

要举行婚礼的这天下午,冯可雪把娟子喊到了屋子里,给娟子说了许多话。冯可雪的话,让娟子的脸一阵阵发红。不过,不管脸怎么红,还是听得很认真,看得出娟子是想把冯可雪的话全记住。

晚上的结婚仪式，并没有因为孟正堂是队长就和别人有什么不一样。要说有什么不一样,只有一点不一样,那就是冯可雪表演了一个节目,用竹箫吹了一支曲子。

孟正堂的婚礼只有一个人没有来参加,那就是王生康。

婚后第二天,从新房里走出来,娟子去见的第一个人就是冯可雪。没有人知道她和冯可雪说了什么,但能看到娟子脸上的红晕多日都没有消退。再有人要结婚,作为队长的妻子,娟子总是不忘给要当新娘的女人说,有什么不懂的去问问可雪姐。

从此后，开荒队的女人做新娘时，都会去和冯可雪说一些话。只要去和冯可雪说了一会儿话的女人，走出新房时样子都变得比原来好看了。而原来做新娘时没有和冯可雪说过什么的,就会在做了新娘后,找一个空闲的时间,去卫生室看病。只是这种病,好像并不用吃什么药打什么针,只要听冯可雪说一说,病就会好了。

很快,开荒队的每一个女人都和冯可雪成了好姐妹。

看冯可雪没有嫁给孟正堂，开荒队一些男人就想和冯可雪有一种更紧密的联系。可不管是用什么方式，不管是让人牵线或直接表白或写信送东西，结果全都一样，是被一种淡淡的笑所拒绝。因对所有的人都是一样的态度，并没有轻重厚薄不同，就算被拒绝也不会真的恼怒，反而在心里把这个女人放到了更高的位置。因为冯可雪说出的理由不会伤到任何人的自尊。冯可雪说，不是你不好，是我不打算再嫁了，今后我一个人过，你就当我的大哥吧。

只有一个人一直很固执，冯可雪怎么说都不行，这个人就是肖海。他不但用嘴说，还用笔写。不光是写信，还要写诗。那诗写得有的像水一样，有的像火一样。只要是个女人，看了这样的诗，一般来说身子没有不发软的。冯可雪是女人，身子也会发软，要不是把心已经交给了孟正堂，没准就会真的淹没在了肖海的海里边了。想让肖海断了那份念想，给肖海全说明白了，说她的名字有个雪字，可身子不是一片雪了。可肖海说，女人只要心好心干净，身子就永远像雪一样。冯可雪说你是读书人，我与你不配。肖海偏说，从古到今，不知有多少故事，说的都是才子和红尘女子爱得死去活来。冯可雪说，结果好像没有一个好的。

后来，冯可雪给他介绍了一个秀气可人的女兵。开始他不要，冯可雪说，你处上一个月，要是不行，我就嫁给你。一个月内，小女兵见了冯可雪有十五次。不到一个月，冯可雪再见到肖海，问肖海怎么样了。肖海红着脸，再不说非要娶冯可雪了。也难怪，小女兵每见冯可雪一次，小女兵就像洗了一次热水澡，整个样子看上去一次比一次水灵，女人的那股味也一次比一次好闻。让肖海再写诗时，一想就想到了小女兵。心想到了，别的地方也会跟着想。这么想来想去，肖海就忍不住把小女兵抱到了怀里。

这以后的日子，常会看到冯可雪在收了工吃过晚饭后，身着一身素洁的衣衫，多半是白色或浅灰色的，手执一根竹箫走出屋子，走到营地边上的一片草地上，让竹箫流出一种水一样的声音，湿透一片飘来荡去的烧饭的烟雾。这个时候，营地上的人，不管是男的还是女的，不管正在干什么，都会安静下来，把一支曲子一直听完。

五个会吹竹箫的女人，虽然只剩一个了，可开荒队的人还是能常常听到竹箫的声音。

竹箫的声音可以经常听到，可马刀却不能经常看见了。只有走进队部，才能看见在墙上挂着一把马刀。大部分马刀变成了农具，还有一部分马刀放进了仓库。当然，如果到了某个节日，如八一建军节，开荒队要搞一些庆祝活动，会把部分马刀从仓库拿出来，擦掉上面的灰，让它们重新集合，与骏马一块表演。透过翻飞的马刀闪射出的光芒，让人不由想到开荒队的前身，想到一群骑兵们曾经有过的光荣岁月。

不过，只有孟正堂一个人，不管是不是节日，都会常常把马刀从墙上取下来，把落在上面的灰尘擦掉。看他的样子，好像这马刀有一天还会用上似的。

本来故事讲到这了，确实是没有什么新的故事要讲了。而且每一个故事的延续也似乎都在预料之中，好像不会再有什么新的情节了。

但谁都没有想到会在几年之后，中国发生了一场大革命。不管什么革命，都会改变一些人的命运。

这个大革命叫文化大革命。因此活着的四个女人以及和她们相关的一些故事就出现了许多意想不到的变化。

第二十五章

那个对党无比忠诚的牟首长成了个大走资派，先是被批斗被游街然后被下放。

听说牟首长下放到了下野地的开荒队，果子愣住了。

这些天，不断有事发生，全是想不到的事。想不到的事，不管多可怕，果子都不怕。有人打牟首长，果子冲上去，护着牟首长，一块儿被打，果子也不躲。不让牟首长当官了，果子说，不当就不当了，当个老百姓一样活。可牟首长不想活，觉得这么活，太屈辱。站到了窗子前，想往下跳。果子从后边抱住了他。果子说，命是爹妈给的，爹妈不让你死，就得活着。这些天，果子对牟首长呵护。好像牟首长一下子变了，从一个大男人变成了一个小男孩。果子也变了，变成了一个母亲。有母亲护着，孩子就不会那么害怕了。

看到果子愣住了，牟首长说，你不要去了，你在城里待着。果子说，我是你老婆，你去了，我不去，怎么能行。牟首长说，要不，你还是和我离了吧，看情况，我也难有出头之日了。果子说，你落难了，我离开你，我还是人吗？

不离，就要去开荒队。要去开荒队，就会见到冯可雪，见到草子。能见到她们，果子当然高兴。可见到了她们，她的身份，就会露馅。既然下了决心不离开牟首长，那就不如把真相告诉牟首长。果子说，老牟，有一件事，我要告诉你。牟首长说，什么事？果子说，其实我也是牛鬼蛇神。

果子就把一直没有说的事全给牟首长说了。

牟首长听完了果子的话，什么都没有说，只是把果子朝自己的怀里更紧地搂了一下。

什么地方都有走资派，村子里也有。沙草村的走资派，按说是刘大树。可刘大树是村子里老户，根基厚。斗他有些扯不开面子。而他也说，其实这几年，不管什么事，都是草子干的。草子是外来人，斗起草子来，没有一点顾忌，可以放开斗，往死里斗。那会儿，各地的造反派，互相串联。这一串联，草子早年的那些事，也就被公开了。知道了草子做过那种女人。再斗草子，不让草子说别的事，非要草子说接客的事。草子不说，就扒了草子的衣服，说草子是个不知羞耻的女人，用不着穿衣服。还把粪便往草子身上泼，说草子是个脏女人，就和粪便一样。斗完了草子，别的人走了，草子也走了。草子走到了大渠边，跳到渠水里。她洗干净了身体。却没有再从大渠里走出来。她躺在了渠水里，让渠水把她一直往下冲，冲到了开荒队。

开荒队的人，把草子从大渠里捞了出来。老兵们没忘记过这个女人，知道这个女人有多好，知道这个女人，为开荒队付出了什么。冯可雪和老兵们把草子埋到了木子旁边。让这两个女人搭个伴，使她们在黑夜和冬天里能相互取暖，不再那么孤单。埋葬草子时，尽管开荒队已经分成了两派，但那个时候，两派的人来了，并且头一回没有因为观点不同发生争吵和打架，并且一齐朝着这个死了的女人弯腰鞠躬。

这个时候，别的地方，“文化大革命”搞得很火。开荒队不行，还很冷清。孟正堂还是队长，还是天一亮，就赶大伙儿下地。天黑透了，才让收工。几个支边青年想闹一下，成立了组织，印了红袖章。开始想闹孟正堂。几个老兵知道了，一顿教训，把小青年镇住了。

开荒队没闹起来，别的人不急，有一个人急。这个人就是王生康。那些天，他天天看报纸。看到刘少奇被批了，邓小平被批了。明白了，这个大革命，是了不得的。他拿着报纸，到处给人说，人家听是听，听完了，问他，那是北京的事，和咱们有啥关系。搞得他直叹息。说这些人，一点政治敏感性都没有。知道老兵们不会听他的，就去找支边青年，给他们说要干，就得矛头对着孟正堂。支边青年说，孟队长太厉害了，不敢得罪。到时候，不给我饭吃，不给工资，可怎么活？

王生康到处活动，让孟正堂知道了，把他找了去。狠狠地骂了一顿。王生康心里窝火。火又没有地方撒，只能憋着。正好轮到有探亲假，王生康说要回老家看父母，就离开了开荒队。

一离开开荒队，王生康看到的情况就不一样了。坐在火车上，和一群红卫兵坐到了一起。问这些红卫兵干什么去，他们说去北京见毛主席。更巧的是，这群红卫兵是县中学的学生，而这个县离开荒队不过才三四十里地。红卫兵的头，门牙有点往外龇，都叫他罗大牙。王生康这些年，存了一些钱。在路上，要买什么，王生康就很大方，拿出钱来，让红卫兵小将花。他们就很喜欢他，罗大牙和他成了朋友。不过，到这个时候，王生康还没什么想法，真正有想法，是跟着罗大牙去了北京后。从北京返回，王生康的肩膀上，就像被压上了什么，显得很重。他明白了，这个很重的东西，就是责任和使命。真的要革掉一批人的命啊。这一批人就是牛鬼蛇神走资派。这一批人，什么地方都有啊。开荒队也有啊。王生康立刻想到了几个人的名字。想到了名字，又想到他们的命还没被革掉，心里那把火，就马上烧了起来。

罗大牙和他一样，也是摩拳擦掌，要干点什么。两个人在一块交流，说到了这个事。听王生康说了开荒队的事后，一拍大腿叫了起来。这个事，你不用愁，交给我们了。各地情况都是这样，走资派要捂盖子，怕被揪出来。红卫兵大串联干什么？就是要撒造反的火种，让它形成燎原之势。再向别的地方的红卫兵了解一下，学习他们的先进经验，回去以后，咱们就联手大干一场。

王生康本来可以在老家待一个月的，可一想到肩上的责任和使命，还有就是和罗大牙的约定，就待不住了，决定提前十天从内地赶回边疆的开荒队。

就在王生康回家探亲这段日子，牟首长来到了开荒队。起初以为牟首长是来检查工作，后来听说了牟首长是被下放的，是来到这里接受劳动改造的。孟正堂发了好一阵子愣。不过，发完了愣，还是一样把牟首长当首长对待，马上给牟首长安排了最好的房子，并且给牟首长说，你什么都不用干，只要每天四处转转看看，看我们有什么地方没有做好，给我们指出来就行了。牟首长说，小孟，这样不行的，还是给我分配个活，让我干。孟正堂说，这个地方，我说了算，我不能让你在这个地方受了委屈。牟首长说，这一次好像情况不一样了，这一关不好过，你也得有个思想准备。孟正堂说，首长放心吧，这是开荒队。再说了，咱们打下的江山，还能和咱们过不去？

当时和孟正堂一块儿发愣的还有冯可雪。不过，冯可雪发愣却不是因为牟首长的下放劳动。冯可雪做梦都没有想到站在牟首长身边的女人会是果子，所以看着果子有点像傻了一样。直到果子走过来，抱住了她，她还是没有完全缓过神来。

那天下午，当孟正堂带着几个老兵在队部里摆上自己生产的瓜果和牟首长说着工作上和生活上的事时，冯可雪却带着果子走到了开荒队西边的那个土坡上，站到了木子和草子的坟墓前。她们站了很久，什么话都没有说。

从土坡上走了下来，走到了一条水渠边。两个人坐下了，挽起了裤腿，把脚和双腿放到了流水中。水很清亮，她们的话也像渠水，没有遮着掩着。冯可雪和果子分别向对方讲述了不在一起时发生的事。

看起来很平静的日子，在王生康回来的第七天结束了。王生康探亲归来，没有人太注意这个事。他去给孟正堂销假。孟正堂问他，怎么没有住到日子就回来了。王生康说，在家待不习惯，想着工作。为这个事，孟正堂还在第二天的大会上表扬了他。像他几年不回老家一次,回去以后能提前归队的好像还没有。

提前归队的王生康,表面上看和以往一样,和大家一块起床上工干活吃饭。但暗地里,他还是找到了几个很有血气的青年,把北京的所见所闻给他们说了。说得他们也一个个激动得不行。王生康说,开荒队不会老是这样的,很快就会有大变化的。几个青年问他会怎么变?他说,红卫兵会来的,我们要做好准备。

第六天是休息日,王生康去了县城。

第七天就出事了。中午很热,大家正在午休。一队大卡车,至少有十辆以上。每辆车上至少有五十人,这些人全拿着语录本、棍棒和刀枪。也就是说,有五百人,冲进了只有一百多人的开荒队。把开荒队围得像一个铁桶。

反抗是没有用的。老耿和几个老兵,想和他们理论。顿时被打得头破血流。罗大牙拿着铁皮喇叭,喊叫着。警告所有的人,他们是毛主席的红卫兵,他们正在采取革命行动,如果谁不听话,就可能被消灭。那个年代,只要以毛主席的名义,没有人敢跳出来反对。

大家老实地从自己的房子里走到了队部门前的操场上。罗大牙宣布了红卫兵司令部的一项决定。开荒队的政权由革命群众接管,在北京受过毛主席接见的造反战士王生康将担任开荒队的队长,主管革命和生产。直到这时,开荒队的人才知道王生康去过了北京。就是因为这一点,好像看王生康的目光有了明显不同,比如说孟正堂的老婆娟子。同时罗大牙还宣布对走资派孟正堂和牟首长实行无产阶级专政,把他们关进牛棚。这边一宣布,那边就有人冲上去把孟正堂和牟首长捆了起来。

捆起来以后,当场就开了批斗会。批斗会由王生康主持。早就安排好的几个青年冲了上去,大骂孟正堂是个大军阀,下地干活稍稍迟到一会儿,就踢屁股,比当年的地主还要狠。说着,去踢孟正堂。一看到有人打孟正堂，冯可雪马上喊，不能打人。冯可雪一喊，全跟着喊。喊得声音很大，打人的不敢打了。

不敢打了，不等于孟正堂和牟首长不会挨打了。说要将他们俩关进牛棚，开荒队的人以为是把他们关进饲养场的牛圈。没有想到罗大牙一挥手，把孟正堂和牟首长拉上了大卡车，直接拉到了几十里外的县城。这一招很厉害，离开了开荒队，就像把一棵大树从泥土里拔了出来。到了县城，不管别人怎么对待，开荒队的人就没有办法了。王生康说，只有这样，才可能真正革掉他们的命。罗大牙说，革他们的命，不是说一下子让他们死，而是慢慢折磨他们。

事情发生得很突然。谁都不知道接下来还会再发生什么。王生康从天安门带回来的光环起了作用，他当上了队长后，大家不管心里边怎么想，可表面上还是都很听他指挥的。因为谁都不想落一个反对“文化大革命”的罪名。首先被吓住的是娟子，她不想做个走资派的老婆，跑到王生康那里哭诉，王生康说这个事情很简单，和他离婚就是反戈一击。娟子这边一离婚，那边王生康就把娟子娶上了。王生康说，他这可不是乘人之危，当初如果不是孟正堂霸占了娟子，娟子早就是他的了。

当天夜里，娟子头枕在王生康胸膛上，说那个孟正堂可不是东西了，虽然和她睡在一个床上，可心里边却想着别的女人。好多次她听到孟正堂说梦话，喊出了冯可雪的名字。王生康说，善有善报，恶有恶报，你看，现在这就是报应。娟子说，那个冯可雪，也不能太便宜她了。王生康说，当然不会，她属于牛鬼蛇神一类。

没等王生康动手收拾冯可雪，冯可雪先行动了。先行动，不是她知道了王生康要收拾她，是她看到了孟正堂被抓走后，她就决定赶紧行动。不早点行动，孟正堂一定是凶多吉少。当时，在开荒队和冯可雪想到一块的，只有果子。牟首长也被抓走了，果子不能不着急。两个女人蹲在地窝子里商量着。其实也没有什么可商量的，要想让孟正堂和牟首长没有事，就要把他们从那些红卫兵手里救出来。要救这两个男人，就要离开开荒队，去县城找到他们。

要去县城并不难，骑上马，不用半天就可到。可这会儿，马是王生康管着，人也是他管着，给他说，要骑马离开，肯定连门都没有。不跟他说，悄悄走，同样很难，到处是王生康的人在站岗放哨。走不掉，被抓回来，再走就难了。

冯可雪知道光凭她和果子，从开荒队跑出去是不行的。她就去找了肖海。肖海正和老耿等十几个老兵在屋子里喝闷酒。冯可雪说，肖海，你要帮我和果子的忙，我们要逃走，要去救老孟和牟首长。肖海说，怎么帮？冯可雪说，给王生康说，你们也要革命，骑上马去站岗。我和果子藏在十二号玉米地，你们走过来，把马给我们。肖海说，行。你们先去县城探探消息，需要我们出马，回来说一声，我来组织弟兄们。

这是个黑天，出了门。竹箫上挑着一个包袱。没有直接去玉米地，先去了队部。队部的门锁着，可冯可雪有钥匙，她开了锁，悄悄进去，取下了孟正堂的马刀。再走出来，和果子钻进了玉米地。

这边刚钻进玉米地，那边王生康带人去抓冯可雪和果子。看两个女人不在了，马上安排手下的人去搜。去搜的人，遇到了肖海和老耿一伙骑着马到处乱转。问肖海他们在干什么？肖海说，保卫开荒队。王生康说，好，两个坏女人跑了，你们也帮着找。肖海说，放心吧，抓到了，马上交给你。王生康说，肖海，你好好干，我会重用你的。

听王生康这么说，肖海在黑夜里无声地冷笑了。

王生康带着人一直找到天亮,也没有找到冯可雪和果子。而太阳升起时,冯可雪和果子已经骑着马进了县城。

县城很大,比一百个开荒队还要大。人多得像羊群。冯可雪和果子混在人群里,看不出有什么不同。所有的人一样,都穿着草绿和土黄的军装式的衣衫。一眼看过去,像是高矮不同的庄稼,乱乱地生长着。

县城中学很好找,一问都知道。到了大门口,正好看到罗大牙押着一群人出来。罗大牙喊着,你们这些人,当官做老爷做惯了,现在你们必须要干活,干什么活呢?打土块,一人二百块,打不够数,不能吃饭,不能睡觉,还要挨斗。

孟正堂和牟首长在这群人里,差不多就在同时,他们互相看到了对方。冯可雪握起了拳头,朝他们晃动着。别人还以为她是恨走资派,用这个动作表达愤怒呢。却不知道,冯可雪是在告诉孟正堂,我们来了,你们不会有事的。孟正堂看到了这个动作后,目光一下子亮了起来。他朝冯可雪点了一下头,好像告诉冯可雪,我知道了。

看到了孟正堂和牟首长,却不能马上冲上去救他们。罗大牙的人很多,她们两个没有办法把人抢走的。于是她们什么也没有做,只是混在人群中,看着罗大牙的人押着孟正堂他们去打土块。

正走着,突然肩膀被人拍了一下。把冯可雪吓了一跳。回头一看,是个围着头巾的女人。正紧张地想,是不是王生康派来的人找到她了,围着头巾的女人把头巾扯了一下。冯可雪一看,这个女人竟是枝子。

三个人顿时抱在了一起。

枝子和刘二狗来县城买东西。买了东西，在大街上逛。看到什么地方热闹，就凑过去看看。没有想到这一看，就看到了冯可雪和果子。

四个人坐在一棵树下，边吃东西边商量。他们买了一个煮熟的羊腿，用刀子切成块，蘸了盐巴吃。刘二狗不但是个男人，还是个打过仗的男人。怎么样在人少的情况下，利用突然袭击把敌人战胜，他还是有些办法的。

他们跟着去看了地形，谋划着：打土块的地方在县城边上的一个河滩上。周围没有什么居民和房屋。开阔地上可以利用马奔驰到。不远处的一个小树林，冯可雪和果子还有枝子先藏在里边。刘二狗在另一个方向，用手中的猎枪吸引看守的注意力。三个女人趁机骑马从小树林里冲出来，直接冲到孟正堂和牟首长跟前，把他们拉上马。再跟着枝子直接往南边的天山里跑。等看守明白过来，凭两条腿想追上来已经没有可能。当然他们手中有枪，不过，全是些没有经过训练的学生，就是对着死靶子打，都不一定能打上，别说是骑在马上跑动的人了。

定下了方案，他们并没有马上行动，而是又坐在树底下耐心地等到黄昏时。那会儿光线淡弱尘土飞扬，成功的可能性就更大了。可是没有想到，等到太阳要落山了，罗大牙和王生康出现了。可能是没有找到冯可雪和果子，王生康想到了孟正堂和牟首长，他不放心，亲自来看看。他在仕途上想再往前走，如果还有绊脚石，那就是孟正堂和牟首长了，他要尽快把绊脚石搬开。

看到孟正堂和牟首长都在，王生康放心了。

王生康走到孟正堂跟前，拿出了一张纸，对孟正堂说，娟子和你决裂了，这是她的离婚报告，你在上面签个字吧。

说着王生康递给了孟正堂一支笔。孟正堂拿过笔，没有多看那张纸上写着什么，就在上面签了字。

看着孟正堂和牟首长，王生康对罗大牙说，夜长梦多，这两个家伙是死不悔改的走资派，就别再等他们投降了，还是赶紧消灭算了。罗大牙说，其实慢慢折磨着也挺好，你要是真等不及了，那今天晚上我们就采取行动，让他们永世不得翻身。

没有人听到王生康和罗大牙在说什么，可他们的出现不是个好兆头。冯可雪他们四个人又商量了一下，决定计划不变，马上动手。

刘二狗在东边扣响了猎枪。一听枪响，罗大牙和王生康也拔出了腰中的手枪，往东边跑，看是出了什么事。

几个看守全朝东边跑去，放松了对孟正堂和牟首长的看管。冯可雪和果子还有枝子骑着马冲了过来，一下子就冲到了孟正堂和牟首长身边。他俩抓住了伸过来的手，身子一跃就蹿到了马背上。枝子在前边带路，冯可雪和果子跟在后边，像三支箭朝远方射去。等到看守们回过神来喊叫起来，已经只能看到马的影子在暮色苍茫中若隐若现了。

一看冯可雪她们救出了孟正堂和牟首长，刘二狗就跳上了马。看到王生康和罗大牙还举着手枪边射击边追，就有些生气。把枪口对准了两个家伙放了一枪。猎枪里装的是霰弹，喷射出来的是铁砂，不会把他们打死，却会让他们吃些苦头。

果然枪响过后，王生康和罗大牙就号叫了起来。

在这个世界上，不管什么时候，不管在什么地方，不管发生了多大的灾难。总会有一片天空是蓝的，有一片水是清的，有一片草是绿的，有一阵风是湿的。比如说，在一九六七年，在那个叫天山的山谷中，只要我们走进去，就会看到这样 种风景。

这样的风景，不管谁看见了，都会喜欢。不过，这个时候走进来的几个人，却没法很高兴。四匹马停了下来。六个人从马上下来。刘二狗说,枝子,你去准备饭。冯可雪说,我和果子帮忙。

三个女人去做饭了,只剩三个男人了。刘二狗说,有两个木屋是空的,收拾一下就可以住。到这儿就是到家了,没有人会找到这里的,你们放心吧。

只剩两个男人了,互相看了看,坐到了草地上。孟正堂说,怎么回事,怎么跑到了这个地方?牟首长说,我们逃跑了,又多了一条罪。孟正堂说,这个地方,我来过,十几年前,带着部队在这里打土匪。牟首长说,现在我们成土匪了,被别人追杀。孟正堂说,太像是做梦了,就算是做梦,也梦不到怎么会有这么一天。

冯可雪端着两碗奶茶走了过来。冯可雪说,刚烧出来,趁热喝,你们受苦了。

把奶茶给了孟正堂和牟首长,冯可雪又说,饿了吧,再等一会儿,饭就熟了,枝子做的羊肉手抓饭可香了。

说完,冯可雪离开了。看着离开的冯可雪,孟正堂说,就在这条山谷,我们救下了她们。牟首长说,可今天,她们又把我们救了。孟正堂说,可她们是女人。牟首长说,没有女人,男人活不好。孟正堂说,可男人不能靠女人,这么活着太别扭。牟首长说,不会老是这么别扭的。对这个党,我是了解的。小人得志,长不了。孟正堂说,我信。

这天晚上月亮又圆又大。人家都是两口子,就回自己的屋子了。只剩一个木屋了。谁都没有说,也不用说什么,只能是孟正堂和冯可雪住了。

冯可雪先进去了,把该铺的铺好了,该收拾的收拾了。等了一会儿,看孟正堂没有进来,走出来看到孟正堂靠在木屋门口,看着天上的月亮,一脸的茫然,好像一点力气都没有了。

冯可雪没有马上说,让孟正堂进到屋子里去。而是走进了屋子,拿出了她随身带来的包袱,坐到了孟正堂跟前,慢慢地解开了包袱。先是拿出了那根竹箫,放到了唇边。看着孟正堂,却没有吹出声音。

看到了竹箫,孟正堂的脸上有了一点亮色。他看得出来,冯可雪在问他,是不是想听一曲箫曲。可孟正堂却看着竹箫,一下子想起了许多和竹箫有关的事。这一想,让他不由得伸出了双手,把一张脸捂了起来。好像有什么事让他羞愧了,又有什么事让他伤心了。伤心得让他忍不住想哭。

冯可雪仍然没有吹响竹箫,而是又把一只手伸进了包袱,从里边抽出了那把马刀。她把马刀慢慢地举起,送到了孟正堂的面前。

刀刃的亮光透过指缝,照进了孟正堂的眼睛。捂着眼睛的手一下子离开了,目光与刀光相撞,在月夜里闪耀出一片光芒。像失散多年的知己突然出现,孟正堂一把抓过了马刀,贴到了胸口。那些松散的关节,因为得到了一种力量的提升,又重新回到了结实有力且强壮的状态。

看到了孟正堂拿到马刀的激动,冯可雪笑了。她这才又缓缓地举起了竹箫,轻轻地吹了起来。

在冯可雪的箫声中,孟正堂站了起来。站起的孟正堂举起了马刀朝着夜空凝望了一会儿后,就舞动了起来。舞动时,它带出了一阵阵风的声响。

马刀的声响和竹箫的声响融在了一起,在这空旷的山谷和无边的月夜里回荡着……

太阳很好的一天,六个人骑着马顺着山路走了大半天,来到了一座坟墓前。

坟墓就在山路旁边的草坡上。

孟正堂告诉牟首长，坟墓里埋着骑兵队的一个士兵，他的名字叫毛大栓。

三个男人站在坟墓前，朝着坟墓敬了个军礼。

三个女人一人采了一大抱的野花，放在了墓前。

三个女人还拿出了竹箫，吹了一首歌给躺在坟墓里的毛大栓听。

还是太阳很好的一天，冯可雪和果子发现自己怀孕了。她们不敢相信，去问枝子她怀孕时是什么样子。枝子说，雪山上流下来的水是神水，我也是喝了流下来的雪水后才怀上了孩子。

冯可雪和果子蹲在水边朝水里看，看到了水里边的自己脸上的蝴蝶斑，觉得它们是那么的美丽。

孟正堂和牟首长知道自己很快就要当父亲了，脸上都有了一种从来没有过的表情。他们擦拭着马刀和步枪。孟正堂说，他们是不会罢休的，一定会找我们的，不管发生了什么，都不能让女人和孩子受伤害。牟首长说，为了她们，大不了我们再打一仗，日本鬼子反动派都被我们打败了，难道还会怕他。刘二狗说，你们放心吧，这座山叫天山，是天上的一座山，神灵是不会看着罪恶横行不管的。

接下来的一段日子里，三个男人每日刀枪不离手地操练着。如果说在许多年前，他们是为了伟大的理想战斗，那么这会儿他们将准备为自己的女人和孩子去浴血相拼。

当三个男人在操练时，三个女人还有枝子的两个孩子会站在不远处看，有时三个女人还会举起手中的竹箫，轻轻地吹响。

当竹箫声响起时，马刀的翻舞会越发狂放，似乎他们不知道累了，更有了精神头。

一个没太阳的下雨天,王生康带着一群造反派进了山。他们坐着大卡车带着各种武器，打算如果不能把走资派和他们的婆娘活捉,就把他们在山中彻底消灭掉。

不过战斗并没有打响。

大卡车驶过山路时,王生康看到了毛大栓的坟墓,他不由得愣了一下。就这么一愣,天上响了一个雷,打了一道闪。满山的泥石像是突然被什么东西激怒了,翻滚着从山上奔涌下来,一下子就把大卡车给淹没了。一些人埋在了里面再也没有出来,还有一些人爬了出来。不过,爬出来的人中没有了王生康。

没有了王生康,一些原来可能会发生的事,就不可能再发生了。

尾声

许多人在那场史无前例的灾难中没有能活下来，可我们这个故事的主人公,却让竹箫和马刀的故事一直延续着……

许多许多年以后，荒野上的那个农场，已经变成了一座城市。城市很年轻。可建起这座城市的人,却都老了。

在这些老人中,就有我们故事中的几个主人公。

城市的中间有一个很大的广场。广场上种了许多的花草,还修建了音乐喷泉，中心还立了一个纪念碑。纪念碑上刻着一些字,赞扬那些拓荒者。

许多还活着的拓荒者,会经常来到这个广场上,享受他们最后的黄昏时光。

和许多活着的拓荒者一样,我们故事中的几个主人公,也会经常来到这个广场上,看一看,走一走,坐一坐。

三个男人都是离休待遇。离休前,牟首长是这座城市的市委书记，孟正堂是副市长。刘二狗也早从天山里搬了出来，安排在了园林处，负责一些绿化工作。尽管职位高低不同，可是曾经有过的一段生死经历，让他们成了比亲兄弟还要亲的兄弟。过年过节，一定会聚在一起，痛快地喝几场酒。

三个名字叫冯可雪，叫果子，叫枝子的女人，作为亲如兄弟的三个男人的妻子，自然是一直陪伴在三个男人身边，并且生育和养大了他们的孩子。像所有的妻子和母亲一样，她们凑在了一起，说得最多的话，除了丈夫就是孩子。当然，也会说到一些过去的事。

几乎每天某个时间，几位老人都会来到市中心广场上，纪念碑前是他们相聚的地点。碑前有两个长凳。他们来了，就会坐在上面。坐下来后，他们就会不停地说话。不知为什么，天天见面天天说话，也没有个够。好像一天不见面，不在一起说点什么，就会很难受，就会觉得这一天过得没有意思。

这几个老人，有时不光是自己会来到广场上，还会常常带着很小很小的孩子。这些孩子不是他们的孩子，而是他们孩子的孩子。听着这些孩子喊着他们爷爷奶奶姥爷姥姥，他们的脸笑得像开了的花，看到这些孩子天真活泼无忧无虑的样子，他们内心深处充满了一种从来没有过的幸福和满足。

这个时候的他们，好像从来没经历过很苦很难的日子。

马刀还在，还是那么锃亮锋利，不过，只是挂在墙上。偶尔，马刀的主人，会把马刀从墙上取下来，把马刀上的灰尘擦去。当然，也会摆出架势，举起来，再劈下来。或者，横着扫一下。只是刚做了几个动作，主人就喘了起来，于是，主人不由得摇摇头，脸上浮起了一些笑意。

竹箫也在，还是那么浑圆光润。不过，与马刀一样，也是挂在墙上。与马刀挂在一起，像一对相依的恋人。偶尔，竹箫的主人也会把它取下来，慢慢抚摸着它。有时也会放到嘴边去吹一下。还能吹出声响，不过，要吹出一首完整的曲子，已经变得有些费劲。就算能吹出来，也没有那么好听了。

箫与刀，从此不再有故事。